너의 빛나는 그 눈이 말하는 것은

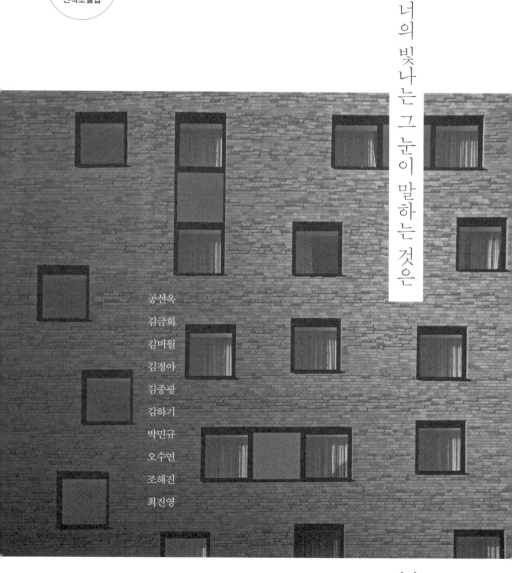

신동엽 시인 50주기를 맞이하며

촛불혁명의 빛 속에서 신동엽 시인의 50주기를 설레는 마음으로 맞는다. 동학혁명과 사월혁명을 소중히 간직해온 시인이 작금의 촛불혁명을 대면했다면 거기서 또 한번 하늘을 보지 않았을까. 시인의 '빛나는 눈동자'에는 촛불의 현장이 어떻게 비춰졌을까. 그는 광화문광장을 꽉 채운 촛불의 물결과 메아리치는 함성, 환한 얼굴과 아름답게 빛나는 눈들을 놓치지 않았을 것이다. 자유발언대에 오른 사람들의 생생한 '말'과 촛불광장을 찾은 수많은 '발'의 사연에 귀기울였을 것이다.

촛불 이후에 그의 시들이 더 실감나고 더 빛을 발한다는 것은 신기하지만 우연한 일이 아니다. "내 일생을 혁명으로 불질러봤으면"(산문 「서둘고 싶지 않다」) 하고 토로하는 혁명의 시인으로서 그의 시의 중요한 발상과 어법은 혁명이 명시적으로 등장하든 아니든 혁명의 잠재성을 기반으로 작동하는 면이 있다. 동학혁명과 3·1에서 발원해서 4·19와 6월항쟁을 거쳐 지금의 촛불에 당도한, 근대 이후 백년 이상 이어져온 우리의 혁명적 역사가 그의 시 속에 흐르는 것이다. 물론 삶이 모두 혁명으로 환원되는 것은 아니며, 신동엽 시인은 자기 삶의 중요한 요소로 혁명과 나란히 시와 사랑을 꼽았다. 하지만 시인은 혁명의 자리가 없는 삶을 받아들이지 않았으니, 그의 시 속에 도드라지는 기다림의 모티프는 이 점을 음각의 형태로 돋을새김한다.

시인이 염두에 두는 '혁명'이 과연 무엇인지는 더 논의될 필요가 있다. 그에게 혁명은 무엇보다 동학혁명과 사월혁명이지만, 그 두 역사적 사건으로서의 혁명에서도 '껍데기'와 '알맹이'를 구분하여 '껍데기는 가라'고 말한다. 시인에게 혁명의 알맹이가 무엇이고 그것이 지금 우리 시대에 얼마만큼 유효한 것인지를 규명하는 작업은 간단치 않지만, 한반도의 분단체제를 극복하는 것이 하나의 핵심적인 척도임은 분명해 보인다. 가령 "꽃 피는 반도는/남에서 북쪽 끝까지/완충지대,/그 모오든 쇠붙이는 말끔히 씻겨가고/사랑 뜨는 반도"(「술을 많이 마시고 잔 어젯밤은」)라는 그의 염원이 녹아 있는 구절은 꿈같은 이야기로만 여겨졌으나 촛불 이후에는 실현이 아주 불가능하지 않은 혁명적 목표처럼 다가온다.

이렇듯 뜨겁게 살아 있는 신동엽 시인이 우리 문학에 남긴 발자취에 대해서는 구태여 설명할 필요가 없을 것이다. 그로부터 큰 영향을 받은 많은 문인들의 존재가 이미 그것을 방증하거니와, 그로 말미암아 우리가 간직하게 된 소중한 자취 중 하나가 곧 신동엽문학상이다. 1982년 '신동엽문학기금'으로 제정된 이래 '신동엽창작상'을 거쳐 지금의 '신동엽문학상'에 이르기까지 이 상을 수상한 숱한 시인, 소설가 들은 명실공히 한국문학을 대표하는 작가들로 자리매김해왔다.

시인의 50주기를 기념해 역대 수상자들의 신작 작품집을 묶고자 한다는 제안에 많은 분이 감사하게도 흔쾌히 참여 의사를 밝혀주셨다. 그 결실이 바로 이 책이다. 책의 제목 또한 신동엽의 시에서 따왔다. 그러나 작품 안에는 당연하게도 작가 개개인 특유의 개성과 예술적·윤리적 미덕이 오롯하다. 이 책이 비단 신동엽 50주기를 기념하는 기획으로서만이 아니라 우리 문학의 현재이자 미래인 이들 작가의 작품을 한자리에서 만나는 순수한 즐거움까지 독자 여러분께 가져다줄 수 있기를 바란다.

2019년 4월
한기욱(『창작과비평』 주간)

차
례

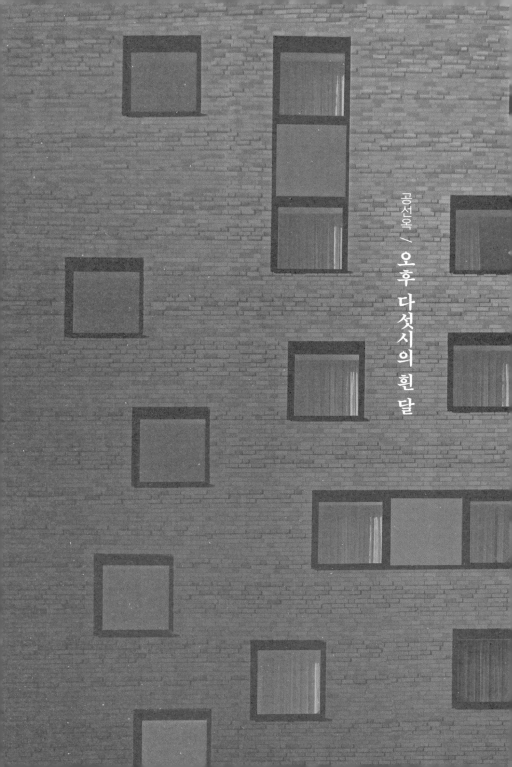

공선옥 / 오후 다섯시의 흰 달

대학에서 건축을 가르치다 정년 퇴임하고 연금으로 생활하는 윤은 딸이 독립한 그날부터 혼잣말하는 버릇이 생겼다. 마치 들어주는 사람이 있는 것처럼 혼잣말은 제법 완전한 형식을 갖추고 발화되었다.

　이제 앞으로 혼자 살게 되겠구나.

　어떤 이변이 없는 한 혼자.

　내가 언제까지 살까.

　하여간 죽는 그 순간까지 혼자 살게 될 거야.

　혼잣말이 공명이 되어 빈방에 울렸다. 딸이 제 직장이 있는 남쪽의 도시로 이사를 하고 난 첫날, 혼잣말을 하며 혹시나 애가 두고 간 뭐라도 남아 있을까 싶어 괜히 이쪽저쪽 방을 살피고, 딸이 남기고 간, 그러나 왠지 버리고 간 것 같은 느낌이 드는 책상 서랍을 열어보고 그러다가 아내와 아들의 사진을 발견했다. 컬러 사진이지만 색이 많이 바래서 아내와 아들이 입은 옷 색깔이 영 뚜렷치 않았다. 분홍인 듯해서 다시 보면 회색인 듯도 했다. 그 사진을 자신이 찍었다는 것이 윤은 영 믿기지 않았다. 평생 아파트에 살 거라는 걸 알지 못한 채로 아파트로 이사를 앞두고 있었을 무렵일 게다. 그때 이사 와 지금도 살고 있는 이 아파트는 윤이 가족을 이루고 나서 처음 가져보는 자신의 집이었다. 셋집에서의 마지막 주말, 새 아파트로 이사를 앞두고 있고 3월이면 시간강사로 전전하던 생활도 끝나고 전임교수로 새로운 생활이 시작될 것이기에 그날, 봄기운이 물씬 묻어나는 2월 하순의 저녁 산책길은 당연히 행복했을 것이다. 다섯살배기 아들의 볼따구니가 발갛다. 아들의 발간 볼에 아내가 입을 맞추는 순간을 그가 찍었을 텐데도 이상하게 실감이 안 난다. 벌써 25년 전이다. 아들의 어린이집 차가 타이어 펑크로 커브길에서 절벽 아래로 굴러떨어졌다. 차 안에는 소풍 갔던 아이들과 엄마들이 타고 있었다. 탑승자 스무명 중에 일곱명이 사망했고 그중에 아내와 아들이 있었다. 아내와 아들을 떠나보내고 딸과 둘이 맞은 그해 봄날의 벚꽃은 여전히 아름다웠고 그해 5월의 신록 또한 여전히 눈부셨다. 아내와 아들을 잃고도 자신이 꽃을 보고 탄성을 지르고 신록에 눈부셔 한다는 사실이 죄를 짓는 것 같으면서도 안심이 되던 것을 윤은 기억한다. 그해 봄, 이사 왔을 때 창문 너머로 보일락 말락 하던 벚나무가 이제 창을 온통 가리고 울창한 수목이 되었다. 벚나무가 창을 가리고 울창한 수목이 되어가는 동안 딸도 자라고 자신은 늙었다. 하루하루 아무 일도 없이 그렇게 25년이 지나갔다. 일은 있었다. 아들을 새장가 못 들여 안달하시던 어머니도 이제 저세상 사람이 되었다. 팔십 넘어서부터 급격히 몸이 굽더니 그길로 자리보전하다가 아버지와 함께 들어간 요양원에서 세상을 떠났다.

니네 엄마가 어디 가서 안 온대냐?

엄마는 돌아가셨어요, 아버지.

아냐아, 금방 온다고 했다고.

아, 맞아요. 조금만 더 기다려보고 엄마 안 오면 집에 가시게요.

그쯤으로 마무리를 지어야지 안 그러면 아버지와의 의미없는 대화는 무한정 이어질 것이다. 그나마 젊었을 때처럼 아버지가 불같이 화를 내지 않는 것이 얼마나 감사할 일인가.

아버지의 치매기는 중증은 아니었다. 윤이 집으로 모실 만은 했다. 딸이 독립해 나가고 나서 아버지와 함께 살겠다는 계획이 없었던 것은 아니나 아버지는 어머니가 곧 돌아올 거라는 믿음을 버리지 못하고 굳이 요양원을 떠나려 하지 않았다.

처음 몇달은 매일 요양원을 방문했다. 그러다가 일주일에 한번, 지금은 한달에 한번 정도 간다. 아버지가 아들과 함께 살기를 결심하지 않는 한, 자신은 이렇게 한달에 한번 아버지를 보러 버스를 타고 요양원에 갔다가 집으로 오는 생활을 반복하다 어느날 딸이,

아버지 혼자 사시는 것이 더이상은 불안해서 안되겠어요, 하고서 자신을 요양원에 데려갈 날이 올 것이다, 오고야 말 것이다. 무슨 꿈을 꾸었는지 알 수 없지만, 꿈 탓인 듯도 했다. 그날 아침 잠에서 깨자마자, 그런 날을 그저 가만히 앉아서 맞이해야 할 것인가, 그러기 전에 무슨 수를 쓰긴 써야겠다,는 생각이 들었다. 그런 생각이 들자 뭔가 결연한 느낌이 들었고 뒤이어 그 아이가 생각났다.

가만히 있어도 땀이 줄줄 흐르는 8월 중순, 사촌누이 경자에게서 전화가 왔다. 경자는 고향 소식을 알리는 메신저다. 사고가 난 이후 윤은 고향 걸음도 뚝 끊고 살아왔지만 경자 덕분에 고향 소식은 대충 알고 있다. 철물점집 둘째아들이 부도를 내고 외국으로 야반도주를 했다, 양조장집 딸이 이혼하고 제주도에 가서 유명한 연예인과 결혼을 했는데 얼마 전 텔레비전에 나왔다, 누구네가 돈을 많이 벌어 어디다 산 땅에 건물을 올리다가 부도가 나서 돈 없는 생활로 다시 돌아갔다, 누가 누구하고 바람이 났다, 누가 결혼했다, 누가 죽었다, 누가 애를 낳았다…… 그런 소식들을 경자는 잊어버릴 만하면 전화로 알려주곤 했다.

오빠, 밤투리가 이달 넘어 결혼한다는데, 알고 있었어요?

늘상 알려오는 그런 소식들 중의 하나겠거니 해서 모른다고 했더니,

성섭이도 참 무정하다. 아무리 고향 걸음 안한다고 청첩장도 안 보내냐.

그제야 육촌 성섭이와 그의 아들 밤투리가 기억났다. 깎은 밤같이 이쁘게 생겼다고 밤투리라 불리던 성섭의 아들은 윤의 아들과 같은 해에 태어났다. 윤이 먼 조상의 시제(時祭)에 참석하러 고향에 갔을 때 성섭의 아들이 묘지를 기어다니던 모습이 생각난다. 친형제들은 외국으로 이민을 가서 그렇다 쳐도 고향에 그대로 살고 있는 일가 친척들과도 내왕을 하지 않은 이유를 경자도 알고 있을 테지만, 특유의 스스럼없음으로 꾸준히 연락을 해온 사람이라 웬만큼

민감한 말을 해도 그다지 신경이 쓰이지는 않는다.

오빠가 밤투리 보면 또 준이 생각할까봐 그런 것은 알고는 있지만, 그래도 세월이 얼마야. 하여간, 오빠도 이젠 고향에도 오고 가고 하고 살아요, 응?

언제나 그렇듯 윤은 듣고만 있었다. 그래도 그날따라 경자 특유의 수다스러운 말투가 정스러웠다. 그래서였을 것이다. 선선히 그러겠다고 한 것은. 경자는 결혼식 날짜와 장소를 알려주고 들어가라고 먼저 인사한 뒤에도,

오빠 어저께 내가 김치 보냈으니 오면 받아서 잡숴요이.

한마디를 더 한 뒤 전화를 끊었다. 얼굴은 거의 못 보고 살면서도 경자는 문득 생각났다는 듯이 농사 지은 푸성귀나 김치를 보내주곤 했다. 그랬던 사촌누이 경자가, 오빠도 이젠 고향에도 오고 가고 살아요, 응?이라고 했을 때 뭔가가 스르르 무너지는 것 같았다. 켜켜이 내린 눈 위에 또 눈이 내리고 온기 없는 햇볕 아래 눈은 날카롭게 굳기만 할 뿐 녹지는 못한 채로 먼지가 덮이고…… 그런 채로 세월은 흐르고…… 그랬는데, 절대로 녹을 일이 없을 것 같던 눈이, 옴짝달싹할 수 없게 천지사방을 에워쌌던 그 딱딱하고 날카로운 눈이 스르르 무너지고 무너진 그 자리에서 녹아내리는 것 같았다. 사촌누이 경자의 그 아무렇지 않은 말이 왜 그날따라 그렇게 들렸는지 자신도 알 수 없었다. 나이 때문인지도 몰랐다. 하기야 딸이 제 방을 탈탈 털어 짐을 싸고 미리 불러놓은 용달차에 실어 보내고 나서,

아빠, 끼니 잘 챙겨 드시고, 혼자 있다고 너무 외로워도 마시고

하여간 씩씩하게, 응?

　약간은 과장된 제스처로 작별 인사를 했을 때도 제 속에서 뭔가가 스르르 무너지는 것을 느꼈다. 나이가 들어서든 뭐든, 하여간 많이 약해진 것이다. 몸도 마음도.

　결혼식장에 와보니 결혼식 날짜는 그날이 아니고 그다음 주 토요일이었다. 경자가 말한 '이달 넘어'를 자의적으로 해석한 것이 잘못이었다. 이달 넘어라 하니 8월 다음에 바로 오는 토요일인 줄만 알았던 것 같았다. 아니면 귀로는 제대로 듣고 달력에 표시하기를 잘못했는지도 모른다. 낭패스러운 기분이 들면 다른 누구에게보다도 자신에게 민망해져서 어린애처럼 행동은 거칠어지고 판단은 급해진다. 윤이 바로 택시를 타고 역으로 가서 돌아가는 차표를 사고 있는데, 누군가 등을 탁 쳤다. 경자가 낯이 선 아이와 함께 서서 윤을 보고 생글거린다. 손님을 배웅하러 나온 길이라고, 배웅할 만한 사람도 아닌데 배웅을 나온 것이 아마도 오빠를 만나기 위해서였던가보다고, 좋아라 한다. 이왕 이렇게 된 것 우리 집에 가서 밥이나 먹고 가라는 청을 뿌리치지 못한 것은 그렇게 하는 것이 오랜 세월 경자가 보내준 호의에 대한 최소한의 예의라는 생각 때문이었을 것이다. 경자 집은 역에서 걸어가기에는 조금 멀고 택시를 타기에는 가까운 읍내 외곽에 있다.

　경자의 손주인가 싶어서 윤이 아이 얼굴을 살피는 기색을 보고 경자가,

　야 할머니가 우리 옆집에 살았거든. 야 아빠가 여자하고 헤어지

고는 할머니한테 야를 맡긴 사이에 야 할머니가 돌아가셨잖아. 초상 칠 때 와서는 한달만 맡아달라고 하더니 일년이 지나도 찾아가지를 않네.

'야'가 아이 이름인지, '애'를 자기 식으로 발음하는지는 알 수 없지만 뭔가 반복되는 느낌의 야, 야 아빠, 야 할머니라는 단어에 숨이 좀 가빠진다. 경자 집에 들어서자마자 마당에서 한가롭게 노닐던 닭들이 천지사방으로 튀어 달아난다. 닭들이 온 마당을 돌아다니다가 아무 데나 똥을 싼다고 경자가 아무렇지도 않게 마루 위의 닭똥을 수건으로 휙 닦아냈다. 경자가 닭똥을 닦아내자 아이가 히이이 웃었다.

야는 내가 닭똥 치는 것이 재밌나봐. 야가 웃으니까 닭이 똥 싸는 게 싫지가 않네.

마루 한켠에 우뚝 서 있는 구식 냉장고가 윙 하고 울었다. 아이가 냉장고 문짝을 손바닥으로 때리니 냉장고 소리가 멈춘다. 냉장고 소리를 잠재운 아이가 득의의 미소를 머금는다.

냉장고가 야 말을 제법 잘 듣는다니까, 흐흐흐.

얼핏 봐도 뒤죽박죽인 냉장고 안에서 경자가 비닐팩에 든 음료를 꺼내와 아이와 윤에게 준다. 아이가 칫즈,라고 한 것 같았다. 아이가 윤의 무릎에 발딱 올라앉아 칫즈, 칫즈, 칡즙을 빨아 먹는다. 밥상을 차려 내오다가 경자가 자지러지게 웃는다.

아이고 징그러워라.

아이가 윤의 무릎에 앉아 있는 것이 징그럽다는 뜻일 테지만, 경자 저야말로 징그럽게 윤에게 다가들며, 아이를 10월 한달만 좀 맡아주면 안되겠느냐고, 아이가 옆에서 듣고 있는 줄 알면서도 목소리를 낮춰, 물었다. 얼추 십년도 더 넘었을 것 같다. 백부의 딸인 경자를 십년 전 백부 장례식에서 보고 처음이니까. 십년 만에 보면서도 그제도 만나고 어제도 만나며 사는 사람한테 하듯이,

옵빠아, 10월 한달만 야 좀 맡아주소, 한다.

둘째가 애를 난다네. 산바라지하러 가야 하는데 야를 데리고 가기가 좀 뭐해서 말야.

아이가 눈을 내리깔고 있다. 왠지 할머니보다 이 할아버지가 나는 좋아, 하는 표정을 숨기는 것도 같다.

몇살이냐고 물으면서 손가락을 펴 보였더니 아이가 대답하기 전에 경자가 먼저,

애가 다섯살인데 아직 말을 안하네, 말을 안해. 아이, 말 좀 해봐라, 말 좀 해봐, 칫즈 말고 다른 말도 좀 해봐아. 할머니이, 한번 불러보라니까안.

아이한테 애교를 떤다.

저것은 과연 무엇일까. 경자가 아이를 대하는 태도는 사랑인가? 사랑이 아닌가? 어쩌다 떠맡게 된 다섯살 아이가 말을 제대로 하지 않는데도 경자는 전혀 걱정하지 않는 태도다. 아무리 남의 아이라도 경자의 아이에 대한 무심한 태도야말로 윤은 좀 징그럽다. 엷긴하지만 분노 같은 감정도 일어나는 듯하다. 그러나 제 속을 드러내 보이길 자제하며 아이에게 눈을 맞춘다. 아이 눈 속에 윤이 있다. 흰머리, 숨길 수 없이 자글자글한 주름살의 노인이 있다.

아이 눈 속의 제 모습을 보며,

내가 니 눈 속에 있구나.

아이가 몽글몽글한 젖니를 드러내며 시그르르 웃는다.

……애기도 애기지만 내가 그렇게라도 해야 잘사는 둘째한테서 얻어다가 못사는 첫째한테 다믄 얼마라도 보태줄 수가 있어서이……

경자의 두서없는 말이 이어지는 동안 아이와 윤은 눈장난을 했다.

둘이 뭐해? 하면서 경자가 윤을 향해 눈을 찡긋했다. 윤은 그때 그 순간은 잘 몰랐다. 경자가 눈을 찡긋하는 것이 무엇을 의미하는지를. 집에 와 곰곰 생각해보니 경자가 눈을 찡긋한 것은 혹시 10월 한달 키워보다가 좋으면 그대로 쭉 애를 맡아서 키워보라는 뜻이 아니었을까, 싶어지던 것이었다. 장차, 저와 함께 살아가게 될지도 모른다고 아이도 느꼈던 것일까. 그래서 아이는 처음 보는 윤의 무릎에 찰싹 올라앉기까지 했던 것이 아닐까. 그리고 그런 자의적인 생각들이 달콤하기까지 한 것은 무어란 말인가. 물론 윤은 그것이 무엇인지를 알고 있다. 다만 모른 체하고 싶을 뿐.

딸이 두고 간 책상 속에서 나온 아내와 아들 사진을 들여다보다가 뭔가가 명치에 걸리는 듯하더니 딸꾹질이 나오기 시작했다. 니가 멈추지 않으면 나는 잠을 자리라, 하고서 눈을 꾹 감았지만 딸꾹질은 잠 속까지 따라 들어왔다. 잠이 들만 하면 딸꾹, 나오는 통에 발딱 일어나서 네끼, 악을 써보고 조용히 자리에 누웠는데 그 순간 저도 놀랐는지 딸꾹질이 딱 멈추었다. 멈춘 줄 알았던 그것이 살포시 잠들려는 순간, 호드득 튀어나온 통에 아이코야, 깜짝 놀라는 시늉을 하며 침대에서 방바닥으로 발딱 뛰어내렸다. 온 집 안의 불을 다 켜놓고 혼자서 어슬렁거리고 있자니, 이제 더이상 나오지 않는 딸꾹질이 또 은근히 기다려지는 것이었다. 그래서 또 혼자, 왜 안 나와, 어여 안 나올래? 실없이 지껄이다가 무르춤해져서 불을 다 끄고 어둠속에서 꼼짝 않고 앉았다가 앉은 그대로 잠이 들었다. 그렇게 잠이 들면 늘 모로 쓰러지게 되고 어느 순간 몰려오는 한기와 허기 때문에 눈을 뜨게 된다. 아파트 맞은편 상가의 치킨집 간판 불이 베란다에 번져 들어오고 있었다. 잠에서 깬 오밤중에 베란다에 번져 들어오는 빛들을 물끄러미 바라보고 앉았자면 또 아직 어렸던 때의 딸이 생각난다. 딸이 어렸을 때는 튀긴 닭에 붉은 양념을 끼얹은 양념치킨을 좋아했다. 아직 젊었던 윤은 딸을 어떻게 돌봐야 할지 알지 못했다. 알지 못한 채로 양념치킨도 사다먹이고 라면도 끓여먹이고 달걀프라이도 해먹이고 김치도 사다 김치찌개도 해먹이면서 키웠다. 하여간 뭔가를, 머릿속에 떠오르는 대로 허둥지둥 만들어서 먹이고 옷도 이것저것 사다 입히고 운동화도 사다 신기고 머리핀도 사다주고 어린이날에는 놀이공원에 가서 놀이기구도 태워주고 유치원에서 오라면 어떡하든지 가서 사진도 찍어주고 학교에 들어가서는 운동회 때 빠지지 않으려고 무진 애쓰며 가게에서 사온 김밥이나마 먹이고…… 그래서 아이가 잘 크고 있는 줄 알았다. 이제 막 사춘기에 들어선 딸이 동료들과의 회식으로 늦게 귀가한 윤에게, 이 세상에 있는 욕이란 욕은 다 하고 싶은데 제가 아는 욕의 총량이 적어서 화가 나 미칠 것 같다,라는 말을 하기 전까지는. 윤의 등 너머에서 화가 나서 차라리 울고 말겠다는 기세로 꺽꺽 울음을 토해내는 딸을 위해, 오밤중에 달걀프라이를 하고 라면을 끓였다. 뭐라도 해서 먹여야 될 것 같았다. 아이가 원하는 게 먹는 것이 아니라 해도 그때는 취기 속에서도 아이가 무서웠다기보다, 겁이 났다. 맥락이 분명치 않은 어떤 두려움 때문에 프라이든, 스팸이든, 치킨이든, 라면이든, 가게 김밥이든 뭐라도 먹이지 않고서는 견디기 어려울 것 같았다.

　어제는 딸 생각이 나서 치킨을 시켜먹어봤다. 후라이드요, 양념이요? 주인이 바뀌었는지 치킨집 사장이 되바라지게 물었다. 양념이요, 양념. 반반도 있는데요? 양념이라니까. 양념은 별스레 벌겠고 별스레 윤이 났다. 그것을 하나 붙들고 텔레비전 앞에 앉아 입에 넣는 순간, 양념이 바닥에 떨어졌다. 걸레질을 하네 마네 하다가 신경질이 나서 양념치킨을 치우는 중에 그 아이가 생각났다. 치킨을 시킨 것도 실은 딸 생각이 나서라기보다 그애 생각 때문이었는지도 모른다. 경자 애, 아니, 경자한테 맡겨진 그 아이가 오면 딸이 집을 떠난 이후로 사라진 치킨 냄새가 되살아날지, 어떨지를 잠깐 생각했고 그러다가 발작적으로 치킨집에 전화를 했던 것이다. 치킨집 옆 김밥집은 불이 꺼졌다. 딸이 떠난 뒤 며칠은 밥해 먹기가 귀찮아 연일 김밥을 사다 먹었다. 김밥으로 끼니를 때우고 나면 집 안에 단무지 냄새가 밴다. 단무지를 우걱우걱 씹다가 단무지 냄새가 어쩌면 앞으로 자신의 냄새가 될까 살짝 두려움을 느꼈다. 그 아이, 경자가 키우고 있는 그애가 오면 단무지 냄새는 더이상 나지 않게 될까. 자다가 깨면, 자신이 저녁을 먹고 잤는지 아닌지를 생각하게 된다. 저녁을 먹고 잤다 해도 뭔가를 또 먹어야 할 것 같다. 뭔가를 입속에 넣고 씹지 않으면 그다음은 꼭이 배가 고파서가 아닌 이상한 허기가 몰려올 것이다. 윤은 냉장고 문을 열어 그제 저녁에 먹다 남긴 김치찌개 냄비에서 한그릇 분량만 덜어내 전자레인지에 돌렸다. 찌개를 덥히는 동안, 그저께 김치찌개를 끓이고 있을 때 찾아왔던 제자 한을 생각했다. 건축설계 일을 하는 한은 내내 남의 집만 설계하다가 작년에 경기도 마석에 택지를 분양받아 생애 처음 자기 집을 지었다. 윤이 전임교수가 되어서 가르친 첫 제자들 중 지금도 꾸준히 연락을 해오는 몇 안되는 제자 중 하나라 이제는 제자 겸 친구같이 되었는데, 윤 자신은 까맣게 잊어버린 것들을 불쑥불쑥 말해놓고 회심의 미소를 짓는, 좀 불편한 데가 있는 친구였다.

첫 수업 때 선생님이 그랬죠. 집과 정원이 있어야 가정(家庭)이 완성된다고 말이죠. 제가 집을 짓는 이유를 아시겠죠? 결혼하고도 가지지 못한 가정을 제가 비로소 가지게 됐단 뜻이죠.

집은 한의 설계에서 한치의 오차도 없이 완벽하게 지어졌다,고 하는데 윤은 설계도는 봤지만 집은 아직 가보지 않아서 정말 그런지 아닌지는 알 수 없었다. 새집에 입주하던 날 한의 아내 미정이, 이 집은 당신의 머릿속에서 나온 당신의 집이지 내 집이 아니라는 말을 남기고 떠났다,고 한이 말했다. 한은 집 짓는 과정 속에서, 혹은 그 이전에 자신이 미정에게 어떤 사람이었는지는 말하지 않았다. 그래서 '집 다 지어놨는데 집을 떠난' 미정의 행동을 어떻게 해석해야 할지 윤은 알 수 없었다. 한이 혹시 미정이 집을 떠난 이유를 알고는 있으나 차마 말하기는 싫어서 대충 둘러대느라고 한 말이, '당신의 집' 운운이었을지도 모른다.

한에게 밥을 권했으나 술만 마셔서 결국 윤도 김치찌개를 안주 삼아 밥 대신 술을 마셨다. 술기운이 오르자 한이 목소리를 키우기 시작했다. 목소리가 올라가면 한은 발음이 부정확해지고 침을 많이 튀겨서 물을 머금고 푸우푸, 입으로 분무질을 하는것 같았다.

장모님, 아니지 지금은 장모님이 아니지만 하여간 장모님도 모르겠다고 해요, 푸우푸, 한서방이 모르는 걸 내가 어찌 아나, 말하는데, 너무 아무렇지도 않게 말하는 것이 뭔가 의심이 더 간단 말입니다, 푸우푸우푸, 심지어는 자네가 바람을 피웠는가 물어요, 아니라고 했죠, 분명히 아닌데도 아니라고 하니까 저를 더 의심하는 눈초리예요, 푸우푸푸, 미정이가 바람을 피웠을까요? 그것도 아니래요, 푸푸푸, 그럼 뭘까요? 왜 집 다 지어놨는데 집을 나가냔 말예요, 왜! 푸푸푸푸푸.

사방으로 튀기는 침도 침이지만, 미정이가 당신의 조교였으니까 당신도 뭔가 아는 것이 있을 것 아니냐고, 그러니 이젠 당신이 내게 뭔가를 말해줘야 하는 것이 아니냐고 압박하는 것 같아 윤은 좀 불쾌해졌다. 미정이가 왜 떠난 줄 아니? 바로 니가 지금처럼 푸푸거리려서 그래 인마, 하고 한을 내쫓았는데 한이 현관 밖에서 내내 푸푸거리는 기척이 들렸다. 나중에 살며시 문을 열어봤을 때 한은 가고 없었다.

전자레인지에서 덥혀 나온 김치찌개는 뜨거운데도 온기가 없는 것처럼 느껴진다. 온기 없는 음식을 먹고 나면 배는 부른데도 허기가 남는다. 허기, 그 정체를 알 수 없는 고약한 친구는 사람으로 하여금 딸꾹질을 시키고 혼잣말을 하게 한다.

애가 아주 예쁘더라고.

지금 무슨 말 하는 거야?

애가 아주 예쁘더라니까.

어어, 또오? 대체 누구 애가?

대체 누구 애가? 할 때는 목소리도 바꾸어보았다.

경자가…… 맡고 있는 애 말야.

난 또, 그래애, 똘똘하게 생겼더라. 경자가 아주 착해. 남의 애도 잘 거두는 거 보면?

뭔가 음험한 목소리인 듯도 했다. 애를 꼬여서 데려와가지고 아무도 모르게 내 자식으로 등록을 시키고…… 그다음은 생각이 나지 않았다. 다만, 아이의 머릿내, 보드라운 손아귀, 말그름한 눈초리만이 그득하게, 그득하게, 윤의 어딘가에 차올랐다. 제 괴로움을 감당 못해 찾아온 제자를 내쫓았던 이유가 꼭이 불쾌해서라기보다, 제 속에 차오르는 일말의 희망적인 사태를 오염시키는 느낌 때문이 아니었을까도 싶었다. 희망의 정체는 아이였다. 바로 그 아이. 경자의 그 아이. 그 머릿내가 아련히 풍겨오는 것을 윤은 느꼈다. 그 머릿내가 실은 아들의 머릿내일 수도 있다는 것을 지우기 위해 일부러 혼잣말을 해서라도 아이가 경자 아이, 아니 경자가 키우는 아이임을 상기시켰다.

아이와 만나고 나서 일주일 뒤 결혼식장에 다시 온 것은 친척 대소사에 꼭 참석해야 한다는 의무감 때문이 아니라 다른 이유가 있어서라는 것을 윤은 느꼈다. 그 느낌에 '운명'이라는 말을 붙여도 그다지 과장된 표현은 아닐 것 같았다. 10월까지 기다릴 것도 없이 오늘 아이를 데려갈 수도 있을 것이다. 평소에는 거의 느껴지지 않는 심장의 요동 소리가 미세하게나마 귀에 들려오는 듯도 싶었다. 경자는 10월 한달만 맡아주라고 했지만, 10월 한달이 아니라 앞으로도 쭉 아이와 함께 살게 될 것이다. 아이와 함께 살 준비를 하느라고 지난 일주일은 좀 바빴다. 인터넷으로 아이들이 좋아할 만한 요리 레시피를 찾아보고 어린이 요리책, 동화책, 그림책도 주문하고 옷 가게, 신발 가게에도 들렀다. 손수건을 꺼내려다보니 어제 신발가게에서 가지고 나온 팸플릿이 따라나왔다. 방한화를 사면 모자도 함께 준다는 광고지인데, 아이 발 사이즈를 몰라 살 수가 없었다. 가게를 나오는데 뭔가를 두고 나온 듯 허전해서 집 앞 호프집에서 맥주를 몇잔 마셨다. 취기가 조금 올라서인지 현관문을 열고 들어서는 집 안 공기가 다른 날보다 더 정다웠던 것도 같다. 오랜만에 잠을 잘 자서인지 기차를 타고 고향으로 오는 내내 기분도 좋았다.

　예식장은 아랍풍의 둥근 지붕 위에 정체 모를 깃발이 나부끼는, 읍내에서 가장 화려한 건물이었다. 육촌동생 성섭은 교류가 없는 관계인데다 그렇게 하는 것이 예의라고 여겼는지, 지극히 의례적인 인사만 한다. 사실 일가친척들의 지나친 관심도 번거롭지만 과장된 무관심도 불편해서 내왕하기를 끊었지만, 성섭의 최소한의 인사는 뭔가 의도적인 날카로움을 숨긴 것 같기도 하다. 그런 느낌 때문이었을까. 문득, 성섭이 고향에서 경찰로 일하다 정년퇴직했다는 사실이 떠올랐다. 경자가 해결하기 어려운 일이 생기면 일가친척들 중에서 맨 먼저 성섭에게 달려간다는 것을 윤은 알고 있다. 10월

이후에도 아이를 경자에게 데려다주지 않는 일이 생긴다면, 자신이 성섭을 조심해야 할지도 모른다는 예감이 들어서였을 것이다. 오랜만의 만남인데도 윤은 되도록 오래 고향을 떠나 산 사람에게서 풍길 법한 다소 냉정한 태도를 견지하면서 성섭과 악수를 하고 결혼식장 안으로 들어섰다. 금박무늬가 요란해서 파티복처럼 보이는 한복을 입은 경자가 지난주 토요일에 만난 것을 잊어버리기라도 한 것처럼 반기다가 귀엣말로,

애 보고 싶어서 온 거야?

은밀히 속삭인다. 경자가 그래서였을 것이다. 윤이 경자에게도 똑같이 은밀하게 물은 것은.

애가 안 보이는구나?

쪼오기, 쪼오기 있네, 새끼가 이 자리가 뭔 자린 줄도 모르고 막 뛰댕기네에.

그렇게 들으려고 해서 그랬는지, 아니면 자신의 마음이 그랬는지, 경자의 '새끼'란 말이 일견 정다운 것 같으면서도 뭔가 음모적이라는 느낌이 설핏 들었다. 아이를 찾아가지 않는 아이 아빠한테 아이를 봐주는 대가를 요구했는데 들어주지 않아서 버리고는 싶고 주변의 눈이 있어서 이러지도 저러지도 못하는 와중에 애를 떼어버릴 구실이 생겼고, 그참에 애를 맡아줄 사람이 생겨서 좋기는 한데 마냥 좋아라 해서도 안될 것 같고…… 길어질수록 추리는 미궁에 빠질 듯했다. 윤이 아이한테 다가가자 아이가 아는 사람 만났다는 듯, 특유의 몽글몽글한 젖니웃음을 사그르르, 웃는다.

잘 있었어? 심상한 듯, 실은 애틋하게 아이에게 인사를 건네는데

콧등이 시큰해진다.

아이는 역시나 대꾸가 없고 윤이 아이 손을 잡는다. 손바닥이 끈적인다.

아이쿠, 이게 뭐냐? 손부터 씻어야겠다.

화장실을 찾아 아이 손을 씻겼다. 한쪽 손을 씻기자 냉큼 다른 손을 내민다. 이왕에 손도 씻긴 김에 얼굴도 씻긴다. 손수건을 꺼내 얼굴을 닦아주니, 저도 좋다고 웃는다. 미루나무 이파리가 햇빛에 뒤집어지듯이, 사그르르. 바람 속에서 주로 놀았는지 아이 뺨이 꺼칠하다. 로션이라도 있으면 발라주고 싶다는 생각이 든다. 아이를 씻기면서 입속으로는 계속 "아이코야, 이노무시키" 소리가 맴돈다. 또 한번 코끝이 시큰해진다. 젊었을 때, 아직 아들이 곁에 있었을 때 윤이 아이코야, 이노무시키 해가면서 아들을 씻긴 적이 있었던가, 없었던가.

결혼식은 벌써 진행 중이었다. 빈자리를 찾아 무심한 태도로 아이를 안고 앉았다. 아이 머리에서 달콤한 냄새가 난다. 딸은 땀이 많았다. 머리칼 속을 헤집어보면 진득한 땀이 배어나 있었고 손가락 빗질을 해주고 나면 손가락에 그 냄새가 뱄다. 비릿하고 달콤한 어린 생명의 냄새가. 윤이 아이를 꼬옥 안고 앉아 있는 동안에도 길에서 보면 모르고 지나칠 것 같은 몇몇 사람들이 알은체를 했고 아이 머리를 쓰다듬었다. 결혼식은 웅장하고 지루했다.

나갈까? 귀에 대고 물었더니 아이가 냉큼 고개를 끄덕인다. 어쩌면 아이는 아이들 특유의 본능으로 제가 누구를 따라가야 살 수 있는지를 알아챘는지도 모른다. 그렇다면, 조금 더 민첩하게 움직여야 할 것이다. 아이를 안고 막 일어서려는데, 오빠아, 경자가 부른 다. 혹시 경자도 윤이 그길로 아이를 데려갈 것 같은 느낌이 들었던 것일까. 그래서 그렇게 급하게 그를 불렀던 것일까. 아이를 경자에 게 데려다주고 기차를 타고 오는 내내 뭔가를 잃어버린 듯한 기분 이 드는 이유가 무엇이었을까. 당일치기 고향 걸음으로 피곤한 탓 도 있었을 것이다. 여느 날보다 꿈이 많은 잠을 잤고 꿈속에서 얼핏 아이를 보았다. 아들인 것 같기도, 아닌 것 같기도 했다. 잠에서 깼 을 때 다른 날보다 더한 한기와, 뒤이어 다른 날하고는 비교가 안될 거대한 허기가 몰려왔다.

아버지가 정색을 하고 물었다.
야, 사람들이 나를 보고 자꾸 치매라고 하는데, 네 생각은 어떠냐.
아버지 생각은 어떠세요?
에라이 나쁜 놈아, 사람이 물으면 대답을 해야지.
그럴 때의 아버지는 낯익은 아버지였다.
침묵 끝에,
10월에는 애하고 함께 아버지 뵈러 올게요.
준이가 온다고?
준이는 오지 못하잖아요.
준이가 어디 갔는데?
……
야아, 준이가 왔구나, 죽은 줄 알았던 우리 준이가 왔어.
낯선 아버지가 그곳이 어디인지 가늠할 수도 없는 곳을 바라보며 해사하게 웃었다.

아버지도 좋으세요?

그러엄, 좋다마다.

낯익은 아버지가 낯설어서,

애가 오는 게 좋으시냐구요.

좋다니까!

애가 오면 아버지도 집으로 가시겠어요?

네 엄마 오면 함께 가지.

입을 다물고 말았다. 그러나 그 순간, 어떤 희망이, 언뜻 봐서는 보이지 않지만 자세히 보면 분명히 움튼 겨울 속 버들개지 순 같은 어떤 확신이 생겼다. 아이가 오면 아버지를 집으로 모시고 올 수 있을지도 모른다, 아이를 임시로 좀 봐주는 것으로 끝낼 일이 아니라 입양을 할 수도 있을 것이다, 아이 아버지가 일년이나 아이를 찾아가지 않는다는 것은 아이를 키울 형편이 안된다는 뜻일 것이다, 이미 아이를 포기했는지도 모른다, 경자도 겉으로 말을 안했지만 속으로는 키워보다가 좋다 싶으면 아예 입양을 하라는 뜻이었을지도 모른다…… 희망은 우후죽순처럼 뾰족뾰족, 쑥쑥 피어났다. 입양에 대해서 알아볼 필요가 있었다. 우선 컴퓨터를 켰다.

양자를 부양하기에 충분한 재산이 있을 것.

충분한지 아닌지는 모르겠지만, 윤에게는 좀 낡긴 했어도 지금 살고 있는 아파트가 있고 생활비로 쓰기에는 충분한 연금이 있다.

양자에 대하여 종교의 자유를 인정하고 사회의 구성원으로서 그에 상응하는 양육과 교육을 할 수 있을 것.

딸이 가톨릭 신자가 되었을 때, 윤은 딸의 '종교의 자유'를 인정했다.

양친이 될 사람이 아동학대 가정폭력 성폭력 마약 등의 범죄나 알코올 등 약물중독의 경력이 없을 것.

딸이 초등학교 다닐 때 두어번 매를 때린 적은 있다. 술은 먹지만 그래서 가끔 억병으로 취하기도 하지만 아이가 오면 달라질 것이다.

양친이 될 사람이 대한민국 국민이 아닌 경우 해당 국가의 법에 따라 양친이 될 수 있는 자격이 있을 것.

윤은 대한민국 국민이니, 이 부분은 무사통과.

그밖에 양자가 될 사람의 복지를 위하여 보건복지부령으로 정하는 필요요건을 갖출 것.

복지라 함은 먹이고 입히고 교육시키는 것을 의미할까. 삼시세끼 잘 먹이려면 장도 보고 옷도 사고 운동화도 사고 공책도 연필도 연필깎이도 사야 할 것이다. 그런데 '양친'이라는 말이 자꾸 걸린다. 양친이라는 말이 마음에 걸리는 사람을 위하여 인터넷은 '독신자의 경우'도 바로 준비해뒀다.

독신자의 경우.

35세 이상.

윤은 66세이므로 해당사항 없음.

아동과의 연령 차가 50세 이하인 자.

아이는 다섯살이라고 했다. 예순여섯에서 다섯살을 빼면 61세. 처음에는 설마, 했다. 아니, 어떻게 다섯살 아이와 61년의 나이차가 있을 수 있단 말인가. 51년도 아니고 61년이라니. 그러나 다시 계산해봐도, 다시 계산해보고 말 것도 없이, 아이하고 60년 넘는 차이가 있다는 사실 앞에서 윤은 당혹스럽다. 뼈가 아픈 것도 같다. 눈도 씀벅씀벅, 쓰라려오는 것 같다. 인터넷 정보라는 것을 백프로 믿을 것은 아니라고 잠깐 여유도 부려본다. 윤은 컴퓨터를 발작적으로 꺼버렸다. 컴퓨터를 끄는 동시에 '입양이 안되면 납치라도'가 머릿속에서 깜빡거린다. 잘못 알고 간 결혼식날, 그리고 경자가 10월 한 달만 아이를 봐줄 수 있겠느냐고 물었을 때부터 실은 '입양' 혹은 '납치'를 떠올렸을지도 몰랐다. 그래서 그날 아이와 함께 곧바로 기차를 탔어야 했는데, 기회를 놓친 것만 같아 내내 입안이 텁텁했던 건지도.

아이를 데려오는 일과 아버지를 모시는 계획을 궁리하느라 오전나절을 다 보내고 나서야 윤은 발작적으로 집을 나섰다. 주말이라 그런지 기차는 표가 없었다. 윤은 고속버스를 탔다. 오히려 그것이 나을지도 모른다. 경자 집은 기차역보다 터미널에서 더 가깝다. 경자에게는 10월까지 갈 것도 없이 아이를 지금 데려가겠다고 차분하게 말할 것이다. 경자가 그러라고 할지, 말한 대로 10월에 데려가라고 할지는 알 수 없지만, 하여간, 자신은 아이를 데려올 것이다. 그러기 위해서 미리 샀던 아이 옷과 신발도 가방에 챙겼다. 아이가 입고 있던 옷은 경자가 산 것일까. 땀을 흡수하지 못하는 합성섬유 계통의 옷 때문인지 아이가 땀에 흥건히 젖어 있지 않았던가. 봐라, 내가 사온 옷이 애한테 얼마나 좋은지, 너도 눈이 있으면 보란 말이다,라고 말하지는 않겠지만, 경자도 보면 알 것이 아닌가. 무엇보다 아이 먹일 간식이라곤 언제적에 넣어둔 건지도 알 수 없는 칡즙뿐이라니. 윤은 며칠 전 '아이가 좋아하는 레시피'를 보고 몇가지 어린이용 요리도 연습해뒀다. 가령 '이불 덮은 곰돌이 오므라이스'라든가, '칙칙폭폭 김 소시지말이' 같은 것, 그리고 또…… 분명히 연습은 했는데 얼른 이름이 떠오르지는 않는 몇가지 어린이 간식들을 만들기 위해 칼질을 하고 볶고 부치고 튀겼다. 아이가 오면 아버지가 올 것이다. 아직 연습은 못했지만 '노인을 위한 레시피'도 몇가지 찾아봤다. 아이와 아버지는 잘 지낼 것이다. 자신이 잘만 한다면. 다섯살인데도 아직 말을 안하는 것이 설사 자폐의 일종이라 하더라도 아이는 윤을 잘 따르지 않았나. 아버지가 설사 치매라 하더라도 감당하지 못할 정도는 아니지 않은가. 아무 문제 없을 것이다. 버스에 오르기 직전에 경자에게 전화를 했다.

오빠가 먼저 전화를 하고, 웬일이래? 아하, 야 때문이구나, 바꿔주까? 아이, 아이, 네가 좋아하는 할아버지다, 말 좀 해봐. 야가 웃기만 하고 말을 안하네. 근데 오빠 뭔 일이야?

일단은 최대한 심상한 어조로, 오늘 그쪽에 볼일이 있어서 내려가는 길이라고 말했다. 가는 김에 아이도 볼 겸 들르겠다고 할 참인데, 경자가 특유의 선선함으로 그러냐고, 오는 김에 오라고, 한다. 파김치가 맛있게 익었다고, 온 김에 파김치도 가져가고 사과가 그렇게 맛있다고, 올해 첫물 사과도 가져가고 깨농사가 잘되었다고 깨도 가져가라고 한다. 윤은 그러겠다고 했다.

자리가 맨 앞인 탓에 자꾸 텔레비전으로 눈길이 간다. 마침 요리 프로가 나온다.

자아, 오늘은 어린이들도 좋아하는 대만식 덮밥 루러우판을 만들어봅시다아.

어린이들도 좋아한다는 말에 얼른 펜과 수첩을 꺼내 요리 과정을 급히 요약해서 적는다.

1. 돼지 앞다리살을 볶다가 양파, 마늘, 소주 넣고 볶음.

2. 간장, 설탕, 건양파, 물 넣고 끓임.

1을 2에 넣고 끓임. 이때 건팔각을 넣는다.

3. 데친 숙주, 청경채, 조린 달걀을 밥에 얹고 2를 붓는다.

건양파와 건팔각에는 나중에 그것들이 무엇인지 확인해보기 위해 동그라미를 쳐놨다.

요리에 관심이 많으신가보다고 건너편 자리에 앉은 초로의 남자가 묻는다.

아이를 키우려면 그래야 할 것 같아서요.

손주를 키우시나봐요?

대답하기 애매할 때는 그저 웃는다. 그런 다음 눈을 감고 잠을 청하는 것이 상책이다. 좌석을 약간 뒤로 젖히고 눈을 감은 사이 깜박 잠이 들었다. 눈을 떴을 때는 텔레비전 화면이 바뀌어 있었다.

……경기도 남양주에 사는 한모씨가 처가에 찾아가 처제를 인질로 잡고 인질극을 벌이고 있습니다. 지금 현장에 나가 있는 취재기자 연결합니다……

오늘 오전 일곱시 반경 남양주의 한 다세대주택에서 마흔다섯살

한모씨가 별거 중인 부인 A씨가 자신을 만나주지 않는다며 인질극을 벌이고 있습니다. 경찰특공대가 오후 두시 반에 옥상을 통해 창문으로 진입을 시도했으나 한씨의 격렬한 저항으로 인질로 잡힌 처제 B씨의 안전을 고려해 현재 대치 중에 있습니다. 그런데 처제 B씨뿐 아니라 장모 C씨도 인질로 붙잡혀 있는 것으로 경찰은 뒤늦게 파악하고 경찰대학 위기협상연구센터 교수를 현장에 투입, 인질범의 가족과 지인을 동원해 협상에 나서기로 했습니다……

남양주에 사는 한모씨는 제자 한이 분명했다. 한이 결국 사고를 친 것이다.

저런 놈이니까 마누라가 집을 나가지, 에라이 못난 놈, 저런 놈들이 남자 망신 다 시키는 못난 놈들이지 않습니까?

……

그렇지 않습니까?

남자가 재차 물었으나 윤은 대답하지 않았다. 버스가 고속도로 휴게소로 들어갔다. 기사가 십오분 휴식 뒤에 출발한다고 말했다. 시계를 봤다. 9월 15일 오후 4시 50분이다. 한에게 전화를 했으나, 당연히 받지 않는다. 요의가 없는데도 화장실을 들렀다가, 꼭 갈증이 있어서라기보다 생각의 갈피를 정리하기 위해 물을 사서 나오면서 경자에게 전화를 걸었다. '지금 납득할 수 없는 이유로 집을 나간 제 아내의 동생과 어머니를 잡고 인질극을 벌이고 있는 제자 일'로 너희 집에 들르지 못할 것 같다고 할 수는 없어서, 사정이 생겨 나중에 가겠다 간단하게 말하고 서둘러 전화를 끊으려는데 경자가 급하게 막아서듯,

오빠, 좀 전에 야 아빠가 야를 일주일 안에 데려간다는 연락이 왔어. 내가 10월에 사정이 생겨 야를 다른 사람한테 맡긴다고 하니까 그러면 자기가 데려간다고 하네. 그래서 10월에 오빠가 야 데려갈 필요는 없을 것 같아. 오빠 오기 전에 미리 말해주려고 전화해도 오빠가 안 받더라구.

그러냐고, 잘 알았다는 짧은 답을 했다. 결정은 버스가 떠나기 전에 하는 것이 좋을 것이다. 먼저 제자 한에 대해 생각했다. 집 다 지어놨는데, 제 선생의 시답잖은 한마디를 금과옥조로 여겨 '가정'을 천신만고의 노력 끝에 일구었는데 아내의 가출이 그 결과일 줄은 예상 못했던 멍청한 한을 도울 수 있는 방법을 강구하기에는 그러나 너무 시간이 촉박하다. 윤은 물을 한모금 마셨다. 시간이 촉박하므로 인질범 한에 대한 생각은 일단 젖혀두기로 했다. 그러면 이제 아이를 생각할 차례다. 일주일 안에 제 아비가 데려갈 아이, 지금 데려오지 않으면 영영 볼 수 없게 될지도 모를 아이. 급한 상황이 닥친 것은 분명했다. 만약 아이를 데려간다고 하면 경자가 자신을 미친 사람 취급할 수도 있다. 그럴 것이 분명하므로 경자의 눈을 피해 아이를 데리고 나와 기차나 버스를 타게 될 것이다. 아이가 없어진 것을 확인한 경자는 무슨 일이 생기면 늘 그랬듯이 맨 먼저 성섭에게 알릴 것이다. 윤과 연락이 안되면 성섭이 후배 형사들을 시켜 윤의 뒤를 쫓을 것이다. 그러면 윤은 인질범 제자를 둔 납치범이 될 것이다. 시계를 봤다. 오후 다섯시 정각이다. 차가 출발하려면 아직 오분이 남았다. 불현듯 십년 전에 끊은 담배 생각이 났다. 오분이면 담배를 살 수 있는 시간으로는 충분하다. 또한 담배를 사서 불을 붙이고 몇모금 정도는 피울 수도 있는 시간으로도 충분하다. 담배를 몇모금이라도 피우고 나서 출발하기 직전의 차에 잽싸게 올라타면 될 것이다. 윤은 담배가 있는지는 모르지만 담배를 살 요량으로 휴게소 안 편의점을 향해 걸어갔다. 사양(斜陽)이 비끼는 휴게소 유리문에 오후 다섯시의 흰 달이 언뜻 비쳤다가 윤이 문을 열자 사라졌다. 곧 해가 질 것이다.

김금희 / 깊이와 기울기

이동

　한 대기업이 제주 부속섬에 마련한 레지던스 '공가'는 작가들이 무척 가고 싶어하는 곳이었다. 환경과 시설이 좋고 체류기간 동안 웬만한 신입사원 월급만큼 생활비를 주기 때문이었다. 뉴욕의 모마(MoMA)처럼 국내외 유수의 미술관을 통해 작가를 추천받아서 체류 자체가 경력이 되었다. 문제는 공항에서 모슬포까지 제주 본섬을 차로 종단한 다음 배를 타고 가파도라는 섬으로 들어가야 한다는 것이었다. 하지만 그 고립만 견디면 예술도 나오고 생활비도 경력도 생기니까 내게는 행운이나 다름없었다. 비록 예정된 해외작가들에게 줄줄이 사정이 생기는 바람에 '신진 몫으로' 차례가 왔다 해도.

　나뿐 아니라 거의 대부분의 예술가들이 그렇게 레지던스를 철새처럼 오가며 살고 있었다. 유럽에서 아프리카로, 흔하게는 동남아와 일본으로, 중국으로 시즌마다 이동하며 지냈다. 오직 한달에 한번 자동차로 생필품을 전해준다는 오슬로 어딘가의 통나무집에서부터, 유령 일족이 모여 산다는 이딸리아의 으스스한 고성을 거쳐 폐광된 독일의 보훔과 중국 선전의 공사장까지, 예술가들의 임시주거지가 다채롭게 있었다. 가파도도 그런 불편과 단절 대신 일상의 안정이 가능한 곳들 중 하나였다.

레지던스에 머무는 4개월은 꽤 긴 시간이라서 애인인 영류가 불평하지 않을까 예상했지만 그렇지 않았다. 잘됐다고 뜨뜻미지근하게 반응하더니 한번 내려가겠다고만 했다. 그 한번이 정말 횟수 한번을 가리키는지도 모호한, 언젠가 시도는 해보겠다는 정도의 시적시적한 태도였다. 섭섭했지만 하는 수 없었다. 영류는 요즘 매사에 의욕이 없었으니까. 언젠가는 속옷을 갈아입고 있는 나를 물끄러미 바라보다가 우리는 완벽한 라이프 파트너야,라고 맥락 없이 말했다. "사는 데 성욕만큼 성가신 게 없는데 잘됐지 뭐."

한 계절 쓸 짐들을 캐리어에 담으니 30킬로그램이 넘었다. 그나마 다른 짐들은 영류가 차차 택배로 보내주기로 했는데도 그랬다. 전철과 버스, 비행기, 택시와 배까지, 가능한 모든 교통수단을 이용해 마침내 가파도 선착장에 도착하니 레지던스 매니저가 마중을 나와 있었다. 인터넷 홈페이지나 구글 지도에서 봤을 때와는 비교도 되지 않는, 섬의 압도적인 현실감이 눈앞에 펼쳐졌다. 태양 아래 바다는 파랗다고 하기에는 좀더 무겁고 농축된 쪽빛을 띠고 있었다. 그 색감이 주는 이상한 처연함과 무게감에 정신이 팔려 아득해지는 순간 매니저가 "작가님, 조심하시고요" 하고 주의를 줬다. 한 걸음 걸을 때마다 갯강구 수십마리가 일사불란하게 흩어져 갯바위 어딘가로 흘러들었다.

　레지던스는 선착장에서도 30분은 걸어가야 하는 거리였다. 섬은 천천히 걸어도 한시간이면 다 도는 작은 크기니까 그 정도를 걸어야 한다면 끝과 끝이라는 얘기나 마찬가지였다. 매니저는 곱슬머리에 키가 작은 왜소한 체격의 남자였고 걷는 내내 레지던스가 시설은 좋지만 전용 자동차 한대가 없다고 불평했다. 슈퍼도 없고 적어둔 전화번호로 연락하면 주인이 가능할 때만 나와 물건을 파는 매점이 전부인데 장을 보는 건 자기 담당이고 늘 감당할 수 없을 정도로 많은 물건을 사러 본섬에 다녀와야 한다고.

　"수박! 작가님, 정말 수박은 요청하지 마세요."

　매니저의 불평이야 어떻든 섬의 풍경이 주는 감동과 자극에 기분 좋게 취해가는데 매니저가 당부했다.

　"수박이라니요? 저는 수박 안 좋아해요."

　"그거 잘됐어요, 정말 수박은 말이 안돼요. 차도 없는데 그 무거운 걸 들고 서귀포 마트에서 레지던스까지 오자면 아주 말이 안되는 거죠, 수박은."

　"수박은 과일이니까 없으면 안 먹어도 되는 건데 왜요, 누가 그렇게 수박을 원해요?"

　"주민들이 원하고 안나씨가 부탁하죠."

　"안나씨가 누군데요?"

매니저는 안나가 누군지 설명하자면 복잡하다고, 그냥 섬의 택배 배달원이자 하군해녀, 사진작가, 전 도청 공무원이자 레지던스 운영자문위원이라고만 알면 된다고 했다. 이미 그것만으로도 충분히 정체가 복잡한 상황이었다.

레지던스의 여름날은 단조롭게 흘러갔다. 작가들은 배정된 방과 작업실에 있다가 끼니때가 되면 나와서 식사를 했고 다시 흩어져 잠을 잤다. 우리는 모두 작가명이 따로 있었고 여기서도 당연히 그렇게 불렸다. '인부1'이라는 설치미술가도 있었고, 집단체라는 복수의 명사를 개인 혼자 차지하기도 하고 잭슨 폴록이 사용한 안료에서 가져온 '듀코'라는 이름으로 활동하는 이도 있었다. 유일한 외국작가인 뉴욕에서 온 헤이마린은 한달째 적응을 못해 늘 불면 상태였다. 시차 적응에 효과가 있다는, 시카고식 식이요법도 해보고 있었는데 하루는 폭식하고 하루는 단식하는 '러프'한 패턴이라 오히려 생체리듬을 대혼란으로 몰아넣는 것 같았다. 그렇게 가다보면 언젠가 몸 상태가 리셋이 되는지 모르겠지만. 같이 식사하는 인원은 줄었다 늘었다 했고 우리는 누군가가 빠지면 작업 중인가봐, 가 아니라 기분이 안 좋은가보다,라고 했다.

노출콘크리트 공법으로 지은 레지던스 건물은 기존 섬집의 골격을 유지한 채 리모델링한 것이었다. 유명 건축사무실의 '작품'이었다. 매니저는 특정 포인트를 짚으며 이 위치에서 찍은 섬의 풍광에는 일종의 저작권이 있으므로 개인 SNS에도 올리지 말라고 했다. 방은 주변 언덕보다 지대가 낮았고 테라스는 전면창으로 되어 있었다. 덕분에 담 없이도 자연히 경비가 되고 경사를 따라 나 있는 섬의 풀잎이며 꽃이며 바람의 동선을 걸리는 것 없이 볼 수 있었다. 저녁이면 해가 지면서 방의 흰벽에 그것들의 그림자가 고스란히 펼쳐졌다. 시간을 재보면 19분쯤 계속되다가 해가 저물수록 기울어지고 옅어져 종내는 벽에 스미는 듯 사라졌다.

내가 섬에서 한 예술 행위는 그 장면을 매일매일 태블릿피씨로 촬영하는 일이었다. 작업 계획이 있어서가 아니라 나중에 혹시 쓸 수 있지 않을까 하는 막연한 목적이었다. 하지만 절박함이 없지는 않았다. 어쨌든 그 저녁의 영상이야말로 여태껏 알지 못하던 세계와 내가 조우했음을 증명하는 것이기 때문이었다. 영상을 찍고 있으면 오늘 밥값은 했다는 안도감과 함께, 도무지 감당할 수 없을 난제를 풀어버린 듯한 슬픔과 무기력에 빠지곤 했다. 그러면 영류에게 전화를 걸었다. 받지 않을 것 같아 초조하다가도 막상 받으면 아무런 긴장도 남지 않아 감정의 수준기가 0이 되고 판판한 권태가 일었다.

영류는 우체국 갈 시간이 없다며 보내겠다는 택배를 자꾸 미뤘다. 점심시간에는 붐비고 여섯시에는 닫으니까 퇴근 후에도 갈 수가 없다고.

"우체국 택배를 부르면 되잖아."

"우리 사무실 분위기 알잖아. 있어봐, 월차를 한번 쓸 거야."

영류의 직장은 호텔에 소속한 미술관이었다. 로비층 지하에 소규모로 전시장이 있었다. 큐레이터인 영류는 주로 거기를 지키다가 하루 두번 오전 열한시와 네시가 되면 신청한 투숙객들과 함께 호텔을 투어했다. 로비와 복도에 자리한 미술품과 골동품들은 고가인 만큼 값어치가 있었지만 정작 미술관 전시품들은 단순히 내걸렸다는 것 말고는 의의를 논하기 힘든 작품들이었다. 영류는 그것들에 아주 냉담했다. 주로 경력을 쌓으려는 목적으로 친분을 이용해 전시회를 여는, 혹평조차 과분한 미술품들이라고 했다. 그래도 투숙객들이 지하로 내려와 작품 설명을 요청할 때면 그런 자기 생각을 말할 수는 없었다. 스커트 앞섶을 정리하듯 자기 마음을 팽팽하게 만들고 설명에 나서야 했다. 일이니까 점차 익숙해졌지만 그래도 그 억지로 했다는 감각만은 못내 사라지지 않아서 집에 와서도 가시가 서 있곤 했다. 왜 그것들이 쓰레기인가 자문자답하며 힐난하다가 날선 감정이 최고를 찍었다 싶을 즈음에는 화살을 돌려 다 내가 못난 탓이다, 자책했다.

"내가 고급하지 못해서 우동보다 못한 거나 지키고 앉았고."

호텔은 건물도 건물이지만 레스토랑에서 파는 새우튀김우동으로도 유명했다. 미리 예약하지 않으면 먹을 수 없었고 부가세를 뺀 가격이 2만 8천원이었다. 우동 얘기까지 가면 이제 내가 나서야 할 때였지만 늘 적당한 위로가 생각나지 않았다. 영류의 일정한 수입에 기대 불안정한 작가생활을 해나가는 나 자신이 조금 더 싫어질 뿐이었다. 그렇게 머뭇대다 타이밍을 놓친 날이면 자연스럽게 각자 방에서 잠을 청했다. 깨어보면 영류가 와서 내 등에 붙어 우는 날도 있었다. 나 나빠지고 있는 거지, 맞지, 하고 물을 때마다 그렇지 않아, 전혀 그렇지 않아,라고 답해주었지만 영류는 내내 믿지 않다가 새벽이 되어서야 겨우 잠이 들었다. 그리고 일곱시에 일어나 영류가 마을버스를 타러 가면 나는 덩그러니 방에 남았다. 불투명한 창으로 얼룩진 햇볕이 들어오는 빌라에, 오늘 하루 해야 할 드로잉과 함께.

전화와 이메일에는 큐레이터들의 안내나 홍보, 선배들이 어떻게 어떻게 잡아온 전시회 일정, 동업자들의 신세한탄과 은사의 호출 메시지 등이 차곡차곡 쌓여갔지만 서울에서와 달리, 확인하는 데 점점 시들해졌다. 나만 그런 것이 아닌지 여기서 한달 먼저 생활해온 인부1도 알 수 없는 무력감이 고인다고 했다.

"배출 없이 고여버리는 기분, 고이다가 고이다가 태풍이라도 불어야 싹 날아가서 해소되고 마는 그런 섬의 형질. 헤이마린도 그래서 못 자는 거예요. 뉴요커가 어떻게 여기서 적응을 하겠어요. 얼마 전에 멸종 문화 아카이브 하는 영국작가가 해녀들 찍는다고 왔다가 여기까지 데리고 오니까 화내면서 돌아갔잖아요. 미쳤냐고 그러면서."

"그 정돈가? 여기가?"

"기라성 작가는 어떤데요?"

"전 아직은 괜찮은데요."

그러자 인부1은 좀 있어봐요, 차차 알게 됩니다, 했다.

처음 며칠은 각자가 요리했지만 어느 순간 인부1이 식사 준비를 도맡았다. 어차피 자기 먹느라 요리를 해야 하니까 그게 그거라고 했다. 그러면서 인부1은 레지던스에 구비되어야 할 '기본 식자재' 의 종류를 서서히 늘려갔다. 간장이 국간장과 조림간장과 다시간장으로, 쌀이 현미쌀과 오곡잡곡을 지나 퀴노아로, 고기가 돼지고기, 소고기, 오리고기로 분화했다. 원래 규정상 기본 식자재는 레지던스 예산에서 제공하고 나머지는 각자 조달하기로 되어 있었지만 매니저는 안된다고는 못했다. 기본 식자재라는 규정 자체가 모호하고 인부1은 본사에 있는 매니저의 상사와 친분이 있기 때문이었다.

물론 인부1이 요리를 해주면 편한 면도 있었다. 맛도 있었으니까. 하지만 그러면서도 어딘가 내키지 않았는데 인부1의 반복되는 자화자찬을 참아야 했기 때문만은 아니었다. 예산 적용의 애매한 기준을 이용해 하루 식단을 공짜로 제공받는 일이 마음 어딘가를 건드렸다. 그러니까 최소한 여기까지는, 이건 아니다 싶은 자존심의 어느 저점이었다.

그래서 애용하는 즉석식품으로 끼니를 때우려다보면 인부1에게 나빠요,로 시작하는 잔소리를 들어야 했다. 인부1에게는 암으로 죽은 주변인들의 나쁜 식습관에 대한 정보가 목록화되어 있어서 늘 암을 거론했다. 진실로 암이란 불행의 먹이사슬 가운데 최상위 포식자였고 자비 없는 침략자였다. 암은 내가 그냥 간편하게 데워 먹으려고 집어든 즉석식품의 알루미늄 포장지에서 시작해 냉동 떡갈비를 이루는 붉은고기의 단백질 입자와 각종 유지, 숱한 식품첨가제와 전자레인지를 돌릴 때 일어나는 파동마저 포자로 삼아 세포를 증식하고 종국에는 우리를 죽음으로 몰고 갔다. 그렇다면 그것이 바로 예술의 죽음이에요,라고 인부1은 결론 내렸다.

"그러니 예술 하는 우리 자신을 좀더 사랑합시다, 예?"

인부1은 수수한 작가명과는 달리 부인과 함께 강남에서 대형 미술입시학원을 운영하고 있었다. 자꾸 서울의 생소한 맛집들을 대며 거기 가봤어요? 용산은 돈가스지, 하며 서울의 미식 시민으로서 자부심을 드러냈다. 내가 가본 곳은 거의 없었다. 젊었을 때는 고생해도 언젠가는 이 직업도 어떤 식으로든 자리를 잡게 된다고 자꾸 격려했지만 어쩐지 나는 그의 격려가 나의 예술은커녕 이곳에서의 생활에도 적용되지 못하리라 낙담했다.

안나를 만난 건 섬에 도착하고 나서도 한달이 지나서였다. 영류가 보낸 택배가 도착했다고 해서 나가보니 안나가 오토바이에 그 짐의 일부를 싣고 기다리고 있었다. 나머지는 선착장에 있다고 했다.
"그럼 어떻게 하죠?"
"가져오셔야 해요."
처음에는 무슨 의미인지 몰라서 당황했다. 가파도에는 다른 택배는 아예 들어오지 않는다고 해서 굳이 우체국을 이용해 영류가 월차까지 내서 보냈는데 내가 가져와야 한다니? 안나의 오토바이는 중국집 배달원들이 주로 몰고 다니던, 지금 도시에서는 그들조차 잘 이용하지 않아 희소해진 낡은 시티100이었다. 짐을 많이 실었다가는 넘어질지도 몰랐다. 그렇게 이해하며 넘기려는 순간 화를 돋우는 말이 다시 들려왔다. 앞으로 무거운 물건은 보내지 말라는 것이었다.
"그러면 어떤 걸 보냅니까?"
"가벼운 거, 적당히 그런 거요."
안나는 마치 내가 당연히 알아야 하는 팁을 일러주는 사람처럼 상냥했다.

"무겁지 않으면 들고 왔겠죠. 무슨 우체국에서 그런 것까지 상관합니까?"

"우체국이라고 다르게 하는 게 아니라 사람이 갖고 와요. 기동철님 손으로 안 옮길 뿐이죠."

"저 기동철 아니고요, 기라성 작가예요. 여기 레지던스 입주 중이고요."

"아,"

그날 선착장 매표소에 덩그러니 놓여 있을 짐을 매니저와 함께 가지러 가면서 우체국에 항의하는 방안에 대해 진지하게 의논했다. 매니저는 회의적이었다. 안나가 택배 일을 하고는 있지만 정말 하고 싶어서 하는 것도 아니라고 했다. 가장 최근에—5년 전—이주해온 젊은 사람이라 떠맡았다. 안나가 이런저런 사정으로 못 가져오면 사정이 되는 다른 사람들이 배달해주는 경우도 흔하다. 섬에서는 젓가락 하나라도 누군가는 나가서 들고 와야 하니까 그 들고남의 수고스러움을 서로 이해하고 협조할 수밖에 없다. 이런 상황에서 우체국에 일러바친다면 섬 주민들의 불친절이나 받을 거라는 얘기였다.

"뭐 어떻습니까? 불친절하면 뭐, 제가 무섭나요?"

나는 섬의 그런 불합리한 생리를 이해하고 싶지 않아 부루퉁하게 물었다. 그러자 매니저는 애처로워진 얼굴로 그러면 레지던스 운영이 어려워지겠지요,라고 설명했다.

"당장 전기가 끊겨도 할 말 없는 거예요."

그렇게 한번 안나를 알고 나자 안나는 섬에서 자주 눈에 띄었다. 안나는 지금은 보리 도정공장 옆에 살았지만 '가로수길' 길목에 버 젓한 새집을 올리고 있었다. 십년 장기 임대한 전셋집을 고치는 중 이었다. 가로수길 블록은 서울로 치자면 강남 같은 곳으로 보건소, 노인회관, 마을강당과 치안센터, 해물짬뽕으로 유명한 중국집과 최 근 마을주민이 개업한 커피집, 천연염색숍까지 있는 나름 섬의 번 화가였다. 무엇보다 정말 가로수가 있었다. 가파도는 바람이 센 평 지섬이라 도무지 나무가 키를 높일 수 없는데, 거기 자라는 이십여 그루 나무들만 봐도 얼마나 노른자위 땅인지 알 수 있었다.

　섬에서 하루를 보내다보면 결국 한번은 가로수길을 지나기 마 련이었다. 그때마다 안나는 개축 중인 집에서 못질을 하거나 시멘 트를 개며 일하고 있었다. 혼자 집을 저 정도까지 지었다는 말인가, 안나는 이제 기억하는 이들도 얼마 없을 오래전 외화의 '맥가이버' 인가 싶었지만 그건 아니었다. 섬에서는 집을 고치거나 공사할 일 이 있으면 미뤘다가 주민들이 돈을 모아 인부들의 품을 몇개월씩 샀는데, 안나도 그럴 수 있으면 집을 올리고 돈이 없으면 놔둔다고 했다. 그런 느린 공사가 2년째였다. 그래도 할 수 있는 건 안나가 직 접 했으니 맥가이버는 맥가이버라고 매니저는 인정했다. 물론 몇번 사고들이 있었고 감전될 뻔한 적도 있었지만.

　"다재다능한 분이신가봐요. 공사도 하고 물질도 하고 사진도."

　"일단 이 섬에 와서 오년을 버텼다는 사실 자체가 유니크하죠. 절 대 쉽지 않아요."

　"뭐가 제일 어려워요?"

"당연히 텃세죠. 이 조그만 섬에서 상동 사람, 하동 사람 다르다는 말이 나와요. 안나씨가 마을분들 눈에 들려고 부단히 노력하죠."

섬은 선착장이 있는 상동과 반대편의 하동으로 구역이 나뉘어 있었다. 그래봤자 가로지르면 십여분 거리였다.

"사진은 전문적으로 찍는 거예요?"

나는 은근히 그러나 심드렁하게 물었다.

"당연하죠. 제주에 드나드는 사진작가들도 많고 듀코 작가님도 기업 후원받아서 시리즈 작업하시는데 제가 잘은 모르지만 솔직히 안나씨만큼은 아니에요."

듀코는 통신회사의 지원을 받아 제주 해안 사진을 연작으로 찍고 있었다. 그쪽 오너는 컬렉션이 형편없다고 소문났지만 불행인지 다행인지 예술 쪽으로 뭔가를 늘 하고 싶어했다.

"어떤데요, 사진이?"

내가 묻자 매니저는 한참 말을 고르다가 "보면 아실 거예요"라고 대답했다.

그때 우리는 커피와 맥주, 간단한 안줏거리를 파는 스낵바에 앉아 있었다. 스낵바는 레지던스를 운영하는 기업이 주민들의 수익 창출을 위해 섬에 기부채납한 곳이었다. 나무데크로 만든 스낵바의 테라스 앞은 방조제이고 창창한 바다였다. 하기는 섬이니까 앞이 바다가 아닌 곳은 거의 없었다. 바로 앞이 아니라면 앞앞이 혹은 앞앞앞이 바다였다. 끝없이 펼쳐진 바다를 섬에서 바라보면 저 먼 곳의 수평선은 육지보다 높이 올라가 보인다는 것을 나는 여기 앉고 나서야 깨달았다. 수평선은 멀어지면 비현실적으로 완고해 보이고 아득한 경사를 이뤄 나를 휩쓸 듯하다는 것을.

멀리 여객선이 출렁이는 바다를 가로지르더니 오래지 않아 관광객들이 스낵바 안으로 우르르 들어왔다. 우리는 테라스를 내어주고 좁은 바가 있는 실내로 들어갔다. 그렇게 영업에 협조하지 않으면 나중에 스낵바 이모에게 한소리 듣는다고 매니저가 미리 일러주었다. 이모는 십대 시절 일본으로 건너가 해녀로 삼십년간 일하고 귀향한 섬의 토박이였다. 그래서 스낵바에도 '순자, 쥰꼬(順子)'라는 두 이름을 써놓고 있었다. 아직 오지는 않았지만 아마도 올 것이 분명한 일본인 방문객을 위한 것이라고 했다. 자기가 어떻게 하느냐에 따라 마을 조합원들에게 가는 몫이 달라지니까 이모는 스낵바 운영에 열과 성을 다했다. 낚시꾼들에게 커피 한잔이라도 팔겠다며 새벽부터 열었는데, 낚시꾼들은 이태리제 에스프레소 머신으로 내리는 커피를 그다지 반기지는 않았다. 믹스커피를 찾거나 여러잔 후려쳐서 값을 깎곤 했다.

물론 우리는 그러지 않았다. 커피나 아이스크림을 먹으러 왔다가도 "맥주 한병 드세요. 제가 결제할게요"라고 이모에게 권하며 예의를 다했다. 우리가 왜 그런 구식 친절을 자연스럽게 베푸는지는 우리 자신도 알지 못했다. 매니저가 레지던스 운영을 위해서는 주민들의 협조가 필수라고 강조해서일까. 고향으로 돌아왔지만 어촌계에서 끼워주지 않아 이모가 더이상 물질을 할 수 없었다고 들었기 때문일까. 아무튼 이모는 밥이 아니라 주로 맥주로 끼니를 때워서 언제나 맥주만은 환영이었다. 어차피 맥주가 곡물이니까 그것으로 충분하다고 했다. 그건 매끼를 성실히 챙기는 인부1의 반발을 불렀지만 어차피 인부1은 한번도 자기에게 맥주를 사주지 않았으니까 이모는 아랑곳하지 않았다. "여즉 쿰일 안 갔수까?" 하며 이름이 인부인데 일하러는 언제 가냐고 놀릴 뿐이었다.

그때 이모가 "저기 곰새기네" 하며 바다를 가리켰다. 우리뿐 아니라 관광객들도 모두 자리에서 일어나 바다를 건너보았다. 여기 와서 돌고래까지 보면 횡재라고 관광객들이 들떴다. 하지만 이모가 손가락으로 가리킨 곳에는 물결이 일고 있을 뿐 아무것도 없었다. 관광객들이 어디냐고 더 정확히 말해달라고 들볶자 이모는 모양을 보지 말고 물결에 도드라지는 물색을 보라고 하더니 우리가 아쉬워하든 말든, 심드렁하게 자기 할 일로 돌아갔다. 그때 본섬을 다녀온 안나가 백팩을 메고 스낵바로 들어왔고, 매니저를 보자마자 "그거 고칠 수 있을 것 같아요!" 하고 소리쳤다. 초등학교 옆 수풀에 버려져 있는 오래된 르망을 가리키는 말이었다.

올드카

르망을 고치기 위한 안나의 계획은 무모하기 짝이 없었다. 요약하자면 모두가 모두의 기량을 발휘해 그것을 고친다, 고쳐지면 자기와 레지던스가 공동 소유해 본다, 일이 훨씬 수월해진다,였다. 기계장치들을 이용한 설치미술품을 만드니까 그런 기술이 있다고 기대하는 걸까 싶었는데 당연히 그것은 아니었다. 그저 우리의 학습 능력을 믿는 것 같았다. 우리 중 유학을 다녀오지 않은 사람은 아무도 없었고 손재주 없는 사람도 없으니까. 유튜브를 참고해 그 정도는 하지 않겠느냐는 믿음이었다. 안나는 '르망장인'이라는 유튜브 채널을 보여주었다. 퇴직한 자동차회사 기술자가 만든 경정비 튜닝 채널이었고 마니아들 사이에서 이슈가 되고 있다고 했다. 시작한 지 일년도 되지 않았다는데 구독자가 이만명이었다.

"이만명!"

매니저가 탄식하듯 그 숫자를 되뇌었다.

우리는 안나가 틀어준 채널에서 르망장인이 범퍼를 열어 정비를 시작하는 장면을 지켜보았다. 구레나룻이 턱과 볼을 덮고, 존 레넌처럼 렌즈가 작고 동그란 썬글라스를 끼고 있어서 얼굴을 확실히 알아볼 수는 없었다. 슬레이트로 지은 듯한 차고는 안 그래도 어두운데 썬글라스를 껴야 하나, 나사나 뭐 제대로 보일까 싶었다. 그런데 지금 한국에 남아 있는 르망도 천대가 안될 것 같은데 이 차를 고치는 모습을 보려는 사람이 이만명이라니.

그날밤 레지던스로 돌아가 여느 때처럼 인부1이 해주는 저녁을 먹으면서 자동차 수리 문제에 대해 대화했다. 인부1은 히헹헹, 하는 코웃음으로 말도 안된다는 의견을 대신했다. 괜히 노력 봉사하지 말고 각자의 작업이나 잘하자고 권했다. 요즘 커뮤니티 아트다 뭐다 예술가들이 활동가 비슷하게 나서서 별별 일에 이용되는 것 자기는 별로라고.

헤이마린은 수면보조제를 먹기 시작해 늘 얼이 나간 표정이었는데, 자동차 얘기가 나오자 흥미를 보였다. 나는 헤이마린이 자기 작업이라며 보여준 자동차 영상을 떠올렸다. 멕시꼬와 미국 국경에 버려진 그 자동차는 뭘 어떻게 했는지 투명한 얼음막에 뒤덮여 말 그대로 동결된 '얼음 자동차'가 되어 있었다. 그리고 그 자동차에 다양한 인종의 사람들이 끊임없이 올라탔다. 홀로그램으로 표현된 그들이 그렇게 무한으로 탈 수 있다면 그건 타는 게 아니라 사라지고 있는 과정처럼 보였다.

영상은 자동차의 측면을 비추고 있는데 헤이마린은 버튼을 달아서 원하면 각도를 돌려 차 내부를 들여다볼 수 있게 했다. 하지만 버려지고 얼어버린 차체와 '이민자'라는 작품명이 연상시키는 그 내부의 장면은 아마도 비극적인 것이 분명했기에 많은 이들이 버튼을 누르지 않는다고 했다. 하지만 일단 누르면 영상이 바뀌면서 그 차는 패밀리카, 미국식 홈비디오에 등장할 만한 꼬맹이들과 부부로 구성된 백인 중산층들의 차로 바뀌었다. 헤이마린은 헤어밴드를 풀었다가 다시 앞머리부터 천천히 밀어올리면서 그러니까 그 수리는 예술작업이냐고 물었다. 우리가 집단적으로 참여하는 레지던스 차원의 협업이냐고.

"아니, 그냥 고치는 거예요."

"왜?"

헤이마린이 그렇게 물으니 이유를 바로 댈 수가 없었다.

"그냥 그 차가 거기 있으니까?"

그건 너무 빈번히 사용되어서 아우라가 거의 사라져버린 한 산악인의 명언이었고, 나조차도 웃으면서 말했지만 헤이마린은 진지하게 뭔가를 생각하더니 자기도 참여하겠다고 결정했다. 집단체에게도 물어봐야 했지만 집단체는 워낙 은둔생활을 해서 사흘에 한번이나 볼까 말까였다. 식사나 하고 작업하라며 인부1이 괜히 찾아갔다가 히스테리한 항의를 받은 뒤로 모두들 안 보여도 그러려니 넘겼다. 다만 입주작가의 안전을 책임져야 하는 매니저만이 집단체의 생사를 알 수 없어 곤란해하다가 하는 수 없이 CCTV를 돌려 봤다. 아무도 없는 새벽이 되면 휘청휘청 걸어나와 냉장고를 열고 우유 한팩을 통째로 마신다고 했다. 그러고 보면 레지던스가 원래 목적했던 고립과 단절을 제대로 수행하는 사람은 집단체뿐이었다.

작가들과 헤어져 방으로 들어온 나는 침대시트를 정리하고 블라인드를 천천히 내렸다. 작은 지네를 발견해 스프레이로 기절시킨 뒤 내다 버렸고 이불 속에서 뒤척뒤척하다가 르망장인 채널을 몇 회 더 돌려보았다. 르망장인은 원래 그런 사람인지 아니면 동영상 촬영이 익숙하지 않은 건지 카메라를 똑바로 바라보지 않았고 바람 빠진 풍선처럼 말을 시들시들하게 했다.

갈아야지, 갈기는 해야겠는데,

뭐 그러면 이렇게 누유를 막아봐야 하나,

하,

되면 되고 안되면 모르고.

르망장인의 그런 힘없는 멘트와 달리 나는 영상에 점점 빠져들어가면서 가슴이 뛰는 것을 느꼈는데, 이런 단종된 자동차들은 한국 자본주의의 발전 과정을 보여주고 있지 않은가, 포니, 스텔라, 아카디아, 티코, 에스페로…… 이 이름들만 가지고도 폰트를 잘 만들어서 자음과 모음을 해체해 어지럽게 보여주고 자본에 대한 한국인들의 선망과 속물성을 패러디하면서 기계문명에 대한 성찰을 담으면, '작업' 하나가 나오지 않나 싶었기 때문이었다. 하지만 오래지 않아 그것이 창피할 정도로 빤한 구상이라는 생각이 들었고 그 도식성과 클리셰에 완전히 질려 나 자신을 한심해하다가 잠이 들었다.

하지만 다음날, 아침을 먹으러 가보니 매니저는 그 계획을 진지하게 검토하고 있었다. 매니저에게 자동차가 간절한 이유는 수박 무게 때문만은 아니었다. 섬의 주민이자 레지던스 운영이사인 양선장에게 한 약속이 있어서였다.

이사라는 직함은 사실상 보수가 없는 명예직이었다. 그런데도 그는 그 직의 상징성에 걸맞게 레지던스를 살뜰히 살피고 있었다. 개념상으로 살폈다는 뜻이 아니라 실제적으로 그랬다. 그런 그에게 본사 팀장이 레지던스 전용차가 생기면 양선장님도 사용하시라고 약속하고 갔지만 삼년째 이행되지 않고 있었다. 물론 매니저는 문서를 완벽하게 꾸려 왜 차가 필요한지, 차가 얼마나 필요한지를 본사에 알렸지만 그렇게 올라간 페이퍼는 윗사람들의 반응—정말 차가 필요하겠구나—만 얻을 뿐 실현되지 못하고 미끄러져내렸다.

"뭔가를 하긴 해야겠어요, 아주 작은 거라도. 이렇게는 못 견디겠어요."

나는 매니저의 견딜 수 없다는 말이, 자동차가 없는 불편을 가리키는 것인지, 레지던스 근무를 말하는 것인지, 아니면 오히려 그 견딜 수 없는 상태를 몰개성하게 만드는 말 같지만 삶 자체가 그렇다는 것인지 몰랐지만 일단 수긍했다. 그건 정말이지 수긍하지 않을 수는 없는 분위기였다.

주민들은 그 차가 오래전 여름 주차된 뒤로 그 자리를 지키고 있었다고 했다. 버려진 이유는 알아내지 못했지만 누구도 그 처분에 대한 권리를 가지고 있지는 않은 것 같았다. 몇몇 주민이 그 차를 고쳐서 타거나 가져다 팔려고 했다고 들었는데 그때마다 나서서 권리를 주장하는 사람은 없었기 때문이었다. 물론 그들 모두 배보다 배꼽이 더 크다는 결론을 듣고 포기했다. 정비공을 부르거나 배를 띄우거나 어떤 경우도 그 한줌의 르망 가격보다는 비쌌다.

"그래도 정말 주인이 있으면 어쩌나요?"

나는 영 걱정스러워서 안나에게 물었다. 고치더라도 운행하려면 자동차등록을 해야 하지 않는가, 보험도 들고 정기검진도 받아가면서. 안나는 어차피 섬 안에서만 몰 텐데 상관없다는 안이한 태도였다. 육지의 그 숱한 도로에도 몇만대의 무등록 차량이 돌아다니는데 어떠냐는. 물론 섬에서는 그런 법률, 운전자가 안전벨트를 매야한다든가, 운전자가 막걸리를 마시면 안된다든가, 운전자가 면허를 가지고 있어야 한다든가 하는 것들이 종종 무시됐지만 안될 말이었다. 사고라도 나면 매니저가 직장을 잃을 판이었으니까. 그러자 안나는 일단 고치기만 하면 가파치안센터 김경장에게 의뢰해 전주인을 찾겠다고 했다. 얘기를 듣고 있던 이모도 나중에 주인이 오면 고쳐줬다고 고마워할 일 아닌가, 하며 도왔다.

우리는 우선 르망에 접근해보기로 했다. 그러자면 풀부터 베어야 했다. 작업을 위해 모였는데 안나가 양말과 운동화를 신고 오라고 돌려보냈다. 수풀에는 반드시 뱀이 있다. 양말만 잘 신어도 골로 갈 걸 안 갈 수가 있다. 우리는 레지던스에서 나와, 자전거와 오토바이에 나눠 타고 해안도로를 달렸다. 다 갈라진 콘크리트 위로 'H' 표시가 있는 헬기장을 지나, 소라와 전복 껍데기로 담 전체를 꾸며놓은 상군해녀의 집을 지나, 치안센터를 지나, 유일하게 보라색 지붕을 얹은 안나의 미완의 집을 지나 우회전하자 마침내 억새와 잡풀로 차체가 다 가려진 르망이 있었다.

보기에는 반나절이면 가능할 것 같았던 풀베기는 인부1과 집단체를 제외한 레지던스 식구들이 다 달려든 끝에야 꼬박 하루 만에 종료되었다. 중간에 주민들이 제초기를 빌려주거나 돕겠다고 나섰지만 듀코가 반대했다. 듀코는 우리가 풀을 베는 과정을 아이폰으로 찍고 있었다. 작가들이 아닌 누군가가 대신하거나 낫이 아닌 전동칼날이 모든 상황을 정리하면 그림이 안 나온다고 했다. 르망은 생각보다 더 낡고 확실히 엉망이었다. 흰색 범퍼에는 원래 차의 문양인 것처럼 새똥이 얼룩져 있고 모서리라고 할 만한 모서리에는 검붉은 녹이 슬어 있었다. 죽은 것들도 있었다. 메뚜기와 그리마와 날벌레가, 몸을 활처럼 접고 말라 죽은 지네와 지렁이가, 그리고 새 한마리가 범퍼와 지붕 위에 말라붙은 채 바람에 닳고 있었다. 우리의 기대와 상상보다 비극적인 풍경이라서였을까, 힘이 부쳐서였을까, 헤이마린이 울음을 터뜨렸는데, 달랠 수 있는 사람은 없었다. 듀코가 반대해서 직접 돕지는 못하지만 무슨 일이 생길까 지켜보고 있던 양선장만이 "낫 크라이!" 하고 외치고는 박수를 턱턱턱 보내줄 뿐이었다.

나는 아주 나중에서야 양선장의 그 영어 문장이 틀린 것도 잘못된 것도 아니라는 생각을 했다.

하지만 그런 여름날을 서울의 영류에게 전달하기란 어려웠다. 풀을 다 벴어,라고 하자 영류는 양치를 하다 전화를 받고는 "잘됐네, 야, 레지던스에다가 비용 청구 꼭 해라"라고 충고했으니까. "고급 인력들을 그런 막노동에 이용해먹어"라고. 그 말을 들은 나는 가만있다가 막노동까지는 아닌데, 하면서 말끝을 흐렸고 막노동이 아니면 뭐냐고 영류가 다시 물었을 때는 대답하지 못했다.

미션

다음날부터 우리가 해야 할 일은 그렇게 많은 일손이 필요한 작업이 아니었는데도 헤이마린은 시간 맞춰 공용주방으로 나왔다. 매니저가 이제 괜찮다고 설명했지만 헤이마린은 동료들과 함께하면서 마음속에 뭔가가 생겨났다고 고백했다. 그리고 비로소 잠을 잘 자게 되었다고.

"전혀 안 깨고요?"

"새벽에도 깨지 않았어."

헤이마린은 목덜미에 썬크림을 바르며 대답했다. 자기 손해나는 일에는 일분의 시간도 아까워하는 인부1도 서서히 관심을 보였다. 작업을 한다고 우리끼리 시간을 보내고 외식도 하니까 점점 소외

감을 느끼는 것 같았다. 그래봤자 중국집에서 사 먹거나 스낵바 이모가 끓여주는 라면을 먹고 오는 것뿐이었지만.

열쇠공을 불러 문을 열었을 때 그 안에 무언가—사체라든가—있지 않을까 가장 두려웠는데 외장과 달리 안은 시간이 흘렀는데도 상태가 양호했다. 차 안에 주인을 알 수 있을 만한 물품은 없고 빈 맥주 캔 서너개가 나왔다. 시동은 걸리지 않았다.

르망장인이 올드카를 수리하는 과정에서 가장 강조한 것은 부품 구하기였다. "구할 수 있을 때 구하라"가 그가 즐겨 쓰는 말이었다. 실제로 많은 올드카들이 더이상 생산하지 않는 부품들 때문에 폐차되거나, 엔진마저 교체해 르망은 르망인데 사실 아니기도 한 애매한 개조 상태로 운행되고 있었다. 자가정비를 하지 않고 정비소에 맡기면 대개 올드카들은 그런 권유를 받고 그런 상태가 되었다. 하지만 르망장인은 타협하지 않고 부품을 구하기 위해 전방위로 노력했다. 그 시기 같은 기업에서 생산한 자동차들은 대개 동일한 부품을 썼으니까 그런 차들에서 얻기도 했다.

우리는 르망장인의 195개의 동영상을 나눠 보고 거기서 얻게 된 르망의 모든 것을 텍스트 파일로 정리해서 레지던스 내 공유폴더로 공유했다. 의욕적으로 풀을 벨 때와 달리 학습시간이 돌아오자 우리는 다시 회의와 무기력, 염세와 나태에 사로잡혔다. 레지던스 생활이 끝나가는 듀코는 더이상 촬영해둘 만한 상황이 벌어지지 않자 유튜브 채널도 보는 둥 마는 둥 했다. 섬에 소문이 다 퍼진 탓에 주민들은 우리만 보면 르망에 대해 물었다. 전례 없는 폭발적인 관심이라고 매니저가 설명했다. 사실 가장 궁금한 사람은 양선장이겠지만 그걸 직접 언급해서 르망에 기대를 갖고 있음을 드러내는 것은 그의 성품에는 맞지 않는 일이었다. 그는 레지던스를 더 묵묵히 관리하고 살피는 것으로 우리를 응원하고 있었다.

아침에 밖으로 나가 바다를 보는 일은 그즈음의 새로운 일과였다. 물살이 아주 거칠지 않은 한, 해녀들이 늘 바다에 있었다. 테왁을 안고 둥둥 떠다니며 쉬는 모습과 작은 폭죽을 터뜨리듯 높은 숨을 피— 하고 몰아쉬는 소리가 풍경을 이뤘다. 바다에 완전히 잠긴 채 머리만 내놓고 있는 그들은 수면 위에서 선명하게 도드라졌다. 그들은 어떤 지점 같았다. 수면 위로 살아 있음이라는 포인트를 잡아놓고 깊이, 상군해녀라면 물밑 20미터까지 내려가 그 살아 있음의 가능점을 찍어놓고 다시 돌아오는. 나는 육체노동에 대해 특별한 연민을 가지고 있는 사람은 아니었지만 그 회귀에 대해 생각하면 몸을 긴장시키는 감정의 변화를 느꼈다. 그것이 나 자신에 대한 순간의 자책에 불과하더라도 결국에는 그 주기적인 긴장이 무언가를 바꾸어놓을 것 같았다.

어느날은 그렇게 바다를 보고 있다가 양선장과 마주치기도 했다. 그는 내 자전거를 한번 살피면서 지나가더니 자기 집에 갔다가 다시 돌아와 뻑뻑한 체인에 윤활유를 착 뿌려주었다. 물론 그답게 앞뒤 상황에 대한 설명은 없었고 행동만으로 호의를 실천한 것이었다. 내가 고맙다고, 그렇지 않아도 너무 무겁게 돌아갔다고 하자 그는 그 인사에 대한 언급은 없이 "바당 무사 봅니까?" 하고 큰 소리로 물었다.

"대단해서요. 익숙해지면 괜찮을지 모르겠지만 해녀분들이 제가 보기에는 신기하고 대단하고."

"저기 들어가면 뭐가 제일 무섭냐면은 목장갑."

"목장갑요?"

"바당에서 보면은 꼭 사람 손이라서 아주 추물락헌."

그가 뒤로 한발자국 물러나 놀란 시늉을 해 보이는 바람에 웃을 수밖에 없었는데, 섬 주민들의 농담이 대개 그렇듯 여운이 길면 길수록 마음 어딘가가 묵직해졌다. 양선장은 몇년 전만 해도 어선을 몰았지만 지금은 그만두고 일손이 필요한 곳에 손을 보태며 지내고 있었다. 관광객들이 많은 여름 성수기에는 가파도의 중국집에서 일했다. 식사를 하러 갔다가 마주치면 그는 약간은 쑥스러운 표정으로 "알바!"라는 단답으로 자기 상황을 설명했다.

"선장님은 왜 배를 안 타세요? 나가고 싶지 않으세요?"

그러자 그는 고개를 흔들면서 전혀 그렇지 않다고 했다. 죽은 사람을 너무 많이 봤기 때문에. 내가 더는 묻지 못하고 침묵하자 그가 보는 건 괜찮은데 보고 마을로 돌아오면 히잉히잉 울게 된다고 농담했다. 바다에서 죽은 사람을 보고 돌아오면 모형칼로 여러번 찔리는 푸닥거리를 받아야 했기 때문이었다. 아프지 않게 각도와 깊이를 잘 조절해서 가져다 대야 하는데 꼭 어디 아파봐라 하는 것처럼 직각으로 세워서 하는 놈들이 있다고, 그게 모형이기는 하지만 사실 굉장히 아프다고. 아픈데 사람들 앞에서 울면 창피하니까 숨어서 울 수밖에 없다고 했을 때는 나는 의례적으로라도 웃었지만 나중에는 그 말이 완전히 내게 다가와 입혀지면서 감당할 수 없는 무게를 안겼다.

공기

르망장인의 경정비 실전편을 2주간 숙지한 끝에 우리는 드디어 보닛을 열었다. 그리고 죽 서서, 엔진룸 안에 자리잡은 89년형 르망 TBI엔진을 내려다보았다. 르망장인이 거의 매 편에서 강조하고 클로즈업해가며 설명한 탓에 우리는 그것을 마주하기도 전에 그것의 아우라를 학습한 상황이었다. 이 엔진은 그 당시 웬만한 정비사들은 이해조차 할 수 없는 고급한 첨단의 엔진 제어방식이었다고 르망장인은 강조했다. 그 가공할 기능을 끝내 이해하지 못해 정비 일을 그만둔 한국의 정비사들이 부지기수였다. 실제로 르망 마니아들이 르망을 잊지 못하는 이유도 이 엔진 고유의 소리, 진동, 출력감 때문이었다. 차원이 다른 깊이가 있다고 했다.

우리는 일단 배터리를 점검해보기로 했고 양선장이 이웃의 차를 빌려왔다. 안나가, 빌려온 차에 시동을 걸고 점프케이블을 르망에 연결했다. 우리는 길 한편에 서서 이 간단한 응급조치로 시동이 걸리기를, 그래서 이름만 들어도 머리가 아픈 부품들을 참고할 필요가 없기를 바랐지만 그런 행운은 찾아오지 않았다. 매캐한 휘발유 냄새가 올라올 정도로 빌려온 차를 돌리자 계기판에는 불이 들어왔지만 다시 나가고 시동도 걸리지 않았다.

엔진 내부는 오일이 새서 엉망이었다. 영상으로 확인했지만 막상 엔진 속을 맞닥뜨리자 긴장이 마음을 눌렀다. 엔진은 안전과 직결되는 문제이고 잘못 고치면 시동을 걸자마자 터질 수도 있었다.

어디부터 손볼 것인가. 점화케이블? 팬 벨트? 실린더? 연료분사기? 엔진룸의 무엇을 건드리든 흙과 먼지와 알 수 없는 유기물들이 떨어져내렸다. 그때 매니저가 일단 덮자고 했고 그날은 그렇게 퇴각하듯 르망을 떠났다.

그렇게 또 며칠 르망은 방치되었다. 안나만 매일 들러 그 앞에다 수동카메라를 세워놓고 사진을 찍었다. 르망은 이미 너무 낡았고 며칠 사이 그 낡은 상태가 달라질 것이 없는데도 고심하며 그것을 바라보다가 찰칵, 그리고 아주 오랫동안 기다렸다가 찰칵. 그 셔터 소리는 안나가 그 순간, 그 일관된 낡음 속에서도 그렇지만은 않은 타이밍을 발견했다는 뜻이겠지만 나는 알 수 없었다. 다만 공유폴더에 매일매일 생성되는 사진들을 클릭하며 그 시간에 안나가 그 자리에 있었다는 것을 확인하고 그 확인이 하루를 맺는 중요한 의식이 되었을 뿐이었다.

우리의 의지가 사그라들고 있음을 눈치챈 안나는 일이 되어가는 데 있어 가장 중요한 회식 자리를 열었다. 자기 집에 초대한 것이었다. 섬에 왔어도 주민들 집에 들어가본 적은 없어서 그 일은 좋은 이벤트가 되었다. 안나 집 마당에는 백구가 한마리 있었는데 이장 집 개가 어미이고 스낵바 이모네 개와는 자매라고 했다. 섬의 개들은 그렇게 대개가 친척이었다.

안나의 집은 남아 있는 문지방을 봐서는 방 두개를 하나로 튼 것 같았다. 원래 식당이었는지 액자 안에 넣은 메뉴판이 그대로 남아 있었다. 보말칼국수, 성게미역국, 미쓰이까, 소라구이, 생선회. 하지만 그중에 안나가 할 수 있는 요리는 하나도 없었고 불판에다 삼겹살을 지글지글 구워주었다. 이모도 스낵바를 정리하고 나서 합류했는데 우리를 보자마자 요즘은 왜 회의하러 오지 않느냐고 물었다. 진척이 없다고 사실대로 알릴 수는 없었다. 이모는 르망의 운행을 꽤 바라는 눈치였기 때문이었다. 그렇다고 확실히 잘되고 있다고 과장할 수도 없어서 우리는 그저 삼겹살을 열심히 먹었다. 이모는 같이 굽고 있는 양배추만 좀 집어먹더니 맥주로 남은 허기를 채웠다.

다 먹고 나서는 안나의 제안으로 노래를 한곡씩 했다. 휴대전화와 연결하면 언제든 노래방 기계와 스피커 역할을 훌륭하게 해내는 최신 노래방 마이크를 이모는 늘 가지고 다녔다. 이모는 우리가 부르는, 자신을 배려해 선택했음이 분명한 이미자에서 최백호까지의 어설픈 트로트들을 다 듣고 나서 마이크를 잡았다. 그리고 "끄데스띠누 오 마우디상" 하는 뽀르뚜갈어로 노래를 시작했다. 의외의 선곡에 우리가 놀라자 인부1이 뽀르뚜갈의 로컬 음악인 파두라고 아는 척했다.

"이거 유명한 곡인데 노래 제목이 뭐였죠?"

매니저가 가져온 와인을 마셔서인지 얼굴이 벌겋게 오른 인부1이 물었다.

"안 골라주."

"아, 안 골라주였구나! 맞다, 그렇다."

그러자 안나가 그건 말 안해준다는 제주말이라고 정정했다. 우리도 모르게 와하 웃고 말았고 인부1이 왜 놀리고 그러세요, 하며 새초롬해졌다. "무사 보면 그렇게 묻습꽈" 하고 이모도 좀 지긋지긋하다는 듯 불평했다. 관광객들도 그렇고, 대체 육지에서 온 사람들은 뭐 그렇게 질문이 많냐고, 궁금한 게 많아서 먹고 싶은 것도 많겠다고. 밤산책이나 하다가 흩어지기로 하고 가로수길을 향해 걷는데 안나가 어제 헬기장에서 바다를 봤냐고 물었다. 내가 그렇다고 하자 그때 손을 흔들어준 해녀가 바로 자기라고 말했다.

"안나 선생님은 어떻게 물질까지 해요? 그거 어렸을 때부터 해야 잘한다면서요."

"저 물질 못해요. 어머니들 40킬로그램 이렇게 할 때 저 한 5, 6킬로그램 해요. 공판장에 가지고 가면 어머니들이 너 지금 이거 했냐, 하고 걱정하죠."

"여기 사는 거 쉽지 않죠?"

"서울에서 사는 건 어때요?"

"쉽지 않죠."

"그런데 뭘요."

우리는 르망 앞까지 와서 걸음을 멈췄다. 일단 깨끗이 세차해놓은 것만으로도 존재 변이를 한 르망은 주행을 일시적으로 멈추고 밤을 보내는 여느 차들처럼 자리를 지키고 있었다. 우리가 괜히 르망을 살펴보고 툭툭 치고 곧 달릴 수 있게 해준다며 큰소리치는 모습을 지켜보던 이모는 허리를 숙여 잠깐 차 안을 들여다보더니 노래 제목은 '어두운 숙명'이라고 알려주었다. 너무 근사하지 않느냐면서, 일본으로 건너가기 전 잠깐 고등학교 다닐 때 그 노래를 처음 알았고 아주 나중에 그 노래를 아는 사람을 한명 더 만났다고.

"이모, 또 우리 가파도 아가씨 슬픈 옛사랑 나온다. 방랑가수 얘기 나와."

안나가 말을 부추기는 건지 막는 건지 모를 말을 하고 우리가 그건 무슨 얘기냐고 궁금해하자 이모는 또 한번 안 골라주, 하더니 노래를 흥얼거리며 자기 집으로 들어갔다. 천둥 번개가 치면 무서워해서 창고에 넣어두어야 한다는 흰둥이가 컹컹 짖으며 이모를 환영했다.

낫 크라이

자격증이 있는 정비사라면 몇분이면 알아챘을 문제를 우리는 몇배나 더 걸려 마치 사건현장에서 지문을 채취하는 특수경찰처럼 조심스럽게, 부품 하나하나를 유튜브 영상과 비교하고 모두의 의견을 들은 끝에 판정 내렸다. 교체 혹은 고장 의심이라는 결과가 나오면 안나가 일지에 기록했고 대정읍 카센터에 연락해 적절한 부품을 구했다. 하지만 귀찮은 건지 이제 정말 구할 수 없게 된 건지 없다는 대답이 잦았다. 기다리면 구해준다고 해놓고는 감감무소식이기도 했다. 하는 수 없이 내가 나섰다. 서울의 우리 집이라면 간단히 2호선을 타는 것만으로도 닿을 수 있는 구로공구상가에 가서 일체를 구해 오겠다고 제안했다. 우리는 인터넷으로 원하는 부품들이 있는 가게들을 찾아냈고, 이윽고 그 목록을 가지고 내가 비행기를 탔다. 한 이틀 지내다 올 예정인데도 매니저와 안나, 양선장이 선착장으로 나와 배웅했다.

"영수증 잘 끊어 오시고요."

매니저가 여객선에 오를 때까지 당부했다. 우리는 부품값을 작가들에게 배정된 작업비 예산에서 지출할 작정이었다. 공금 유용이라면 유용이었고 어떻게 생각해보면 또 그렇지도 않았다.

제주공항에서 저녁 비행기를 타고 김포에 내리자 일단 그 많은 불빛들이 눈에 들어왔다. 두달 정도 섬에 있었을 뿐인데도 도시의 모든 것들이 생경하게 보였다. 빛이나 사람이나 건물이나 도로, 자동차, 그 모든 것의 과부하가 느껴졌다. 올라오면서 영류에게는 미리 연락하지 않았는데, 괜히 나 때문에 일정을 바꾸는 것을 원치 않았고 누구나 자기 집으로 돌아올 때 그런 수선을 피우지는 않으니까 자연스럽게 오고 싶어서였다. 또 영류가 한번 온다고 했지만 한번도 오지 않고 있다는 사실 때문이기도 했다. 그 약속에 대한 일말의 언급도 하지 않고 있다는 것. 영류는 올 생각이 없는 듯했다.

빌라는 내가 떠날 때와 그다지 다르지 않았다. 현관에 나와 있는 영류의 신발이 펌프스에서 뒤축이 없는 샌들로 바뀐 정도였다. 나는 집 안으로 들어서자마자 늘 그랬듯 가방을 내려놓고 주머니에 든 것을 모두 꺼내 식탁 위에 두었다. 비행기표와 휴지 같은 쓰레기를 버리고 물을 한잔 마셨다. 그리고 내 방 문을 열었을 때 나는 내 짐이 상당히 정리되어 있는 것을 발견했다. 대신 영류가 대학 때 쓰다 창고에 처박아두었던 작업대가 나와 있었고 그 위에 조소 작업을 위한 브론즈가 놓여 있었다. 그 적동판에는 점 몇개가 찍혀 있을 뿐이지만 그건 그뒤의 많은 가능성들을 예비하고 있는, 그래서 슬프고 그래서 특별한 것들이었다. 내가 섬으로 이동하고 난 뒤에야 시작된 영류의 새로운 밤들이었다.

나는 벗어놓았던 쌕을 다시 메고 빌라를 나와 서울에 처음 온 사람처럼 갈팡질팡하며 돌아다녔다. 지하철 노선도를 보며 우두커니 서 있다가 인부1이 극찬한 돈가스집을 겨우 떠올렸다. 가는 길에는 말 그대로 인파를 연속해서 맞았다. 가파도가 파도에 파도를 더하는, 그만큼 물살이 센 바다라 죽은 사람도 많다는 얘기를 들었을 때는 내가 그곳에 있으면서도 그것이 내게 해당하는 얘기처럼 들리지는 않았는데, 지하도를 걸으면서는 사람들로 만들어진 파고가 이렇게 끊임없이 정면으로 왔다가 무심하게 통과해 뒤편으로 사라지는구나 싶자 나의 어떤 것이 위태롭게 지워지는 기분이었다. 내가 자꾸만 깎여나가는 기분이었다. 이렇게 많은 사람들이 내게 와서도 나를 식별하지 않은 채 그냥 지나가는, 이 아무 일도 일어나지 않음 때문에 내가.

용산역의 그 돈가스집은 노포인데다 가게가 좁아서 밥 시간이 지났는데도 열댓명이 줄을 서 있었다. 나는 맨 뒤에 서서 기다렸다. 매미들이 울고 훅하고 더운 바람이 불어왔다. 그때마다 인부1이라면 질색했을 기름 냄새가 가게 환기구에서 풍겨왔다. 나는 어쩌면 지금 느끼는 공기 중의 열기는 그 탓일 뿐, 가을이 오고 있는지도 모른다고 생각했다. 공기 중에 어딘가 찬 기운이 섞여 있지 않은가. 그래서 내가 이렇게 몸은 덥지만 내부의 어느 결은 서늘한 한기를 느끼는 것이 아닌가. 내 앞의 일본인 관광객들은 열심히 사진을 찍고 있었다. 돈가스집 간판을 배경으로 서 있거나 이런저런 숍에서 받은 광고지들을 펼쳐 보거나 그냥 무심히 기다리는 포즈를 취했는데, 그 모든 것에는 스스로에게 부여하는 어떤 특별함, 특별한 도취, 매혹과 머릿속에서 만들어지는 그들만의 이야기가 있다고 생각했다. 그것은 어떤 건강함으로 보이기까지 해서 나는 서늘해지는 마음을 그 여행객들에게 기탁해보고 있었는데, 돈가스집 스태프가 나와서 줄 서시면 안돼요,라고 말했다.

"여기 보이시죠? 붉은 줄. 여기 넘으면 민원 들어와요."

"그러면 어떡해요?"

"돌아다니다 오세요."

"어디를요?"

그러자 스태프는 자기가 그런 것까지 알려줘야 하냐는 얼굴로 있다가 "아무튼 어디든 가세요, 좀" 하고 결론 내렸다.

영류는 내가 부품들을 다 구해 제주에 내려간 뒤 며칠 지나 전화를 해왔다. 나는 몸살을 좀 앓았다고 했고 영류는 빌라까지 와놓고는 그냥 가버린 너를 어떻게 이해해야 하니? 하고 물었다. 그렇게 갈 거면 흔적이라도 남기지 말지 왜 비행기표를 쓰레기통에 넣어두고 갔느냐고, 그 모든 건 대체 무슨 뜻이냐고.

애기구덕

스타터 모터는 엔진의 반대편에 있어서 거의 르망 밑으로 기어

들어가야 할 판이었다. 우리에게는 리프트 시설이 없으니까 그 상태로 들어가서 팔까지 자유롭게 쓸 수 있는 사람은 안나와 헤이마린밖에 없었다. 일단 안나가 들어가서 살펴보았는데 자동차 밑으로 비죽이 나와 있는 두 다리가 버둥거릴 때마다 혹시 무슨 장치가 떨어져서 숨을 막은 게 아닐까 긴장해야 했다. 인부1은 계속해서 "안나씨, 힘내요. 안나씨 미안해요"라고 기운을 불어넣었는데, 그 기운이 필요한 건 그 상황을 지켜봐야 하는 자기 자신인 것 같았다. 죽음을 두려워하는 인부1은 우리가 뭘 고칠 때마다 일어날지도 모를 불상사에 대해 늘 예단하고 경고했으니까.

스타터 모터를 고치던 9월의 그날에 섬 공기는 완연히 달라져 있었다. 아침에 일어나 걸으면 묵직함이 느껴졌고 바다의 물결이 높아져서 배가 뜨지 않는 날이 늘었다. 이모는 추석 이야기를 자주 했다. 가파도 사람들은 흔히 본섬에 집을 한채 더 가지고 있어서 명절이 되면 도리어 섬은 텅 빈다고. 이모도 제주 본섬에 자매와 조카들이 있었지만 올해는 그냥 여기서 잠이나 폭 잘 거라고 했다. 그러면서도 레지던스에는 작가들이 얼마나 남아 있느냐고 여러번 물었다.

안나가 하지 못하고 나오자 이번에는 헤이마린이 조심스럽게 나섰다. 이전에 자동차 작업을 할 때는 설계만 하고 나머지는 업체에 맡겨서 처리하기는 했지만 그래도 고등학교 때 물리와 체육을 잘 했으니까. 내가 물리와 체육이라니 대단하다고 하자 헤이마린은 "지구를 구할 수 있는 원리들이야" 하고 답했다. 헤이마린은 혹시 잠이 들었나 싶을 정도로 동요 없이 자동차 아래에서 버텼다. 정 힘들면 나오라고 했는데도 괜찮아, 하면서 배선을 풀어내고 나사를 조였다. 이따금 유튜브에 접속해 르망장인의 설명을 들었다. 물론 한국어는 하나도 알지 못했지만 화면만으로도 정보는 전달되었다.

"그런데 마지막 씬마다 이 사람 뭐라고 하는 거니? 인사인가?"

그건 오래전 르망 광고의 카피로 '생활 속의 멋과 여유, 생활 속의 좋은 차 르망'이라는 말이었다. 80년대의 원래 광고에서는 강한 에코 속에서 뭔가를 힘주어 선언하듯 들리는데 르망장인은 그 말을 딱딱하게, 이제 더이상 그렇지 않은 것에 그런 선언을 해주어야 하니까 그런지, 웅얼웅얼하는 말투로 전했다. 우리가 설명해주자 헤이마린은 재밌네,라고 했다. 예술에 대한 비유처럼 들린다고.

"요즘 사람들 정말 멋과 여유가 너무 없어요. 그래서 예술이 찬밥이야."

인부1이 그렇게 말하자 듀코가 거기에 부합하는 수많은 예들을 댔다. 비엔날레 같은 행사 때 공무원들을 만나보면 가격을 후려쳐도 너무 후려친다는 것이었다. 그래서 자기가 싸우다시피 전시비를 받아내고 나면 또 작가들은 작가들대로 적다고 자기에게 불만을 가진다고.

"그래도 능력 있으시잖아요. 매번 기획위원으로 활동하시고."

매니저가 그렇게 말하자 듀코가 눈을 동그랗게 뜨고 아니에요, 나도 이거 적성에 안 맞아요, 하고 펄쩍 뛰었다.

"정말 모르는 소리예요. 사회생활이니까 하는 수 없이 하는 거죠."

일몰이 시작될 즈음, 헤이마린이 나 성공한 것 같아, 하고 차 밑에서 나왔다. 우리는 그동안 몇번이나 희망을 품었다가 실망한 적이 있기 때문에 이번에도 별 기대가 없었다. 내가 운전석으로 가 열쇠를 돌렸다. 괴괴한 침묵을 지켜야 하는 엔진에 추추추르츠측 하고 시동이 걸렸다. 와, 하고 놀라는 사람들 표정이 눈에 들어왔는데, 가장 놀란 건 바로 나였다. 더더더 떨리는 르망의 승차감은 그냥 그런 중고차들이 가지고 있는 불편함과 다를 바 없었지만, 르망에 시동이 걸렸던 순간, 그런 일이 일어나지 않으리라는 완전히 밀폐된 확신을 찢고 시작된 그 진동은 얼떨떨할 정도로 강렬했다.

　르망은 헤아릴 수 없는 오랜 시간 동안 서 있던 초등학교 옆을 양선장의 운전으로 벗어났다. 걷거나 자전거를 타는 것과는 다른 보폭으로 둘러보는 섬은 무엇보다 바람이 달랐다. 우리를 두들기듯 정신없게 하는 세기는 같았지만 우리 역시 만만치 않은 세기를 지니자 세기와 세기가 만나 맞부딪치면서 흥분을 만들어냈다. 아무래도 후륜타이어 바람이 빠진 것 같다고 인부1이 말했지만 누구도 신경쓰지 않았다. 우리는 마라도가 지적으로 보이는 해안도로를 달려, 코스모스와 해바라기밭을 지나 '친환경 명품섬'이라고 쓰여 있는 현판을 지나 장사하지 않는 펜션과 역시 장사하지 않는 간이매점을 통과해 이윽고 스낵바 앞에 멈췄다. 이모는 낮 동안 잡아온 보말들을 바락바락 씻으며 내일을 준비하고 있었다. 우리가 부르자 이모는 찬찬히 걸어 테라스 앞에 섰다. 그리고 그 차, 르망이 비상등을 깜박이며 스낵바 입구에 정차해 있는 장면을 내려다보았다. 이모의 표정은 우리의 수고를 치하하는 것도, 놀랐다거나 다행이라는 것도 아니었다. 이상하게 딱딱하고, 우리보다 높은 곳에서 내려다보고 있어서인지, 고고하고 근엄하게까지 보이는 얼굴이었다. 우리가 이제 장 보는 거 걱정 말라고, 한번 와서 타보라고 하자 "무사

상관없엔" 하고 사양하더니 모레쯤 태풍이 올 거라고 했다.

선착장을 지나 다시 레지던스 쪽으로 향하는데 갑자기 르망이 멈춰 섰다. 우리는 또 고장이 난 건가, 우리의 두달간의 노고가 한번 달려본 것으로 끝인가 싶어 놀랐는데, 양선장이 레버를 돌려 차창을 천천히 내렸다. 그리고 창밖으로 손을 내밀어 어딘가를 가리키며 아름답지 않은가, 하고 우리에게 물었다. 양선장이 가리킨 그곳에는 제주 본섬이, 육지의 가로등과 네온싸인과 아파트와 건물들이 내는 휘황찬란한 불빛들이 있었다.

섬에서 맞는 태풍은 혹독했다. 나갔다가는 해일에 휩쓸리니까 레지던스에만 머물라는 말을 들었다. 태풍은 마치 거대한 프로펠러가 공중에서 도는 듯한 소리와, 공기 중을 부유하는 물체들로 느껴졌다. 흔들릴 수 있는 모든 것이 흔들렸고 태풍의 방향으로 휩쓸려 날아갔다. 양선장이 자기네 집 창고에 숨겨둔 르망을 포함한 섬의 모든 것들이 걱정되는 밤이었다.

태풍이 거의 지나갔다는 사실을 가장 먼저 알아챈 사람은 인부1이었다. 이튿날 새벽 조용히 일어난 인부1은 양동이를 들고 나가 태풍 때문에 바다에서 휩쓸려나와 육지에 떨어진 물고기들을 수거해왔다. 태풍이 지나면 으레 주민들이 하는 일과였지만, 인부1이 너무 부지런하게 일어나 기습적으로 나선 탓에 상당한 물고기들이 그의 소유가 되었다.

그렇게 주워온 뱅에돔으로 인부1은 그 아침에 찜을 하겠다며 나섰다. 나는 아직 잔바람이 남긴 했지만 밖으로 나가보았다. 갯바위

인근에는 어디서 날아왔는지 냉장고 한대가 떨어져 있고 길은 뽑힌 나무와 잡풀들로 어지러웠다. 가장 크게 희생된 건 갯강구들 같았다. 아무리 많은 수를 모아 무게를 재어도 측정이 불가능할 듯한 그 작은 것들은 이후 보름이 지나도록 안 보이다가 새끼손가락만한 어린 것부터 조금씩 모습을 드러냈다.

공가에서 지낸 여름은 서울로 돌아오고 나서는 빠르게 잊혔다. 이따금 도로를 달리다 르망을 만나면 르망장인이 클로징 멘트로 썼던 생활 속의 멋과 여유, 생활 속의 좋은 차, 생활 속의, 하는 말이 떠오를 뿐이었다. 그리고 안나가 찍은 사진들. 거기서 르망이 있는 구도는 항상 같았지만 그 뒤의 구름과 풀잎, 가로수의 잎과 어두운 정도, 햇볕의 다사로움과 빗방울 같은 섬의 모든 것은 변하고 있었다는 생각이 들었다. 그러니까 안나의 기록은 르망이라는 대상에 대한 기록이 아니라 그 대상을 대상이게 하는 배경에 대한 집중, 기록이라는. 그리고 보면 그 둘을 분리할 수 있을까 싶고 그러한 분리가 불가능하다는 결론에 이르면 어딘가 한고비 넘는 기분이었다.

우리는 여름을 그렇게 함께 보냈지만 레지던스를 떠나고 나서는 연락을 주고받지 않았다. 딱 한번 매니저가 그 르망의 주인은 엉뚱하게도 일본인이었다는 말을 전해왔다. 나는 그 말을 무심히 넘겼다가 그렇다면 스낵바의 이모와 관련있는 사람이 아닐까 싶었지만 더는 궁금해하지 않았다. 안 골라주,라는 이모의 대답이 떠올랐기 때문이었다.

나중에 생각해보니 그 여름의 최대 미스터리는 사실 집단체가 뭘 하며 보냈는가 하는 점이었다. 우리가 그렇게 고생한 덕분에 집단체는 편안하게 자기 캐리어를 르망에 실어 그 섬을 빠져나갔지만 대체 그 많은 밤과 낮을 뭘 하며 보냈는지 언질조차 주지 않았다. 그것이 밝혀진 건 레지던스가 주최하는 입주작가 결과 보고 전시회에서였다. 나는 끝내 제출을 못하고 오프닝 때도 핑계를 대고 가지 않다가 모두의 관심이 시들해졌을 게 분명한 어느날 이태원의 그 전시장을 찾았다.

입구에는 헤이마린이 작업한 '사운드'라는 작품이 있었다. 물질을 나가는 사람들 몸에 녹음장치를 부착해 소리를 모은 것이었다. 장비들이 부딪히는 소리, 무언가를 캐는 소리, 들어내는 소리, 꺼내오는 소리, 수면 위로 올라와 숨을 터뜨리는 소리, 걷는 소리, 힘들어서 욕하는 소리, 누구를 부르는 소리, 갑각류의 껍데기들이 바구니 안에서 서로 부딪치는 소리, 파도 소리, 수영하는 소리, 발이 바닥에 닿지 않는 소리, 물 위에 떠 있는 사람 소리들이 있었고 액체 수은 안에 넣은 작은 나사부품으로 그 소리들의 주파수를 표시하고 있었다. 설명에, 그것이 이해 불가능한 이유로 섬에 버려진 올드카에서 가져왔다는 말이 쓰여 있어서 나는 설핏 웃었다.

듀코와 인부1의 작품을 지나 집단체의 작품 앞에 섰을 때 나는 처음 그 억새와 대나무로 짠 수많은 바구니들이 무엇을 뜻하는지 몰라 어리둥절했다. 거울이 되비춰서 바구니의 개수는 무한에 이르도록 많았지만 그것들을 모아놓는다고 작품이 되는 건가, 이런 바구니들이야 어디 토속품점에 가면 흔히 있는 것 아닌가 싶었는데, 가만히 들여다보니 그건 다른 바구니들과 다르게 유선형이었고 길고 높았다. 캡션에는 '베이비즈 바스켓, 애기구덕'이라 붙어 있었고 제주에서 아이들이 태어나면 넣어두던 바구니, 아기들의 보온과 안전, 이동을 위해 사용되었다,라고 쓰여 있었다.

나는 두문불출하던 집단체가 어떻게 그 많은 애기구덕을 구했을까 하는 의문을 그뒤로도 떠올렸다. 그것들은 모두 일관되게 낡아 있었는데, 그렇다면 섬사람들에게 얻었거나 혹은 새로 만들어 낡은 상태로 표현했다는 얘기였다. 나는 우리가 르망을 굴리기 위해 애쓰는 여름의 어느날에 집단체가 조용히 레지던스를 빠져나가, 섬의 누군가의 집을 방문하는 장면을 상상했다. 그러면 새벽에 물질을 다녀온, 그렇게 수면에서 바다 저 밑까지 오르내렸던 사람이 일어나 무슨 일이냐고 묻고, 앉아보라고 하고 마당에는 모두가 가족인 백구들이 짖는 가운데 창고를 열어 애기구덕이 있는가 살피고, 있으면 주고 없으면 없는 이유를 전하면서 여름의 낮을 보내는 시간을. 그렇게 생각하다보면 집단체의 그 열정과 헌신에 비해 우리의 여름은 너무 해이하지 않았나 싶었지만 그래도 우리가 그 계절을 보내고 섬을 떠나왔다는 결과는 같았다. 하지만 누구도 완전히 어딘가에 닿은 것 같지는 않았는데, 우리들의 르망이 그 섬에 있는 한, 어쩌면 그것은 중요한 사실이 아닐지도 몰랐다.

* '인부1'이라는 작가명은 유하의 동명 노래에서 가져왔다.

김미월 / 가장 아름다운 마을까지 세시간

그게 언제였더라. 지난가을인가. 아니, 봄이었나.

　양희를 만나러 갈 때마다 나는 그녀를 마지막으로 본 것이 언제인지 헤아려보곤 한다. 그러나 빈약한 기억력에 기대 마지막 만남의 조각을 더듬노라면 엉뚱하게도 매번 그녀를 처음 만났던 오래전 그날이 먼저 떠올랐다. 학교 화장실이었다. 양치질을 하는데 나밖에 없던 거울 속에 웬 여자애가 불쑥 등장했다. 교복 넥타이 색깔이 같은 걸 보니 나와 같은 학년인데 얼굴이 낯설었다. 누구더라. 그애는 나를 지나쳐 화장실 안쪽 칸으로 들어갔다. 아, 옆반 전학생. 치약 거품을 뱉는 순간 퍼뜩 답이 떠올랐다. 그리고 입을 헹구며 고개를 들었을 때 나는 기겁을 했다. 그 전학생이 새하얀 털모자를 쓰고 빨간 스웨터에 채도 높은 초록색 바지 차림으로 내 옆에 서 있었던 것이다. 해질녘 어둑어둑한 화장실에서 눈 내린 크리스마스 아침의 포인세티아 화분처럼 도드라지던 그 원색 옷차림도 비현실적으로 느껴졌지만, 그보다 나는 변검 장인이 가면 바꾸듯 순식간에 옷을 갈아입은 그 불가능에 가까운 민첩함을 믿을 수가 없었다. 입을 딱 벌리고 있는 내 옆에서 그애는 태연하게 머리를 빗었다. 우리의 눈이 마주쳤다. 내가 눈인사를 했던가. 양희가 미소를 지은 것이 먼저였던가.

아무려나. 그때 양희와 나는 열아홉살이었다. 믿을 수 없는 숫자다. 화장실에서 단 몇초 만에 옷을 갈아입는 기민함 같은 것은 그때 우리가 그토록 젊었다는, 그런 젊음이 우리에게도 있었다는 거짓말 같은 사실에 비하면 그리 놀랍지도 않다. 이제는 그런 것을 알 나이가 되었다. 그로부터 벌써 이십년 세월이 흐른 것이다.

저만치 양희와 만나기로 한 식당 입구가 보였다.

그나저나, 봄이었을까. 아니면 가을이었나.

춥지는 않았고 덥지도 않은 시기였다는 것은 알겠는데 그게 봄인지 가을인지는 끝내 기억이 나지 않았다.

양희는 식당의 온돌방 구석에 오도카니 앉아 있었다.

"선물이야."

그녀가 식탁 위로 건넨 것은 2019년 달력이었다. 앞에서부터 한 장씩 넘겨보았다. 첫번째 장의 사진은 에펠탑, 두번째 장은 노트르담대성당, 세번째 사진은 공원 같은데 어딘지 잘 모르겠고, 네번째 장은 루브르박물관 전경이었다.

"프랑스 갔다 온 거야? 여행?"

"응, 여행."

"얼마나 있었어?"

"두달."

그럼 회사는, 하고 물으려다 말았다. 이미 답을 알고 있었기 때문이다.

언젠가 양희가 인도에 갔을 때도, 스페인에 갔을 때도, 베트남과 이집트와 미국에 다녀왔을 때도 나는 같은 질문을 했다. 회사를 그만두고 홀쩍 여행을 떠났다가 돌아와서 다시 취직을 하고 몇년 근속하다가 또 홀연히 사직서를 내고 여행을 떠나는 것은 양희의 특기이자 취미였다. 이십대부터 그러더니 서른아홉인 지금까지 그랬다. 하지만 사직도 취직도 개똥처럼 쉽게 생각하고 일단 저질러보는 그녀의 철없음이랄까, 대책 없음이랄까, 그 터무니없이 즉흥적인 성격은 그녀가 매번 더 좋은 조건으로 이직한다는 점에서 실은 나무랄 데가 없었다.

나무라다니. 진짜 개똥도 개똥처럼 쉽게 생각하지 못해 지극히 사소한 일에도 오만가지 의미를 부여하다가 번번이 때를 놓치고 마는, 인생의 반은 한 일에 대한 후회요 나머지 반은 하지 않은 일에 대한 회한으로 보내는 나로서는 그녀가 부러울 따름이었다.

식당 종업원이 커다란 쟁반을 들고 우리 쪽으로 다가왔다. 살집이 두툼한 고등어구이와 김이 오르는 달걀찜과 시래기된장국과 제육볶음, 굴전, 우렁쌈장, 두부조림, 도토리묵무침, 쌈 채소 등등 산과 해의 소소한 진미가 쟁반에 가득했다. 저걸 이 좁은 밥상에 어찌 다 올리나 싶었으나, 종업원은 숱한 시행착오를 통해 정해졌을 최적의 순서와 간격과 배열에 맞춰 그것들을 일사불란하게 착착착 내려놓았다. 그리고 빈 쟁반을 들고 일어서며 쌈이 모자라면 언제든 말하라 했다. 무심코 들여다본 대바구니에는 상추와 깻잎과 케일이며 근대 같은 흔한 푸성귀 외에도 당귀에 삼지구엽초까지 있었다. 나는 이 식당을 고른 것에 흡족해하며 양희를 슬쩍 건너다보았다. 아니나 다를까, 이미 탐색을 끝낸 그녀는 젓가락을 야무지게 쥐고 밥상으로 막 돌진하려는 참이었다.

"먹자."

"응, 많이 먹어."

우리는 한동안 먹는 데 집중했다.

"프랑스는 어땠어?"

"좋았지. 정말 좋았는데……"

그녀는 방금 전까지 부지런히 국을 떠 넣던 숟가락을 입에 문 채 생각에 잠기는 듯했다. 그러더니 숟가락을 입에서 빼면서 대뜸 물었다.

"너 프랑스에서 가장 아름다운 마을 알아?"

"몰라. 그런 게 있어?"

그렇다고 했다. 일명 '프랑스에서 가장 아름다운 마을'은 프랑스 전역에 걸쳐 백개가 넘는다. 수식어 '가장 아름다운'을 너무 흔히 사용했다기보다 '가장 아름다운' 것처럼 느껴지는 마을이 그만큼 많은 것이다. '프랑스에서 가장 아름다운 마을'은 그것을 선정하는 마을협회의 명칭이기도 하다. 협회는 훌륭한 문화 및 자연유산을 지닌 작은 마을들을 지원하는 역할을 한다. 그 결과 대도시 쏠림 현상에도 불구하고 지금까지 많은 시골 마을들이 고유의 아름다움과 전통을 잘 보존하고 있다고 양희는 단숨에 설명을 마쳤다. 마치 그 협회의 홍보담당자라도 되는 듯 대단히 진지하고 열정적인데다 일종의 의무감까지 엿보이는 표정이라 나는 좀 어리둥절했다.

"그래서 너는 거기 다녀왔어?"

"응? 응."

"어땠어? 정말 아름다워? 마을 이름이 뭔데?"

홍보에 개인적 경험을 활용해본 적은 없는지 대답이 금방 나오지 않았다. 그녀는 몇번인가 입을 열었다 다물기를 반복하더니 숭늉 사발을 입으로 가져갔다.

"그 얘긴 차차 하고. 넌 어떻게 지냈어?"

"나야 뭐 똑같지."

"별일 없었어?"

없었다. 주중에는 회사에서 일했고 주말에는 집에서 혼자 다운받은 영화를 보거나 인터넷 쇼핑을 하거나 책을 읽었다. 그날이 그날이었다. 하루하루가 무료했지만 한편으로는 무료하다는 자각을 할 정도의 심적 여유도 없었다. 어쩌다 여유가 생기면 부질없는 가정을 했다. 이혼을 하지 않았다면 어땠을까. 만약 아이를 가졌더라면. 아니, 아예 결혼을 하지 않았다면. 그랬다면 어땠을까.

"별일 없어야지. 그게 좋은 거야."

양희가 제 질문을 스스로 거둬들였다.

"맞아. 이 나이에 별일 있으면 피곤하지."

문득 우리가 훨씬 더 늙은 사람처럼 말한다는 생각이 들었다. 양희가 손을 들어 종업원을 불렀다.

"여기 공깃밥 하나 주세요."

그새 밥공기를 비운 줄은 몰랐다.

"그리고 이거랑 이것 좀 더 주세요. 아, 이것도요."

양희는 빈 반찬 그릇들을 종업원에게 하나씩 짚어준 다음 나를 돌아보았다.

"나 진짜 잘 먹지?"

"한식이 그리웠다며. 많이 먹어."

"한식이라서가 아냐. 나 요새 종일 먹기만 해."

그러고 보니 몸에 살이 더 붙은 것 같기도 했지만 얼굴은 도리어 전보다 수척해 보였다.

"가만히 있으면 불안해, 막막하고. 그래서 계속 먹는 거야."

"무슨 걱정이라도 있어?"

그녀는 가타부타 말이 없다가 무슨 생각이 났는지 옆에 놔두었던 가방을 열었다. 소지품을 주섬주섬 뒤지는 손길이 분주했다.

"아, 여기 있다."

그녀가 지갑에서 뭔가를 꺼냈다.

"거기도 지하철역 증명사진 수준은 우리랑 똑같더라."

맙소사. 그녀가 내민 것은 정말 증명사진이었다.

몇해 전부터, 그러니까 삼십대 중반부터 양희는 일년에 한번씩 의식을 치르듯 정기적으로 지하철역 즉석사진 부스에서 증명사진을 찍었다. 그곳에서 사진을 찍어본 이는 안다. 손에 쥐는 결과물이 일반적인 포토샵 보정과 정확히 상반되는 목적을 가진, 다시 말해 원판의 장점은 가리고 단점은 돋보이도록 특화된 프로그램을 가동

한 후 얻은 듯한 사진이라는 것을.

처음 그 이야기를 들었을 때 나는 대체 왜 거기서 사진을 찍느냐 물었다.

내가 어떻게 나이 들어가는지 확인하고 싶어서.

그녀는 마흔이 다 되도록 혼자 살다보니 불현듯 제가 남들 눈에 어떻게 보이는지 궁금해졌다고 했다. 그런 것은 아무도 제대로 알려주지 않더라는 것이었다.

셀카를 찍으면 되잖아.

천만에.

자기 사진을 직접 찍는다는 것 자체가 이미 객관적이지 않으므로 좋은 방법이 아니라고 했다. 남에게 촬영을 부탁해도 결과적으로는 마찬가지라나. 그러니 길고 짧은 것도 모르고 더하기 빼기도 모르는 무지막지한 지하철역 증명사진이야말로 자신의 진짜 모습에 가장 가까우리라는 것이 그녀의 주장이었다.

동의할 수 없었지만 사진과 별개로 그 사진을 찍는 행위가 그녀를 아주 잘 보여준다고 생각했으므로 나는 이의를 제기하지 않았다. 그리고 그녀가 사진을 새로 찍을 때마다 한장씩 기념으로 청했다. 그렇게 모은 사진들이 네댓장쯤 될 것이다.

"나 너무 늙었지?"

사진 속에는 넙데데한 얼굴에 이마는 파종을 해도 될 만큼 편평하고, 눈썹은 그리다 만 것처럼 절반만 있고, 눈은 초점이 어긋나 있으며, 콧구멍 크기는 짝짝이인데다 결정적으로 고개가 마치 6시 5분 시곗바늘처럼 우측으로 살짝 기울어져 있어서 좀 모자라 보이기까지 한 중년 여자가 '이게 바로 총체적 난국이오' 하는 표정으로 앉아 있었다.

"무슨 소리. 넌 아직도 이십대 후반 같아."

진심이었다. 내 눈앞에 실재하는 양희는 예나 지금이나 작은 키에 통통한 몸, 소년처럼 짧은 머리, 동그란 얼굴 가운데 오밀조밀한 이목구비, 특히 장난기 가득한 눈빛 덕분에 나이보다 한결 젊어 보였다. 우리가 함께 있을 때마다 내가 나이 차이 많이 나는 언니처럼 보일까봐 얼마나 전전긍긍했는지 그녀는 모를 것이다.

양희가 내 손에 들린 사진을 턱짓으로 가리켰다.

"그걸 보면 나에 대한 호감이 있다가도 사라지겠지?"

지하철역 증명사진 애호가답지 않은 질문이었다. 게다가 그녀는 원래 성격이 호방하여 일개 사진이 잘 나왔느냐 못 나왔느냐 따위에 연연하지 않았다.

"아냐. 너를 실제로 만나본 사람이면 황당해하면서 막 웃을걸?"

"그럴까?"

그녀는 연연하고 있었다.

"당연하지."

"정말 그렇게 생각해?"

나는 정색을 했다.

"왜, 남 주게? 절대 안돼. 주지 마, 주지 마."

우리는 동시에 웃었다. 종업원이 새로 공깃밥과 반찬들을 내왔다. 양희가 수저를 드는 것을 보며 나는 사진을 지갑에 넣었다. 그러면서 설마 이 사진이 그녀를 불안하게 했나, 그래서 전에 없이 탐식하게 만든 걸까, 생각했다. 양희가 고개를 들었다.

"맞아. 그게 중요한 게 아니야."

나는 순간 내가 방금 무슨 말을 했던가 되짚어보았다.

"지금 문제는 그게 아니지."

혼잣말이었다. 그녀의 눈은 밥상 위 어딘가에 고정되어 있었다. 어안이 벙벙한 내 앞에서 그녀는 한숨을 쉬었다. 그리고 그만 일어나자는 눈짓을 했다.

"시간 괜찮은 거지?"

"뭐가?"

"말했잖아, 오늘 너랑 갈 데가 있다고."

맞다. 안 그래도 그녀를 만나면 어디로 갈 거냐고 물어봐야지 해놓고는 깜빡 잊고 있었다.

양희가 나를 똑바로 바라보았다.

"아버지 만나기로 했거든."

나는 아무 대꾸도 하지 않았다. 그리고 마음속으로 과연 그게 중요한 게 아니었구나, 문제는 그게 아니었구나, 하며 여전히 뜻 모를 그녀의 말을 곱씹었다.

마을버스 종점에서 하차한 것은 우리 두 사람뿐이었다. 인적 없는 찻길을 따라 걸었다. 날이 꽤 추웠지만 며칠째 기승을 부리던 미세먼지가 마침내 걷힌 날이라서인지 찬 공기를 맞으며 걷는 기분이 나쁘지 않았다. 정확히는 나쁘지 않은 게 아니라, 나쁜지 좋은지 분간할 정신머리가 없을 만큼 나는 흥분해 있었다. 양희가 아버지를 만나러 가면서 내게 동행을 청한 것이, 나를 믿어준 것이 고마웠기 때문이었다.

양희는 지금껏 아버지에 대한 이야기를 한번도 한 적이 없었다. 나 역시 아무것도 묻지 않았다. 그래서 저 까마득한 고등학교 시절 옆반 전학생과 그의 부모에 대해 떠돌던 소문의 진위 또한 확인한 적이 없었다.

휴대전화의 길 찾기 앱이 목적지까지 1킬로미터 남았다고 일러주었다.

"아버지를 만나면 어떤 기분일까?"

이곳까지 오는 한시간 동안 일부러 피하려는 듯 여행 이야기만 하던 양희가 처음으로 아버지 이야기를 꺼냈다.

"정말 만나자마자 첫눈에 알아보게 될까?"

태어나서 수십년 만에 만나도 부모와 자식은 서로를 곧장 알아본다더라, 핏줄이 당기기 때문이라더라, 하고 그녀는 말했다. 나도 그런 이야기를 어디에선가 들었던 기억이 났다. 하지만 내가 궁금한 것은 이 시간 이후가 아니라 이전이었다.

"왜 갑자기 아버지를 만나고 싶어졌어?"

우리는 가로등 불빛 아래 두개의 그림자와 함께 걸었다.

"그러게 말이야, 이제 와서."

어조는 담담했으나 목소리가 갈라졌다.

"너 그런 기분 알지?"

"……"

"내일이 시험이고 공부는 하나도 못했는데 벌써 밤이 된 것 같은 기분."

"알지."

"내 기분이 딱 그랬어. 이번 생은 망했구나 싶었지."

밑도 끝도 없는 소리였다. 할 말이 없었다. 평소라면 인생 별거 없으니 술이나 마시자, 내가 쏘겠다, 하며 호기라도 부릴 텐데 그럴 분위기가 아니었다. 뭐라고 하면 좋을까. 그녀는 좀 달라 보였다. 오늘 처음 만났을 때부터 어딘가 이상했다.

"어쩌다 그런 생각을 하게 된 거야?"

양희는 시간을 벌려는 듯 헛기침을 두어번 했다.

"그게, 말하자면 긴데."

길어도 참고 들어달라는 뜻이었다.

이번 여행에서도 그녀는 줄곧 혼자 다녔다. 그러다가 귀국을 사흘 앞두고 탄 기차에서 젊은 한국 여자를 만났다. 두 사람은 자연스레 이야기를 주고받았다. 여자는 이십대 유학생이었다. 양희와 연령대도 다르고 처지도 관심사도 달랐지만 두 사람은 말이 잘 통했다. 결국 기차에서 내린 후 함께 저녁을 먹었다. 유학생이 그녀에게 귀국하기 전 가보고 싶은 곳이 있느냐 물었다. 친절하게도 자신이 프랑스에 오래 체류한 만큼 현지 사정에 밝으니 양희의 여행이 유종의 미를 거둘 수 있도록 도와주고자 했던 것이다.

그리하여 그들은 이튿날 함께 떠났다, 프랑스에서 가장 아름다운 마을로.

"거긴 대중교통으로 가기 힘든데, 걔한테 차가 있었거든."

"응."

"아무래도 시골이니까."

"맞아. 차가 있어야지."

"아니, 내 말은, 시골이니까 영어 하는 사람이 거의 없는 것도 문제였다고."

"아."

"근데 걔가 불어를 하니까 그것도 걱정할 필요가 없었지."

"응."

걱정은 내가 하고 있었다. 길을 잘못 든 게 아닐까 싶어서였다. 마을버스에서 하차한 후 십분 넘게 걸었지만 지나가는 차가 한대도 없었다. 이차선 도로 양쪽으로 공터가 이어졌고 이따금 건물을 짓다 만 듯한 공사장이 나타났지만 덜 녹은 눈을 뒤집어쓴 봉분 같은 흙더미가 드문드문 보일 뿐 사람의 흔적을 찾기 어려웠다. 인도의 보도블록도 죄 깨져 있어 사람도 차도 오래전에 떠나버린 폐허의 도시를 걷는 기분이었다.

가는 길이 너무나 아름다웠다고 했다. 양희와 유학생의 목적지는 남쪽에 있었다. 그들은 무당벌레처럼 작고 붉은 시트로엥을 타고 달렸다. 차창 안으로 남프랑스의 겨울 햇빛이 쏟아져내렸다. 햇빛은 차창 밖으로 끝없이 펼쳐진 올리브나무 군락과 일찌감치 수확을 끝내고 서리에 젖어 있는 포도밭에도 아낌없이 내려앉았다. 그들은 달리는 내내 음악을 들었다. 대화에 집중했으므로 사실 음악은 문자 그대로 배경에 불과했는데 그럼에도 그 선율이 참 감미롭다고 양희는 대화하면서 생각했다. 오후에서 저녁으로 넘어갈 무렵 아담한 마을이 나타났다. 그들은 눈에 띈 식당으로 들어갔다. 신선한 재료로 정성껏 만든 요리는 혀에 착 감겼다. 더운 음식은 알맞게 덥고 찬 음식은 알맞게 찼으며 양까지 알맞아 더 맛있었다. 식사가 끝난 후에는 마을을 산책했다. 창문 아래 색색의 꽃 화분을 놓아둔 벽돌집들이 길을 따라 늘어서 있었다. 굴뚝이 있는 지붕이며 키 작은 대문의 색깔이 하 알록달록하여 보면 볼수록 장난감 집 같았다. 마당의 빨랫줄에 널린 아기 옷이 바람에 한들거렸다. 바람에서 햇볕에 바싹 마른 라벤더 향이 났다. 골목 안쪽에 누구든 쉬어가라는 뜻인지 긴 나무의자가 놓여 있었다. 두 사람은 그곳에 나란히 앉았다. 양희는 눈을 감고 이대로 잠들고 싶다고 생각했다. 그러나 어디선가 새소리가 들려와 그녀는 눈을 떴다. 골목을 벗어나자 새떼가 일제히 먼 하늘로 날아오르는 것이 보였다. 새들이 구름 사이로 사라진 후 앞을 보니 거기 눈앞에 선물처럼 호수가 펼쳐져 있었다. 노을이 번지는 호수에 백조들이 고고히 떠다니는 풍경은 아무리 보아도 싫증이 나지 않았다.

하여 두 사람은 그 마을에서 하룻밤 묵기로 했다. 목적지가 멀지 않았기에 부담도 없었다. 외벽이 담쟁이덩굴로 뒤덮이고 주변이 해자로 둘러싸인 고풍스러운 호텔이 그들을 맞이했다. 입구에 보리수 고목이 서 있고 로비에도 그만큼 오래돼 보이는 피아노가 놓인 그곳에서 두 사람은 밤새 포도주를 마시고 음악에 맞춰 춤을 추고 서로에 대한 이야기를 나누었다.

유학생은 스물여덟살이었다. 유학생활 오년째이며 박사과정을 마친 다음에는 직장을 구해 프랑스에서 계속 살 계획이었다. 연애에는 소질이 없고 결혼에는 뜻이 없다고 했다. 외모에도 관심이 없었다. 머리는 길러서 뒤로 묶었고 화장은 하지 않았다. 옷차림도 평범한 티셔츠에 청바지와 무릎까지 내려오는 두꺼운 외투가 다였다. 그런데도 옷맵시가 좋아서 신기했다고, 팔다리가 길어서 그랬을 거라고 양희는 추측했다.

그 대목에서 나는 무의식중에 유학생의 외모를 상상했고 다음 순간 내가 이런 것까지 알아야 하나 생각했다. 양희의 이야기는 말하자면 길다고 했지만 듣다보니 정말로 길었는데, 그 사실을 때마침 일깨워준 것은 길 찾기 앱의 안내 음성이었다.

"목적지까지 삼백 미터 남았습니다."

주위를 둘러보았다. 뭔가 속은 기분이었다. 이제 주변에는 논밭뿐이었다. 구멍가게도 하나 없는 이런 길을 삼백 미터 더 간들 아무것도 나타날 것 같지가 않았다.

"길을 잘못 든 거 아닐까?"

"아닐 거야."

외길이긴 했다. 그러나 설령 길을 잘못 들었다 한들 무슨 대수냐는 듯 심드렁한 양희의 말투가 오히려 묘한 불안감을 주어 나는 외길에서도 연신 두리번거렸다. 겨우 저녁 일곱시인데 불빛도 소리도 없는 거리는 한밤 같았다.

새벽이 깊었다. 취한 와중에도 유학생은 포도주병을 치우고 자리를 정돈한 뒤 양치질을 했다. 그리고 콘택트렌즈를 뺀 후 침대에 누웠다. 양희는 그의 동작 하나하나를 유심히 지켜보았으나 정작 둘 중 누가 먼저 잠들었는지는 기억하지 못했다. 눈을 떴을 때 유학생은 말끔히 씻은 얼굴에 외투까지 입고서 그녀를 내려다보고 있었다. 미안하다고, 급한 사정이 생겨 먼저 돌아가겠다고 했다. 잠과 술이 한꺼번에 다 깼다. 양희는 몸을 일으켰다. 창밖은 이미 한낮이었다. 유학생이 손바닥만 하게 접은 쪽지를 내밀었다. 가장 아름다운 마을은 이곳에서 버스로 세시간 떨어져 있고, 버스는 하루에 두번 있으며, 두번째 버스가 한시간 후에 출발할 예정이라고 했다. 쪽지에는 버스정류장 약도가 그려져 있었다.

양희는 유학생과 함께 돌아가고 싶었다. 애초에 혼자 시작한 여행이라면 모르겠지만 여행 도중에 저만 남는다 생각하자 여행이 아예 끝나버린 듯한 기분이 들었던 것이다. 하지만 유학생이 제시한 선택지에 그들이 함께 돌아가는 것은 없었다. 양희가 제시할 수도 있었을 것이다. 그러나 그녀는 그렇게 하지 못했다. 유학생이 이유를 털어놓았기 때문이다. 그가 왔다고, 전 남자친구가 마침내 돌아왔다고. 그러니 당장 그에게 가야 한다고 말이다.

두 사람은 호텔 로비에서 헤어졌다. 유학생이 먼저 떠났다. 양희는 약도에 그려진 버스정류장으로 가 제시간에 도착한 버스에 올랐다. 흔들리는 차창에 머리를 기댄 채 생각했다. 가장 아름다운 마을은 가장 아름다울까. 가장 아름답겠지. 가장 아름다운 마을이니까. 가장 아름다울 거야……

버스에서 내렸을 때는 해가 지고 있었다. 발길 닿는 대로 걸었다. 그러다가 문득 길모퉁이에서 한 사내가 땅바닥에 무릎을 꿇고 앉아 있는 것을 발견했다. 호리호리한 몸에 긴 머리를 어깨까지 늘어뜨린 그는 맨발이었고 두 손으로 프랑스어 문장이 적힌 종이를 들고 있었다. 그 문장이 무엇을 뜻하는지 알 수 없었으나 양희는 그가 벗어놓은 모자에 지폐를 넣었다. 얼마나 더 걸었을까. 낯익은 건물이 나타났다. 외벽이 담쟁이덩굴로 뒤덮이고 주변이 해자로 둘러싸인 고풍스러운 호텔. 입구에 보리수 고목이 서 있고 로비에도 그만큼 오래된 피아노가 놓여 있는 곳.

그랬다. 양희는 가장 아름다운 마을에 가지 않았다. 가다가 돌아온 것이었다.

"어머, 정말 안 간 거야?"

"……"

"너 아까 식당에선 갔다 왔다고 했잖아."

"가려고 했었지."

"그런데?"

왠지 가면 안될 것 같았다고 양희는 말했다. 점점 모를 소리였다.

그녀는 전날 묵었던 방에 다시 짐을 풀었다. 유학생에게 고맙다는 말도 제대로 못했다는 생각이 들어 메신저로 말을 걸었지만 아무 대꾸도 없었다. 전날처럼 음악을 듣고 포도주를 마셨다. 흥도 안 나고 취기도 오르지 않았다. 침대에 누웠다. 잠이 오지 않았다. 뒤척이다 지쳐 호텔 로비로 내려갔다. 뜻밖에도 거기 놓인 오래된 피아노를 그 늦은 시간에 누군가 연주하고 있었다. 그였다. 땅바닥에 무릎을 꿇고 앉아 있던 긴 머리 사내. 그의 때에 전 맨발이 피아노 페달을 능숙하게 밟고 있었다. 피아노 선율이 귀에 익었다. 아, 디셈버. 조지 윈스턴. 비로소 기억이 났다. 사내의 레퍼토리는 그녀가 전날 유학생과 차에서 내내 들었던 바로 그 음반 수록곡들이었다.

12월의 마지막 밤, 그렇게 양희는 가장 아름다운 마을에서 버스로 세시간 떨어진 마을의 호텔 로비에 앉아 맨발 사내의 피아노 연주를 들었다. 그리고 연주가 끝나자 밖으로 나가 한밤의 마을을 천천히 거닐었다. 우중충한 무채색 대문들을 지나 아기 옷을 걷어낸 빈 빨랫줄이 걸린 마당을 지나 아무도 앉아 있지 않은 나무의자를 지나 그녀는 백조가 보이지 않는 호수까지 갔다. 잔잔한 수면에 비친 밤하늘을 올려다보았다. 달빛이 흐리다 했더니 달 주위에 거대한 먹구름이 끼어 있었다. 불현듯 그녀는 불청객이 된 듯한 느낌에 사로잡혔다.

"그때까지만 해도 몰랐어."

나는 점점 모를 소리를 하는 그녀의 말을 점점 알아듣고 있었다.

"마을이 달라 보인다고만 생각했지."

앞뒤가 다 잘려 있는데도 무슨 말인지 어렴풋이 알 것 같았다.

이튿날이 귀국일이었다. 그녀는 공항으로 가는 길 지하철역에서 즉석사진 부스를 보았다. 새해를 맞아 서른아홉살이 된 기념으로 사진을 찍었다. 평소 피사체의 진짜 모습에 가장 가깝다고 믿어온 전형적인 지하철역표 증명사진이었다. 그러나 어째서인지 그것을 보고 있는데 새삼 자신이 혼자라는 생각이 들었다. 주위를 둘러보았다. 곁을 스쳐 지나가는 수많은 인파 속에 그녀가 아는 사람은 한명도 없었다. 다시 사진을 들여다보았다. 그리고 생각했다. 나는 앞으로도 이렇게 살겠지. 계속 혼자겠지. 혼자 아무도 모르게 늙어가겠지.

돌부리에 걸려 넘어진 것 같은 급작스러운 깨달음이었다. 이제껏 그녀는 자발적으로 혼자였다. 혼자 하는 여행을 선호했고 혼자 사는 삶을 즐겨왔다. 그런데 별안간 혼자라는 사실이 지긋지긋했다. 그녀는 무례한 외판원처럼 함부로 쳐들어온 그 감정을 어쩌지 못해 사진을 켠 채 멍하니 서 있었다. 가장 아름다운 마을에 가다가 돌아온 것도 그래서였을 것이다. 혼자 간 곳이 가장 아름다울 수는 없었을 테니까.

이윽고 그녀는 걷기 시작했다. 걸으면서 한걸음 한걸음씩 서서히 받아들였다. 외판원이 어느날 갑자기 쳐들어온 것이 아님을, 작년에도 재작년에도 그 이전에도 항상 문 앞에서 기웃거리고 있었으나 자신이 그제야 알아차린 것임을. 특별한 이유는 없었다. 그저 때가 된 것이었다. 서른아홉은 그런 나이였다.

나는 이해한다는 듯 힘주어 고개를 끄덕였다.

"근데 중요한 건 그게 아니야."

양희가 아까도 식당에서 한 말이었다.

"그건 이제 다 지난 일이니까."

"……"

"지금 문제는……"

양희가 말을 멈추었다. 나는 그녀가 바라보는 곳으로 시선을 돌렸다. 운동장 한복판에 놓인 자판기처럼 뜬금없이 허허벌판에 우뚝 솟은 건물이 거기 있었다. 양희가 건물 측면에 고딕체로 쓰인 문자를 소리 내어 읽었다. 훼미리아파트.

일층 상가에 다다를 때까지 우리는 줄곧 입을 다물고 있었다. 임대 문의 종이쪽이 나붙은 문 닫은 점포들 사이 유일하게 불을 밝힌 마트에서 양희는 귤 한상자와 유리병에 든 백 퍼센트 오렌지주스 세트를 샀다. 그 집은 이층 복도 끝에 있었다. 입주민이 있긴 있나 싶게 적요한 가운데 어느 집에서인지 아이가 목청껏 노래를 부르기 시작했다. 산중호걸이라 하는 호랑님의 생일날이 되어…… 노랫소리가 점점 커졌다.

현관문이 열렸다. 각색 짐승 공원에 모여 무도회가 열렸네…… 우렁찬 노랫소리가 먼저 우리를 맞았다. 발목까지 오는 긴 치마를 입은, 나이가 많아야 사십대 중반쯤 되었을 여자가 우리에게 머리를 숙였다. 안쪽 거실에서 남자아이가 뛰어다니며 노래를 부르고 있었다.

"토끼는 춤추고 여우는 바이올린……"

여자가 돌아보며 타이르듯 말했다.

"인사해야지."

"찐짜찐짜찐짜찐짜…… 안녕하세요?"

"뛰지 마. 조용히 해."

초등학생으로 보이는 아이는 더 크게 노래 부르며 방으로 뛰어 들어갔다. 그리고 그 방에서 한 노인이 천천히 걸어나왔다. 양희가 한발 앞으로 나섰다. 머리카락이 거의 없고 안경을 쓰고 허리가 굽은 노인과 양희는 드디어 거실 한가운데 마주 보고 섰다.

"네가 양희구나."

상봉의 감격에 겨워 말을 잇지 못한다든가 부둥켜안고 대성통곡하는 식의 드라마 같은 장면은 드라마에서만 나오는 모양이었다. 노인이 먼저 거실 바닥에 앉았다. 그의 시선이 내게도 잠깐 머물렀으나 내가 누군지 묻지는 않았다. 양희와 나도 바닥에 앉았다. 소파도 없고 카펫도 깔려 있지 않은 바닥의 냉기가 엉덩이에 그대로 전해졌다. 긴 치마를 입은 여자가 황망한 걸음으로 방석을 내왔다.

"커피를 드릴까요? 녹차도 있고 유자차도 있는데."

양희가 괜찮다고 했다. 나도 괜찮다고 사양하려는 찰나 방에서 아이가 뛰어나왔다. 아이는 그게 정답이 아니라는 듯 안타까운 표정으로 유자차! 유자차! 하고 고함을 쳤다. 노인이 양희와 나를 번갈아 보며 말했다.

"유자차 한잔씩 들지."

우리는 떨떠름한 채로 그러겠노라 했다. 여자가 노인 옆에서 줄기차게 유자차를 부르짖는 아이를 끌어내다시피 데려갔다. 노인이 양희에게 눈을 돌렸다.

"예까지 오느라 고생했겠네."

"아니에요."

"그래, 올해 나이가 어떻게 되지?"

"서른아홉요."

"벌써 그렇게 되었나."

노인은 눈을 들어 천장의 어느 한 지점을 응시했다. 그리고 주방 쪽을 슬쩍 쳐다보고 나서 목소리를 낮추었다.

"그 양반이 언제 가셨다 했지?"

"네?"

"......"

"아, 팔년 전에요."

"너무 일찍 가셨네."

"……"

"잘 보내드렸는가."

"네."

"그래, 결혼은 했고?"

"아뇨."

"직장은 다니나?"

"네."

"그래, 지금 어디 산다고 했지?"

더없이 진지한 말투와 딴판으로 밀도가 한없이 낮은 대화였다. 하기야 그들이 이제 와서 무슨 속 깊은 이야기를 하겠는가. 왜 우리 모녀를 버렸느냐 원망한들 이 몹쓸 아비를 용서해달라 사죄한들 그런 게 다 무슨 소용이 있을까 하고 나는 생각했다.

여자가 쟁반에 찻잔과 귤을 담아 왔다. 아이가 여자의 치맛자락을 붙잡으며 옆에 앉았다. 가까이에서 보니 덩치만 컸지 표정이 한참 앳된 것이 예닐곱살도 안되었을 것 같았다.

"안녕? 몇살이에요?"

아이는 대답 없이 여자 등 뒤로 숨었다. 쟁반 위의 찻잔은 네개였다. 그중 한잔만 받침이 없었다. 여자가 받침 있는 찻잔을 노인과 양희와 내 앞에 하나씩 내려놓았다. 아이가 벌떡 일어나 주방으로 뛰어갔다. 그 뒷모습을 보며 여자가 말했다.

"이제 여섯살이에요."

"키가 크네요."

"네."

"또래 중에 제일 크겠어요."

유자차를 마시면서 여자와 나는 노인과 양희처럼 하나 마나 한 이야기를 나누었다. 아이가 우리 쪽으로 뛰어왔다. 품에 유자청이 든 병을 안고 오른손에 숟가락을 들고 있었다. 아이가 나를 향해 자랑하듯 입을 크게 벌렸다. 유자향이 확 풍겨 나왔다. 뒤늦게 아이를 돌아본 여자가 인상을 썼다.

"그렇게 먹지 말랬지!"

아이가 큰소리로 웃으며 방 쪽으로 뛰어가고 여자가 그 뒤를 쫓았다. 노인과 양희는 화제가 궁해졌는지 요즘 미세먼지 문제가 심각하다는 이야기를 하고 있었다. 그런 화제가 오래갈 리 없었다. 곧 침묵이 흘렀다. 노인이 찻잔을 들어올리며 말했다.

"명함이나 한장 다오."

"명함 없는데요."

다시 침묵이 흘렀다.

"그럼 사진은 있나?"

"없어요."

양희는 아까보다 더 빨리 대답했다. 사진이야 지금 이 자리에서 휴대전화로 찍어도 될 텐데 노인은 거기까지는 생각하지 못하는 것 같았다. 또다시 이어진 침묵 속에서 나는 양희의 가방에 있는 사진을 떠올렸다. 양희가 그것을 노인에게 준다면 어떨까. 두 사람은 어떤 대화를 나눌까.

이게 저예요.

그래.

이 사진을 찍고 나서 문득 깨달았어요, 제가 혼자라는 것을요.

그랬구나.

앞으로도 혼자일 거라는 생각을 하니 막막했어요.

그래.

내일이 시험이고 공부는 하나도 못했는데 벌써 밤이 된 것처럼 말이에요.

그랬구나.

그래서 이렇게 온 거예요. 아버지도 저처럼 혼자인지 알고 싶어서요.

……

여자가 유자청 병을 들고 방에서 나왔다.

"죄송해요. 애가 말썽을 부려서."

여자가 내 앞으로 와서 앉으려고 허리를 숙이는 순간 느닷없이 거실 전체가 캄캄해졌다. 정전이 아니었다. 잽싸게 여자를 뒤따라 나온 아이가 형광등 스위치를 내린 것이었다. 어둠속에서 가벼운 소란이 일었다. 곧 형광등이 켜졌다. 여자가 스위치에 손을 올린 채 난처한 표정을 짓고 있었다.

"정말 죄송해요. 애가 자꾸……"

말이 끝나기도 전에 다시 불이 꺼졌다. 여자가 소리를 질렀고 아이가 웃음을 터뜨렸다. 불이 다시 켜졌다. 여자가 아이를 방으로 밀어넣고 문을 닫았다. 아이의 웃음소리가 멀어졌다.

캄캄해졌을 때도 밝아졌을 때도 변함없는 자세로 마주 보고 있던 노인과 양희는 이제 아무 말도 하지 않았다. 노인이 찻잔을 들다가 잔이 빈 것을 알아차렸는지 도로 내려놓았다. 사기로 된 잔이 받침에 부딪치면서 달그락 소리를 냈다.

바깥은 온통 암흑이었다. 마트마저 문을 닫았는지 상가에도 불빛 한점 보이지 않았다. 양희와 나는 나란히 하늘을 올려다보았다.

"달도 안 보이네."

속으로만 생각해도 될 것을 양희는 굳이 입 밖으로 꺼냈다.

"응, 진짜 어둡다."

나도 마찬가지였다.

우리는 보이지도 않는 주위를 한번 둘러보고 차 없는 차도를 건넜다. 곧바로 논밭이 펼쳐졌다. 그 사이로 난 좁은 길을 따라 이십분 정도 직진하면 마을버스 정류장이 나올 것이다. 나는 휴대전화 플래시를 켜서 발 앞을 비추었다.

"어때? 좀 낫지?"

"훨씬 낫다."

양희도 곧 휴대전화를 꺼냈다. 그리고 플래시로 논밭 이쪽저쪽을 두루 비추어보더니 아무것도 없네, 하고 중얼거렸다. 정말 아무것도 없었다. 이 넓고 춥고 황량한 세상에 우리 둘만 있는 것 같았다. 양희가 불빛 방향을 정면으로 바꾸었다. 앞이 한층 밝아졌다. 우리는 한참을 묵묵히 걸었다.

"고마워."

양희가 먼저 입을 열었다.

"뭐가?"

"같이 와줘서."

얘는 새삼스럽게, 하고 대꾸하려다 말았다. 바람이 차다. 손이 시린지 양희가 오른손에 들고 있던 전화기를 왼손으로 바꿔 들었다. 나는 입술을 둥글게 오므려 호오 하고 숨을 내쉬어보았다. 불빛 속에서 입김이 하얗게 퍼지는 것이 보였다.

"양희야, 있잖아."

이번에는 내가 먼저 말을 꺼냈다.

"거기 그, 가장 아름다운 마을 말이야."

"응? 응."

"나중에 우리, 같이 가자."

"정말?"

어둠속에서도 나는 양희의 눈이 휘둥그레졌다는 것을 알 수 있었다.

"그럼 회사는?"

내가 항상 양희에게 하던 질문을 돌려받을 날이 올 줄은 몰랐다. 나는 그녀처럼 짧고 명쾌하게 대답했다.

"관둬야지."

"너 진짜지?"

"응, 진짜야."

"근데 돌아온 후엔 어쩌려고? 너 재취업이 쉬운 줄 알아?"

"그럼 그 마을에 그대로 눌러살지 뭐."

"오, 그거 좋네."

우리는 걸어가면서 계획을 세웠다. 여행 자금은 어떻게 모을지, 어느 계절에 떠날지, 여행 기간은 어느 정도로 잡을지, 차는 어떻게 빌리고 운전은 누가 할지. 그리고 그곳의 날씨와 언어와 환율까지 이야기하다보니 웬걸, 벌써 그곳을 향해 출발한 기분이었다. 지금 부터 눈 딱 감고 부지런히 가면 세시간쯤 후에는 도착할 수도 있을 것 같았다.

그렇게 수다에 열을 올리다가 나는 엄청난 발견이라도 한 것처 럼 아, 하고 소리쳤다.

"왜 그래?"

"작년 봄이었어."

"뭐가?"

"우리가 마지막으로 만났던 날 말이야."

양희는 겨우 그거였냐는 듯 피식 웃었다.

"기억 안 나? 너 그때 회사 그만둔다 그랬잖아."

"그랬나."

"나한테 여행 가자고 그랬었잖아."

"그게 어디 한두번이어야지."

"잠깐, 아니다. 그건 재작년이구나."

양희가 그거 보라는 듯 다시 웃었다.

멀리 논밭길이 끝나는 지점 너머에 양옆으로 가로등이 띄엄띄엄 늘어선 이차선 도로가 보였다. 마을버스 종점이 멀지 않다는 뜻이 었다. 바람이 점점 거세졌다. 나는 왼손에 들고 있던 전화기를 오른 손으로 바꿔 잡았다. 그리고 언제가 될지 모르지만 다음에 양희를 만날 때는 그전에 마지막으로 그녀를 만난 날이 오늘이었음을, 춥고 쓸쓸한 정초였음을 금방 떠올릴 수 있을 것 같다고 생각했다.

옆에서 겉옷 지퍼를 올리는 소리가 들렸다. 주위가 너무 고요해서인지 너무 어두워서인지 작은 기척도 아주 크게 느껴지는 밤이었다. 그래서 나는 옆에 누군가 있다는 것을 잊지 않을 수 있었다.

김정아 ／ 잃어버린 소년

어둠을 찢고 나온 박명이 어느새 도성의 윤곽을 뚜렷하게 드러낼 정도로 밝아졌다. 새벽 미명부터 마을버스는 아침을 깨우는 엔진 굉음을 달고 힘차게 도성마을 정상으로 올라와 사람들을 태워 내려가고 있었다. 마을버스의 회차 지점인 도성마을 정상은 혜화문을 남쪽으로 멀찍이 세워두고 파노라마처럼 펼쳐진 북악산의 등줄기를 한눈에 바라볼 수 있는 보기 드문 전망을 자랑했다. 북악의 이름난 봉우리 매봉이 지척인 마을길 끝에서 도성 안길로 들어서면 숙정문으로 향하는 순성길이 비밀의 화원처럼 이어지는 아름다운 마을이다. 하지만 도성의 바깥 산줄기에 다닥다닥 지어진 집들로 형성된 마을에는 개발시대 달동네처럼 무허가 슬레이트집들이 여전히 많이 남아 있다. 마을 곳곳에 작은 갤러리와 공방이 하나둘 생기는 등 작은 변화가 감지되긴 했다. 한양도성이 복원되고 도성 근처의 동네들이 재생지이니 탐방지이니 하는 이름을 달고 여러 모양으로 개발되었지만 이 마을에는 행정기관이 주도하는 전면적인 변화는 아직 없었다. 그나마 몇해 전 마을버스가 들어와 주민들의 이동을 돕는 정도였다.

오늘 아침에도 제집처럼 심우장에 들어선 구영진은 뒤란까지 성큼 돌아본 뒤 뒷짐을 지고 댓돌 위에 올라섰다. 도성마을에서 꽤 떨어진 삼선동에 사는 구영진은 일어나자마자 정상에 올라와 빼어난 경관을 조망하면서 운동을 마친 다음 마을버스를 기다리는 주민들에게 일일이 악수를 청했다. 그러고 도성마을 중턱에 있는 만해 한용운 시인의 생가 심우장을 둘러보며 하루를 시작하고 있었다. 그는 구의원 시절부터 이 마을을 전면 철거하고 한옥뉴타운으로 개발하자는 공약을 내걸었다. 세입자가 태반인데다 이곳 집들이 워낙 평수가 작아 보상을 받는다 해도 집만 잃어버리기 십상인 것이 뉴타운 재개발 정책이고 보니 시간이 지날수록 주민들이 반길 리 없었다. 게다가 많은 가구가 무허가 주택에 살고 있어 또다른 대책이 필요했다. 그러니 구영진은 손을 덥석 잡고 흔들고 싶었음에도 정작 주민들은 시큰둥하게 손가락 몇개만 내어주는 일이 다반사일 수밖에. 허리를 숙이고 공손하게 내미는 자신의 손을 누구도 달가워하지 않는다는 사실을 그는 잘 알고 있었지만 하루도 그 일을 거르지 않았다. 선출직이란 모름지기 '굳은 표'뿐 아니라 '무른 표'까지 확장할 수 있어야 쉼 없이 '뺏지'를 달 수 있기 때문에 상대가 자신을 싫어하든 말든 가릴 계제가 아니었다. 도성마을 주민들은 그런 구영진을 결코 환영하지 않았고 대놓고 싫은 소리들도 했지만 그는 매일 아침 그런 사람들 능갈치기가 예사였다. 이스라엘 백성이 여리고성을 7일 동안 하루도 빠지지 않고 돌아 결국 무너뜨렸다는 이야기야말로 그가 구하는 '복음'이었다. 침을 발라놓으면 언젠가 자기 것이 될 수도 있고 맷집이 좋아야 선거를 즐길 수도 있고 이길 수도 있다는 것이다. 스파링하듯 구영진은 하루도 거르지 않고 도성마을 주민들의 손을 덥석 잡고 흔들어댔다.

그가 재개발에 '한옥'을 갖다 붙여 그럴싸하게 포장하며 포기하지 않는 이유는 주민을 바꾸고 싶기 때문이었다. 도성마을에 유난히 높게 분포하는 저소득, 고령 그리고 장애 주민을 '보통의 정상적인' 중산층으로 바꾸는 것이다. 재개발이 끝나면 원주민은 거의 남지 않는다는 사실을 그는 잘 알고 있었다. 서울에 이만한 곳이 없는데 아직도 저소득층이 태반인 판자촌이라니, 옛날처럼 하룻저녁에 판자촌 하나를 들어다 경기도 야산에 부려놓을 수도 없고, 재개발을 해야 사람 갈이를 할 수 있다. 구영진은 아침마다 도성마을을 순회하면서 산자락에 병풍처럼 펼쳐질 한옥 타운을 그려보곤 했다.

그러나 그에게도 복병은 있었다. 오늘 아침 외나무다리에서 원수 만나듯 최의원을 좁은 골목에서 마주친 거다. 제집처럼 성큼 심우장에 들어와서 뒤란까지 둘러본 구영진은 댓돌에 올라서서 헛기침을 하더니 불편한 심기로 신발창을 비벼댔다. "재생은 무슨 재생이야, 못생긴 년이 지 얼굴이나 재생할 일이지……" 골목길에서부터 참았던 말이 부지불식간에 흘러나왔다.

만해 한용운 시인은 1933년 북악이 성북동으로 산줄기를 뻗어내린 이곳에 북향으로 다섯칸 검박한 집을 짓고 심우장이라 이름 지었다. 온돌방 한칸과 마루와 부엌이 일자로 나란히 있고 시인이 수

많은 고뇌를 삭이며 서성였을 마당이 지금도 그때처럼 쓸쓸하고 고요했다. 일송 김동삼이 하얼빈에서 일경에 체포되어 옥고를 겪다 1937년 4월 서대문형무소에서 숨을 거두었는데 아무도 그의 시신을 거두고 장례 지내는 사람이 없어 만해가 주검을 수습해 심우장에서 오일장을 치렀다는 이 집의 내력을 마당에 서 있는 안내판이 말해주었다. 지난여름 만해 기일에 열린 추모 공연 대형 포스터도 사무실 외벽에 그대로 걸려 있었다. 방문객 모두 숙연하게 시간을 보내다 가건만 구영진은 댓돌에 올라서 침을 뱉듯이 욕지기를 했다.

그가 댓돌 위에 신발창을 비벼대자 동물사료 같은 알갱이들이 지저분하게 떨어져나왔다. 도성마을 정상에서 마을길로 내려서면 심우장으로 가는 좁은 골목이다. 도성마을은 타원형으로 이어진 꼭대기를 정점으로 동서남북 사방에 골목길이 거미줄처럼 이어져 있다. 두 사람이 지나가기에도 비좁은 골목길 양옆으로 집들이 빼곡이 들어차 있는데 지붕이 녹아내린 폐가가 있는가 하면 가옥을 전면 수리해서 들어온 건축가의 작업실과 작은 갤러리가 있기도 했다. 구영진은 심우장 길로 내려오며 대문 앞에 둔 화분에 무며 파에 생강까지 심어놓은 집 안을 기웃거리다 최의원과 맞닥뜨린 거다. 비좁은 골목에 이런 푸성귀까지 심는 사람들이 그는 매우 못마땅했는데 화분에 달아놓은 문구에 그만 부아가 타버렸다. "길고양이를 위협하지 마세요. 우리와 공존하는 생명입니다." 바로 옆에 사료와 물이 놓여 있었다. 구영진은 그것들에 올라서듯 힘을 주어 밟았다. 이미 삭을 대로 삭은 플라스틱 그릇이 사료와 함께 으스러졌다.

공교롭게도 그때 최의원이 뒤에서 그에게 인사를 했다. 그녀의 시선은 구영진의 발아래 으스러진 사료에 가 있었다. 그는 아무렇지도 않은 듯 한 발로 밟고 있던 것을 밀치며 예의 그녀와 악수를 했다. 좀처럼 당황하지 않는 구영진과 다르게 최의원이 길에서 갈팡질팡하자 구영진이 천연덕스레 말을 걸었다.

── 동네가 발전이 없어서 큰일입니다. 이렇게 공중도덕을 안 지키니 말이에요.

그는 화분들을 턱짓하며 말했다.

── 어머, 이분들이 농사도 잘하시네. 이 집에 봄부터 청년들이랑 시설에서 나오신 장애인 분이 살고 계세요.

그녀는 생강대에 달린 수북한 잎을 만지작거리며 구영진의 눈길을 외면했다.

── 또 최의원님이 끌고 온 사람들인가요? 도시재생 한다더니 복덕방을 하시나, 허 참. 빈집에 사람을 자꾸 끌어들이면 어쩝니까?

── 젊은 사람들이 들어오는 게 재생이에요. 우리 지역에 몇년 사이 청년들이 얼마나 빠져나갔는지 통계를 확인해보시면 알 거예요. 이 마을에는 오히려 청년들이 들고 있어요. 좋은 사례가 될 겁니다, 의원님.

── 그거 불법 점거 아닙니까?

구영진은 어느새 매섭게 노려보며 고압적으로 말했다. 그가 지금껏 무엇을 하며 살아왔는지 낱낱이 알 수 없지만 남부지방 어디에서 경사까지 지내다 옷을 벗고 서울로 올라왔다는 이력은 스스로도 부인하지 않는 사실이었다. 진보당 비례의원으로 당선된 최의원의 의정활동이 구영진에게는 불순하고 불온한 짓으로만 보였다.

　─무슨 근거로 그렇게 말씀하시는 겁니까? 청년들이 여기서 하는 활동은 시에서 지원하는 사업인 거 모르시나요?

　─그런 일에 예산을 낭비해? 사람을 바꿔야 돼요, 동네가 살아나려면 사람 갈이가 먼저라구. 선배 얘길 잘 새겨들어야 해요.

　구영진의 얼굴은 험악하게 일그러졌지만 최의원만 들으라는 듯 목소리를 낮추었다.

　최의원은 그가 전면 철거 재개발 계획을 여전히 포기하지 않았다는 것을 잘 알고 있었다. 설명이 이어질수록 그녀의 목소리에 노기가 묻어났다. 그녀는 이 지역의 재개발 계획을 수복형 도시재생으로 변경하기 위해 주민들과 수년 동안 활동해왔고 이제 시도 그 제안에 서서히 반응하기 시작했는데 구영진이 마지막까지 걸림돌이 되고 있었다. 구영진은 짐짓 무표정해졌다. 180센티미터가 넘는 그가 팔짱까지 낀 채 그녀를 내려다보았다. 까맣게 염색한 최의원의 단발머리는 정수리가 봉긋할 정도로 숱이 많았다. 화장에도 잘 가려지지 않은 기미와 이마에 검버섯처럼 남아 있는 염색약 자국이 구영진의 눈에 들어왔다. 그는 바르르 떨리는 그녀의 목소리를 전혀 경청하지 않고 흘려들었다. 그보다 그는 그녀의 생김새를 찬찬히 뜯어보는 중이었다. 최의원을 가까이에서 보기는 처음이었다. 남자가 하는 일에 뛰어든 년들치고 인물 반반한 것들이 어디 있어야지, 그의 생각은 거기까지 미쳤다.

　─의원님 아침부터 발언이 너무 길어. 알았어요, 알았어. 사례 많이 만들어줘요. 예결에서 집중 심의할 테니까.

──의원님, 벌써 예결위원 다 된 거 같네요.

──한치 앞도 못 보는 게 인생 아니오. 예결위 의장이 될지 어찌 알아요. 오늘도 일정이 많으니 얼른 내려갑시다.

구영진은 최의원을 호위하듯 한 팔을 척 세워 들었다.

──내 길은 내가 알아서 가고 있으니 걱정 마시구요.

둘이 이렇게 옥신각신하고 있을 때 구영진의 뒤에서 대문이 열리고 한 중년 남자가 나왔다. 남자는 최의원을 보더니 반갑게 인사했다. 둘은 이미 아는 사이인 듯 이런저런 안부를 주고받았다. 중년 남자는 아이처럼 키가 작고 등이 솟아 나온 척추장애인이었다. 남자가 최의원에게 오늘 저녁에 심우장에서 작은 이야기 모임이 있다며 최의원을 초대했다. 구영진은 자신을 시의원 아무개라고 최의원이 소개해주길 기다렸지만 둘의 이야기는 그를 옆에 세워둔 채 길어졌다. 게다가 심우장에서 무슨 행사를 한다는데 자신은 여태 그 정보를 모르고 있었다. 그는 슬며시 화가 돋아났다. 관내 소식을 저만 모르는 것, 의원들은 그것을 이상할 정도로 수치스럽게 생각했다. 다선 의원일수록 그런 일을 무능이며 망신으로 생각했다.

댓돌에다 신발 밑창을 아무리 비벼보아도 오늘 여기서 열린다는 그 행사를 누구에게 물어봐야 할지 구영진은 떠오르지 않았다. 공무원에게 물어보자니 체면이 서지 않았다. 예산처가 문화체육과인지 장애인복지과인지 도시재생과인지 그 계통부터 찾아들어가야 하는데 최의원은 아무 말도 없이 그 난쟁이 같은 놈과 총총히 사라져버렸다. 공무원에게 물어봤자 제대로 알지도 못하면서 굽실거리며 때우려는 그 태도는 또 얼마나 갑갑한가. 게다가 청년들이 주최하는 행사일수록 의전을 생략하려 들어서 의원들이 참석하더라도 지나가는 주민이나 다름없는 대접을 했다. 자유를 넘어 방종이고 의회에 대한 모독이 아닌가, 구영진은 최의원이 더욱더 괘씸해졌다. 의원이 제 본분도 모르고 저런 놈들하고나 어울리다니. 그럴수록 지난 선거에서 정당을 갈아탄 게 전화위복이 되었다고 생각했다.

이 궁리 저 궁리로 마당을 서성이는데 관리 직원이 어딜 갔다 오는지 바쁘게 들어왔다. 구영진은 직원을 보자 머릿속 전구가 반짝 켜졌다.

─의원님 나오셨어요? 커피 한잔 드릴까요?

─아니요, 상임위 올라가봐야 하니까 그건 됐고, 어제 저녁에 한바퀴 돌면서 보니까 우정공원에 가로등 하나가 나갔어. 교체하라고 도시안전과에 연락 좀 해요.

관리 직원이 가로등에 아무 책임이 없다는 것을 알면서도 그는 일부러 책망을 했다.

─그리고 앞으로 행사가 있으면 지체 없이 꼭 보고하도록 해요. 문화재 관리 직원은 다 동향 보고를 하고 그러니까. 오늘도 무슨 행사가 있지?

─의원님 전 잘 모르겠는데요, 삼교대라서요.

─삼교대가 무슨 벼슬이나 된다고 그런 변명을 해요? 안내장 좀 가지고 와요.

─네? 그런 건 없는데요……

─행사를 하면서 안내장도 없이 하겠어요, 관리 직원이면 그런

정보쯤은 다 입수하고 있어야지!

직원은 구영진의 닦달에 못 이겨 관리실로 들어갔다가 빈손으로 나왔다.

— 일정표에 오후 다섯시 행사라고 적혀 있네요, 의원님. 저도 그것밖에 몰라요.

구영진은 혀를 끌끌거리며 문을 나섰다. 저녁에 다시 들러서 무슨 행사를 하는지 꼭 봐야겠다고 마음을 먹었다.

이즈음 정기의회를 앞두고 공무원들이 의원들을 모시는 오찬 순회가 이어지고 있었다. 구영진이 시의회 의장과 볕바른 양지에 서서 파안대소하고 있다. 장어정식을 배불리 먹고 난 이들은 이동 차량을 기다리면서 이를 쑤시며 정담(政談)을 나누는 중이었다. 구영진과 의장은 지금은 같은 정당이 아니지만 한때 같은 지구당에서 한솥밥을 먹으며 지역구 의원을 모셨다. 구영진의 도움으로 의장은 지난 의회에 이어 이번에도 의장 자리에 앉을 수 있었다. 의장은 얼마 전 막내아들을 결혼시켰다. 그것이 드러나지 않는 동기라는 것을 구영진은 간파했다. 진득하게 달라붙는 갈망을 잘 다독거려 성취의 동기로 활용할 줄 아는 의장의 됨됨이가 마음에 들었다. 이들에게 대의명분은 제일 마지막 옷깃에 꽂는 '액세서리'일 뿐이다. 간단하게 한번 꽂아주면 그만인 것이다. 마음속에서 꿈틀거리며 부추기는 갈망은 다른 사람이 볼 수 없도록 단단히 빗장을 걸어두어야 한다. 사람들이 옷깃에 꽂은 액세서리만 볼 수 있도록, 마음을 다잡는 것이 그런 것 아닌가.

이들은 하반기 상임위 의장 자리를 얘기하고 있었다. 의장은 구영진에게 한자리 맡게 될 거라고 일러주었다. 기왕이면 구의원 전문성을 살릴 수 있는 보건복지위원회가 좋겠다고도 했다. 의장은 구영진이 성매매집결지에서 '자율정화위원'이라는 직함을 달고 활동했던 것을 두고 하는 말이었다. 그는 구의원이 되기 전 소일거리를 찾다가 그런 일을 하게 되었다. 그 위원이란 구청, 경찰서, 소방서 등 관내 기관들에게 지적당하지 않도록 최대한 그들과 좋은 관계를 유지하면서 업소들이 안전하게 영업할 수 있도록 바람막이가 되어주는 일이었다. 구영진은 소일거리로 그런 일도 마다하지 않았는데 그것이 복지 전문 경력으로 둔갑하는 중이었다.

— 다 의장님 덕분 아닙니까! 와신상담입니다.

그는 겨드랑이에서 날개가 돋아나는 것을 느꼈다.

— 거긴 다음에 공천 순서가 어떻게 되나?

의장이 허리까지 굽실거리는 구영진을 향해 목소리를 낮추었다.

— 어떤 '경기'를 말씀하시는 건지?

— 시의원 다음엔 단체장 아닌감. 업자들끼리 못 알아듣는 척은 흐흐, 임자 능청은 알아줘야 해.

— 의장님도 참, 경기 끝난 지 얼마라고 벌써 대진표를 그리시네요. 역시 노장은 다릅니다요. 허허.

야릇한 전율이 느껴지면서 머릿속에서 여러가지 그림들이 빠르게 지나갔다. 못할 게 무엇인가. 자금만 확보된다면 공천까지 못 갈 것도 없다. 집안의 돈주머니를 차고 있는 처만 협조해주면 못할 것도 없었다. 그의 처는 다가구주택 두채를 가지고 있었다. 당뇨병으로 이가 다 빠지고 꼬장꼬장 말라가면서도 원룸 관리를 혼자서 했다. 그 집 계단을 비질하면서 노후대책으로 이만한 것이 어디 있느냐고 자랑스러워하던 모습이 떠올랐다. 구의회에 들어간 후 처에게 건물 청소는 남한테 맡기라고 해도 말을 듣지 않았다. 그렇게 계단 청소며 쓰레기 정리를 해주고는 임대료 외에 관리비로 몇만원씩을 더 받았다. 처는 꼭 어머니 같았다. 그가 경장으로 승진했을 때도 어머니는 동네 미장원 청소를 다녔다. 농고를 다닐 때 아버지가 외지로 장사를 나가면 어머니는 농고 선생 집에 진일을 하러 다녔다. 그 집 여자는 마루에 앉아서 어머니가 마당에 빨래를 너는 것을 내려다보고 있었다. 심우장 마당을 내려다보면 그때의 어머니가 간혹 떠오르곤 했다. 그렇게 돈을 모았지만 당신 병구완으로 집까지 다 잡수시고 떠났다.

구영진은 의장의 말에 자신이 속한 지역구 정당 인물들을 한번 떠올려보았다. 다 고만고만한 사람들이고 인물은 없다. 나만큼 산전수전에 공중전까지 다 겪어서 탄탄해진 인물은 없다. 오뚝이 같은 권력의지를 가진 사람은 나밖에 없다. 그런 놈이 나가야 전투에서 이길 수 있다.

구의원 재선에 도전했을 때 구영진은 공천을 받지 못했다. 누구도 예상하지 못한 일이었다. 아무도 그 이유를 말해주지 않았다. 제보가 있었다는 말을 간신히 들었다. 다들 돌아섰다. 지금 옆에서 자신을 은근히 부추기는 의장도 그랬었다. 노인정에 가서 악수하는 것조차 그만두라는 협박 아닌 협박을 받아야 했다. 졸지에 낭인이 되었다. 재심을 넣었지만 가능성이 희박했다. 무슨 이유인지 그것만이라도 알고 싶었다. 지역구 의원의 충성스러운 마름으로 새벽에 전화가 와도 뛰어나갔지만 그가 제일 먼저 등을 돌렸다. '중앙당 재심위원회 결정!' 그가 보낸 마지막 문자였다. 재심위원장에게 전화를 했다. 몇번을 별러 번호를 눌렀고 또 몇번의 시도 끝에 간신히 통화를 했다. 재심위원장은 대뜸 '개금파출소'에 근무했었냐고 물었다. 구영진은 선뜻 대답하기 어려웠다. 그것은 분명한 사실이지만 그게 왜 이유란 말인가? 그러면서 지금까지 자신이 완전히 다른 곳에서 헤맸다는 자각이 온몸에 퍼졌다. 머릿속이 하얗게 변했다. 재심위원회에 좋지 않은 제보가 있었다고 했다. 형제복지원 사건 특별법이 조만간 제정될 것이라고 위원장은 전화를 끊었다. '좋지 않은 제보'라는 말에 그의 단단한 두 무릎이 휘청거렸다. 속이 울렁거렸다. 구역질이 올라왔다. 그리고 어디선가 상한 게의 냄새가 풍겼다.

  그가 충격에서 간신히 정신을 차리고 알아보니 형제복지원에서 나온 사람들이 진상규명과 피해배상을 위한 입법을 요구하고 있었다. "넝마처럼 다 해어진 놈들을 갱생시켜줬더니!" 몇달 동안 노엽고 분한 마음을 다스리지 못해 혈기를 활활 태웠다. 운동으로 평생을 다져온 근육이 다 빠져나가 온몸이 물컹해질 정도로 구영진은 화병을 앓았다. 하지만 개금파출소에서 그가 저지른 일에 대해 뉘우칠 생각은 좀처럼 하지 않았다. 자책이 뉘우침의 길로 들어서는 것이라면 그는 그 길 앞에서 서성대는 일도 없었다. 억울함에 술만 마셨다. 억병으로 취하면 상한 게의 냄새가 그를 못살게 굴었다. 고약한 냄새 나는 자루를 어깨에 걸고 어디론가 끌려가는 꿈을 꾸었다. 그는 부랑인들을 저주했다. 국가가 부른다면 지금이라 해도 앞장설 것이다. 한점의 후회도 없었다.

그에게 그 사건은 수십년 전 국가의 명령대로 수행한 일이었을 뿐이었다. 구청 직원과 파출소 순경들이 쓰레기를 청소차에 싣듯이 거리에서, 기차역에서 사람들을 실어 복지원으로 보냈다. 구영진은 당시 유능한 공무수행자였다. 길을 잃은 아이, 집으로 가는 술 취한 남자 가리지 않았다. 늦은 밤까지 집으로 돌아가지 않고 서성거리며 누군가를 기다리는 사람들 속에서 구영진은 '부랑인'을 발굴해냈다. 거리를 더럽히는 것은 쓰레기만이 아니다, 서성이는 사람들, 갈 곳 없는 사람들, 하는 일도 없이 모여 거리에서 시시덕거리는 사람들, 나약한 장애인들 모두 사회 정화 대상이다, 구영진은 제복의 깃을 빳빳하게 세우듯 신념을 세웠다. 그런 신념은 가족을 기다리는 한 소년조차 아무 거리낌 없이 부랑인 수용소로 보낼 수 있게 했다.

방광염조차 잘 낫지 않을 정도로 허약해진 그가 보름을 입원했다가 퇴원한 뒤 욕실 거울 앞에 섰을 때 자신의 눈을 의심할 정도로 깜짝 놀랐다. 뺨이 움푹 들어가고 머리가 하얗게 센 노인이 거울 속에 서 있었다. 몇년을 앞당겨 늙어버린 자신의 모습이었다. 공권력의 피해자는 부랑인이 아니라 자신이 아닌가, 원망에 이가 갈렸다. 국가를 원망하기는 처음이었다. 4년 동안 절치부심했다. 길은 하나가 아니다. 때로는 길이 아닌 계곡을 타고 바위를 기어올라야 한다. 정당을 갈아탄 후 구영진은 공천을 받았고 꽤 많은 표를 얻어 당선했다. 보수당은 개금파출소 일 따위는 결코 묻지 않았다. 구영진은 그의 과거가 '과'가 아니라 어쩌면 '공'이 된다는 것을 알게 되었다. 보수당으로 갈아타고 나타난 구영진은 구의회에서 입지를 더 단단히 했고 시의원이 되었다. 다시 만난 의장은 구영진의 도움으로 보수당의 표까지 모아 의장이 되었다. 후회와 자책으로 세월을 보내지 않고 다시 일어선 구영진은 누구보다 자신이 기특하고 대견했다. 반성과 후회는 추진력을 갉아먹을 뿐이다. 뒤돌아보면 앞으로 나아갈 수 없다. 나조차 기억할 수 없는 일을 누가 증명할 수 있을까. 비겁하게 뒤에서 투서하는 놈들이 내 앞에 나설 수 있을까. 그는 자신감을 회복했다.

구영진은 저녁에 다시 심우장을 찾았다. 북향집의 해는 일찍 져버려 금세 어두워졌다. 모인 사람들은 조명이 밝혀진 마당에서 이야기를 듣고 있었다. 최의원과 길을 내려가던 그 남자가 사람들 앞에서 이야기하고 있었다. 구영진은 아침과 다르게 발소리를 죽여 뒷자리에 가서 앉았다.

남자는 자기를 "등에 조그마한 산을 지고 사는 사람"이라고 소개했다. 사회복지 생활시설에서 평생을 살다가 몇년 전 용기를 내어 독립했다고 했다. 여러분 같은 사람들이 자신을 피해자라고 응원하며 인권을 유린하는 시설장과 그걸 방관하는 국가를 비판하는 것을 알고 있다고 남자는 말했다. 하지만 오늘은 피해자가 아닌 참회자라고 했다. 남자는 오늘 하게 될 이야기가 제 등에 짊어진 산보다 더 무겁게 자신을 짓눌러왔다고 했다. 구영진은 남자의 이야기를 들으며 조심스레 사람들을 살폈다. 최의원은 보이지 않았고 안면

잃어버린 소년 119

있는 도성마을 사람들은 없었다. 어두워서 잘 보이지 않는 행사 현수막을 자세히 보니 '인권 피해자 이어말하기'라고 써 있었다. 그럼 저 난쟁이가 강의를 하는 건가, 구영진은 행사에 대해 도통 감을 잡지 못했다. 남자는 자신의 어린 시절부터 시작해 한 기도원으로 들어가게 된 일을 이야기했다.

　동네 아이들이 '꼽추 새끼'라고 돌을 던졌다. 가족들은 그가 없는 듯 살아주기를 바랐다. 교회에서 사람이 와서 그를 데리고 갔다. 장애인들을 모아놓고 사는 천국이라고 했다. 봉고차를 타고 몇시간을 달린 것 같았다. 한적한 소읍 이층집에 도착했다. 모두들 그리로 들어갔다. 여기는 기도원이고 우리는 한 가족이라고 이층집 주인이 말했다. 자신을 전도사라고 부르라고 했다. 그는 소아마비로 다리를 절었다. 뇌병변장애로 사지가 마비된 사람들, 교통사고로 척추를 다쳐 일어나지 못하는 사람, 치매 노인 그리고 육체는 멀쩡하지만 알코올중독으로 가망 없이 망가진 사람도 있었다. 거기서 남자는 단지 등이 조금 솟아오른 사람일 뿐이었다. 얼마 지나지 않아 전도사가 이층 환자들의 관리를 남자에게 맡겼다. 이층까지 올라오기 힘든 그는 남자에게 배식과 목욕을 책임지라고 했다. 그리고 약도 주었다. 누군가 외출하고 싶다고 간청하다가 난동을 부릴 때나 가족들이 찾아오기 전에는 특히 약이 필요했다. 치매 노인을 맡긴 가족들이나 가끔 올 뿐, 찾아오는 이는 거의 없었다. 남자의 가족들도 마찬가지였다. 그렇기 때문에 약은 더 필요했다. 약을 먹이지 않으면 사람들을 관리하기 힘들었다.

대부분 수급자였다. 기도원은 이들의 기초생활수급비로 운영되었다. 수급비의 입출은 이 기도원의 주인인 전도사만 알았다. 남자는 그의 조력자가 되어 기도원 사람들을 관리했다. 그러면서 이곳이 강제수용소나 다름없다는 것을 차츰 알게 되었다.

알코올중독으로 인해 망상과 환각에 시달리는 사람이 있었다. 밤새 방 안에서 중얼거리고 누군가와 싸우는 듯 흥분하기도 했다. 한번은 기도원을 탈출해 버스터미널 휴게소에서 막소주를 몇병 비우고 노숙하다가 경찰에 잡혀 들어오기도 했다. 그는 짜장면으로도 달랠 수 없는 사람이었다. 남자가 기도원 사람들에게 전도사 몰래 짜장면을 시켜줄 때가 가끔 있었다. 그렇게 한번씩 당근을 줘야 사람들이 남자의 말을 잘 들었다. 하지만 그는 술 말고는 어떤 음식이든 먹으려 들지 않았고 특히 짜장면을 먹지 않았다. 그는 어렸을 때 잡혀 들어간 복지원에서 배식 나온 짜장면을 먹지 않는다고 죽도록 맞았고 그날 이후 짜장면 냄새를 증오했다. 그는 날이 갈수록 가시처럼 말라갔다. 유난히 큰 눈이 빗물 고인 웅덩이처럼 움푹 들어갔다. 숨을 쉴 때마다 내장이 썩는 냄새가 났다. 벽에 머리를 찧어대고 칼로 자해를 했다. 모두들 그를 싫어하고 두려워했다. 전도사가 사지를 묶고 약을 먹였다. 남자도 전도사가 시키는 대로 그의 팔다리를 침대에 묶고 강제로 약을 먹였다. 강제로 죽을 먹였지만 그대로 흘러나와 침대를 적셨다. 그는 결국 영양실조로 죽었다. 죽기 얼마 전 그가 하루는 남자에게 방게를 잡아본 적이 있느냐고 물었다. 자기가 그걸 잡는 데 귀신이라며 여름이 오면 방게를 잡으러 가자고 했다. 복지원에 잡혀간 후로 방게를 한번도 잡아보지 못했다면서.

　심우장에 모인 사람들은 남자의 이야기에 빨려 들어갔다. 바람도 함께 머물고 있는 듯 나뭇잎 하나 흔들리지 않았다. 조명 아래 저녁 안개가 미세하게 흩어졌다. 구영진은 갈수록 자리를 지키기 힘들었다. 그의 이야기를 들을수록 가슴이 답답해지고 짜증이 일었다. 패배자의 변명 같았다. 언제까지 여기에 앉아 있어야 할지 난감했다. 그런 구영진의 내심을 아는 듯 남자는 마지막까지 자신의 이야기를 듣고 함께 기억해달라고 했다. 열네살 소년이 어느 봄날 겪은 이 이야기를 여러분은 다른 사람에게 전달할 의무가 있다고.

　한 중년 남자가 중학교 2학년 남자아이를 파출소 앞에 세워놓고 사라졌다. 소년은 할머니를 기다리고 있었다. 여기서 기다리면 할머니가 그를 데리러 나올 거라고 작은아버지는 말했다. 동네 아저씨와 함께 기차를 타고 또 버스를 타고 여기까지 왔다. 소년은 사거리 파출소 앞에 서 있었다. 중학교 마크가 선명한 교복을 입고 모자를 썼다. 소년은 비료 포대를 어깨끈으로 걸어 메고 있었다. 봄볕이 따스하게 내리쬐는 파출소 앞에는 꽃잎 떨어진 개나리 가지마다 새순이 돋아나 새파랬다. 봄바람에 소년의 머리카락이 흔들릴 때마다 연두색 새순도 바람에 몸을 비벼댔다. 동네 아이들이 하굣길에 소년을 한번씩 쳐다보았다. 유난히 눈이 큰 소년은 아이들과 눈싸움에서 절대 지지 않겠다는 듯 힘을 주고 노려보았다. 이제 곧 같은 학교에 다니게 될지도 모를 아이들이었다. 촌에서 왔다고 깔보면 가만두지 않겠다는 생각에 주먹을 꼭 쥐기도 했다. 그래야 고아라고 놀림받지 않을 것이라고 소년은 다짐했다. 소년의 귓불을 따뜻하게 녹여주던 해가 모습을 감추고 사방이 어두워졌다. 소년은 그 자리에 그대로 있었다. 할머니가 사거리 어느 쪽에서 나타날지 몰랐다. 혹시라도 길이 어긋날까봐 날이 저물수록 소년은 한자리에 붙박여 꼼짝도 하지 않았다.

순경이 파출소 안에서 아이를 지켜보았다. 아이는 하루 종일 그 자리에 있었다. 점심을 먹고 와도, 순찰을 돌고 와도, 화장실에 다녀와도 파출소 앞에서 서성대고 있었다. 파출소 문을 빼꼼 열고 여기가 개금파출소냐고 묻기도 했다. 그렇다고 대답한 순경은 아이에게 밖에서 뭘 하느냐고 물었다. 소년의 크고 맑은 눈이 불안하게 흔들렸다. 두툼한 아랫입술을 꼭 다물고 소년은 파출소 문을 닫았다. 퇴근길에도 소년은 여전히 파출소 밖에서 바람을 맞고 서 있었다. 순경은 소년에게 다가가 등에 지고 있는 게 뭐냐고 물었다.

── 겝니더. 내가 잡았습니더. 할매 드릴 거라예.

소년은 행여 그 포대를 누가 벗겨가기라도 할까봐 어깨끈을 다시 고쳐잡으며 뒷걸음질을 했다. 순경은 물러서는 소년의 어깨를 잡고 포대 안을 들여다보았다. 역한 냄새가 코를 찔렀다. 어른 손가락만 한 방게가 바글바글했다. 순경이 포대 속에 손을 넣어 그 안엣 것 중 하나를 들어올렸다. 상한 게의 몸통에서 다리가 떨어져 올라왔다. 순경은 소년이 지고 있는 포대 주둥이를 들어올려보았다. 제법 무게가 나갔다. 순경은 들어가지 않으려고 버티는 아이를 강제로 파출소에 집어넣었다. 소년은 할머니의 이름도 주소도 몰랐다.

순경은 당직에게 아이를 맡기고 퇴근했다.

구영진의 얼굴 근육이 팽팽하게 당겨왔다. 도망치는 사람처럼 심장이 뛰었다. 침을 삼키려다 사레가 들고 말았다. 기침이 연신 목구멍을 뚫고 나왔다. 그는 너무 고통스러웠다. 무엇보다 힘든 건 난쟁이 남자가 말을 중단하고 그를 걱정스럽게 바라보고 있는 것이었다. 구영진은 누군가 내민 생수를 마시며 간신히 기침을 다스릴 수 있었다. 기침이 잦아들자 자리를 뜰 수 있는 좋은 기회라는 생각이 들었다. 지금 일어난대도 어색할 게 없지 않나, 그는 일어섰다. "의원님 많이 아프지 않으시면 끝까지 들어주세요." 남자의 말에 구영진은 하마터면 두 다리가 휘청할 정도로 중심을 잃을 뻔했다. 구영진은 아닌 척 자리에 앉았다. 자신에게 쏠리는 시선에서 그는 빨리 벗어나고 싶었다.

다음날 순경은 여전히 파출소에서 소년을 보았다. 소년은 파출소 한구석에서 무릎에 얼굴을 파묻고 있었다. 당직이 펼쳐놓은 아침밥에도 손대지 않았다. 그 옆에는 소년의 것으로 보이는 운동화 한켤레가 고이 놓여 있었다. 새로 산 것이었다. 당직이 냄새나는 포대를 빼앗아 그 안에 있던 상한 게들을 밖에 내다 버렸더니 동네 개들이 잔치를 했다고 했다. 울면서 덤비는 아이를 몇대 패주었더니 저렇게 꼴값을 떤다고 또다른 순경이 말했다. 그러면서 오늘까지만 기다려보자며 아이의 뒤통수를 툭툭 쳤다. 당직이 퇴근한 후 순경은 망설임 없이 아이의 서류를 꾸몄다. 순경은 그날 오후 할머니를 기다리던 중학교 2학년 소년을 쓰리쿼터에 실어 형제복지원으로 보냈다.

소년은 5년이나 그곳에 있었다. 그곳에서는 더이상 소년의 기상을 지닌 채 살아남을 수 없었다. 해양고등학교에 진학해 선원이 되어 온 바다를 누비겠다는 꿈은 소대장, 서무, 조장…… 짐승들을 상대해야 하는 무시무시한 밤을 겪으며 철저히 파괴되었다. 복지원에서 나올 땐 몸 하나 멀쩡한 것만으로도 다행이라고 생각했다. 눈앞에서 죽은 사람도 있었다. 일명 '모다구리'라는 몰매를 맞아 혈기 왕성했던 어른 남자가 눈을 하얗게 뒤집고 거품을 문 채 죽기도 했다. 어떻게 그 지옥을 견뎠을까? 소년은 가끔씩 자문해보았지만 답을 찾기 어려웠다. 복지원에서 나온 뒤 갈 곳이 없어 다시 시설을 전전했다. 그는 술로 난폭하게 버티며 살았다. 알코올이 몸속에 남아 있지 않으면 그는 견딜 수 없었다. 그는 서서히 깨달았다. 견디는 건 이런 거구나, 고통이 무엇인지 너무 분명하게 알면서 이렇게 술로 버티는 게 견디는 거다. 그때는 정말 아무것도, 인내가 무엇인지도 그는 몰랐다. 철저히 파괴되고 있다는 것, 인간이 인간을 잔인하게 파괴할 수 있다는 것을 그때는 몰랐다. 푸른 바다와 낯선 타국을 상상하며 바다의 사나이가 되겠다는 꿈을 키워온 소년이 지옥을, 그런 생지옥을 어떻게 상상이나 할 수 있었을까. 그런 꿈을 품은 소년이 지옥을 어찌 알겠는가. 꿈에도 몰랐던 운명을 참고 견디어낸 것이 아니라 그저 철저히 파괴되고 있었던 것뿐이었다. 답을 찾은 그는 이미 죽음 앞에 당도해 있었다. 그는 4월 어느 이른 아침 숨을 거두었다. 이번에도 봄은 그를 죽음으로 데리고 갔다.

남자는 그가 하도 늙어 보여서 형인지 알았는데 사망신고서를 보니 겨우 서른아홉살이었다고 했다. 그를 그렇게 싫어했는데 죽을 때 감겨준 눈이 아직도 생각난다고 남자는 말했다. 그 눈은 정말 죄 없이 맑고 크기만 했다고.

행사가 끝나고 사람들은 남자처럼 산을 지고 있는 듯 무거운 걸음으로 심우장을 빠져나갔다. 구영진은 사람들이 모두 돌아가고 난 후 관리 직원이 불을 끌 때까지 심우장을 떠나지 않았다. 참석자들과 함께 골목길을 줄이어 걸어내려가고 싶지 않았다. 누군가 뒤에서 자기 이름을 부를 것만 같았다. 어깨가 움츠러들고 두 다리가 휘청거릴까봐, 그것을 사람들이 보게 될까봐 두려웠다. 모두 다 돌아가고 밤새 소리만 드문드문 들릴 때까지 시간을 보내다 천천히 움직였다. 구영진은 집으로 가는 방향이 아니라 도성마을 정상으로 길을 잡았다. 가로등, 닫힌 대문, 집 안에서 새어나오는 불빛, 주저앉은 지붕, 담장을 타고 빠르게 지나가는 고양이들, 마을버스의 엔진 소리…… 구영진은 이 모든 움직임과 소리가 자신의 살갗에 와 박히는 것 같았다. 온몸에 소름이 돋고 찌릿한 통증마저 느껴졌지만 그는 걸음을 멈추지 않았다. 안개는 아까보다 더 짙어졌다. 심우장길에서 마을 정상으로 숨을 죽이며 올라가서 타원형의 마을길을 또박또박 걸어갔다. 그리고 거미줄처럼 무정형으로 이어진 골목길을 하나도 빠뜨리지 않겠다는 듯 샅샅이 돌면서 보고 또 보았다. 온몸의 털을 잔뜩 세우고 경계하는 짐승처럼 구영진은 움직임과 소리에 온 신경을 곤두세웠다. 들리는 것, 보이는 것, 느껴지는 모든 것을 다 감시하겠다는 듯이. 냄새로 무언가를 쫓을 수 있다면 그는 군견처럼 바닥을 기며 냄새를 맡았을 것이다. 무엇을 감시하는지도 모른 채 맹목적으로 소리와 움직임을 쫓아다녔다. 골목길마다 안개가 자욱했다. 막다른 골목과 불이 켜진 방, 구멍가게의 창과 갤러리의 전시물, 아무도 없는 컴컴한 폐가, 그는 곳곳에 멈춰 움직이는 것들이 있는지 살피고 소곤대는 소리를 찾아내려고 귀를 기울였다.

늦은 밤이 되자 성곽의 하이라이트 조명이 꺼졌다. 구영진은 그때까지 도성마을을 돌고 또 돌았다. 도성마을의 밤이 깊어졌다. 자정이 넘어 마을버스도 끊겨 구영진은 천천히 마을을 내려왔다. 그의 발걸음은 이제 한결 가벼워졌다. 마음도 그렇게 차분해졌다. 사냥감을 찾아 길을 뒤지듯 예민하게 걷던 걸음이 이제는 아니었다. 그의 생각도 서서히 회복되기 시작했다. 난쟁이놈이 하는 얘긴 어디서 주워들은 얘기라고 치부해버렸다. 그것은 정당한 일이었다. 국가가 부랑인, 앵벌이, 넝마주이, 거지들을 형제복지원에 수용했다. 다른 파출소에서는 친부가 제 손으로 아들을 데리고 와서 복지원에 넣어달라고 했다. 손버릇이 나쁜 아들을 감당하기 힘들다는 이유였다. 그 이야기를 들었을 때 구영진은 아들뿐 아니라 아비도 국가의 강도 높은 정화 대상이라고 생각했다. 국가는 국민 이하의 쓰레기들을 다 받아들여 갱생시켜주었다. 거기서도 낙오된 자들은 되도록 빨리 생을 마감하는 것 말고는 다른 방법이 없다. 지금도 그는 의심이 없다. 그 아이는 가출을 했거나 버려진 아이였고 그 길밖에 없었다고. 그는 분명하게 기억했다. "할머니나 작은아버지는 영원히 나타나지 않아. 어차피 너는 이대로 넝마주이가 될 거야. 벌써부터 냄새나는 마대를 무슨 대단한 보물인 양 메고 다니고 있지. 국가가 새 인간으로 만들어줄 거야. 완전히 새로운 인간으로 만들어준다고."

그는 오늘 들었던 이야기는 옷에 묻은 머리카락 한올을 떼어내는 것처럼 하찮은 일로 여기기로 했다. 금방 잊힐 것이다. 곧 잊어버릴 것이다. 그렇게 모인 스무명의 사람들이 무엇을 할 수 있겠는가. 슬픈 척, 억울한 척하며 피해자를 동정하는 것 말고 무슨 일을 하겠는가. 피해자만 기억하시라, 기억이 그들이 할 수 있는 전부이니 죽은 자, 그 알코올중독자만 기억하시란 말이다. 사냥을 마친 늙은 늑대가 어두운 골짜기를 어슬렁거리듯 그는 도성마을을 빠져나갔다.

*

구영진은 아침 운동을 나갔다가 휴대전화를 두고 와 급히 다시 집으로 들어왔다.

──여보, 당신이에요?

도어록 소리에 구영진의 처가 안방에서 큰 소리로 말했다.

──밖에 누구예요? 네?

대답이 없자 그의 처는 다시 말했다. 불안한 목소리였다. 몸부터 먼저 움직이던 평소와는 다르다는 생각에 그는 이상한 느낌이 들었다. 구영진이 움직이지 않고 현관 센서등이 꺼질 때까지 가만히 그 자리에 서 있었다. 현관문을 열고 들어올 사람이 그뿐인데 선뜻 나와보지도 않고 왜 저러나 의심스러웠다. 얼마 후 그의 처가 안방에서 나왔다. 벽을 따라 조심스럽게 걷고 있었다. 암막커튼을 쳐놓아 거실은 어둠침침했지만 어둠에 익숙해진 그는 처의 움직임을 하나하나 살펴볼 수 있었다. 그녀가 거실 소파를 손으로 더듬고 있을 때 어디선가 귀뚜라미가 울었다. 그녀는 그 소리에도 깜짝 놀라는 몸짓을 하더니 귀를 길게 빼고 소리를 더듬었다. 그녀가 그렇게 소리를 한창 쫓고 있을 때 구영진이 불쑥 말했다.

　—사람이 안 보여? 왜 그래?

　—아이구 아버지!

　그녀는 자지러지며 그 자리에 그만 털썩 주저앉아버렸다.

　—당신 여기 있어요?

　그녀는 침침한 허공에다 대고 웅얼거렸다. 그는 처를 데려다 소파에 앉혔다. 근육이라고는 하나도 잡히지 않는 마른 팔이 앙상했다. 부부는 실로 수년 만에 신체를 접촉했다. 그는 커튼을 활짝 젖혔다. 베란다 창에서 아침 햇살이 가득 쏟아져 들어오자 그녀는 비로소 희미하게나마 사물을 알아볼 수가 있었다.

　—이게 무슨 일이야?

　처는 한동안 아무 말이 없었다. 아니 무슨 말인가를 하려다가도 말문이 막힌 사람처럼 한숨만 내쉬면서 눈가를 훔쳤다. 구영진은 처의 당뇨병에 대해 평생 무심했고 합병증도 일시적 현상이라며 심각하게 여기지 않았다. 처의 지병은 결국 시력을 못쓰게 망가

뜨려버렸다. 구영진은 처가 더듬더듬 하는 말을 묵묵히 들었다. 처가 이제 집안 살림도 제대로 할 수 없게 되었다고 울먹이며 요양보호사라는 걸 좀 알아봐달라고 했다. 그는 처의 손을 미지근하게 잡고 토닥거리다 이내 한 생각에 몰두하게 되었다. 그것은 결코 처의 건강 따위는 아니었다. 이것은 새로운 신호다. 어떤 일을 준비하라는 신호라고. 더 높은 곳으로 올라가라는 운명의 신호다. 구영진은 처의 손을 다시 한번 꼭 잡았다. 그러고는 등을 따뜻하게 토닥거리며 입속으로 중얼거렸다. 모든 나쁜 일은 반드시 나쁜 일만은 아니야, 반드시 그렇지만은 않아. 슬며시 입꼬리가 올라가며 옅은 미소가 비져나오는 것을 그는 감추기 힘들었다.

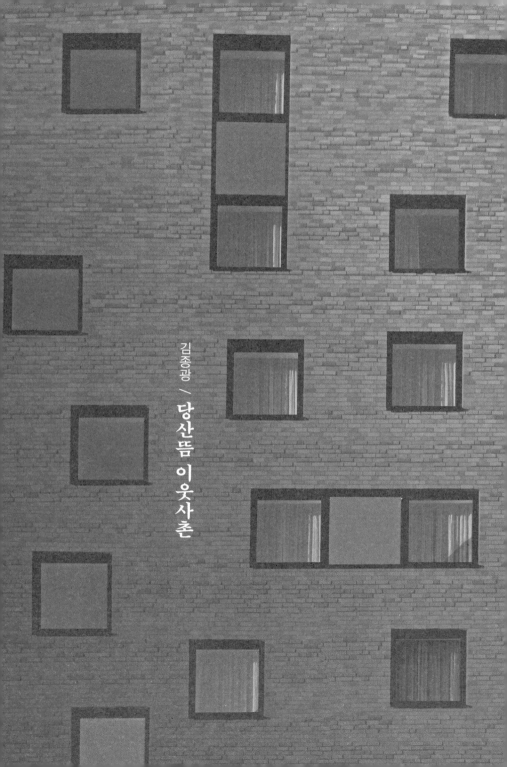

김종광 / 당산뜸 이웃사촌

1

믿기 힘들겠지만, 범골에도 한집에 대여섯명꼴로 40여호를 헤아려, 명절 때 위뜸 중뜸 아래뜸 음지뜸 수리뜸 여우뜸 당산뜸 패를 나누어 윷놀이대회를 열어도 남우세스럽지 않던 시절이 있었다.

당산 자락에 붙은 집 네채는 자연스레 당산뜸으로 불렸다. 사실 그 산이 당산이라는 걸 기억하는 늙은이도 드물었다. 산신령과 백호랑이신께 제사 지내던 풍습은 먹고 죽을 것도 없었던 일제강점기 막판에 유야무야되었다. 산꼭대기 푼수의 정상부는 묘지가 되었고, 밑자락은 밭농사 지어 먹었고, 겨우 서낭당 소나무 한그루만 흔적처럼 남아 있을 뿐이었다.

당산뜸에서도 위쪽 두 집은 90년대에 폐허가 되었는데, 2000년대에 한 집 있던 자리에 농기계창고가 세워지고, 두 집 앞 논배미이던 곳에 새로 집 한채가 들어서는 등 잘 놀라는 사람 눈이 휘둥그레질 만한 변화가 있었지만, 아래쪽 두 집은 반세기 동안 그 자리 그곳에서 마을의 끝을 지켜왔다.

두 집의 바깥주인이 열한살, 안주인이 일곱살 차이여서 동년배로 너나들이할 수는 없었다. 왕년엔 바깥주인들이 한 성미 해서 사소한 일로, 마을 일로 건건이 부딪치기도 하고, 한 집 아이가 다른 집 아이 등판에 부엌칼을 던져 박는 등, 애들 때문에 덩달아 얼굴 붉히는 일도 있었지만, 한 집 안주인이 순둥이 보살이고 다른 집 안주인이 경우 밝히는 덕에, 오랜 세월 '허물없이'까지는 아니더라도 그냥저냥 무던히 지내왔는데, 두 집 다 늙어가는 이들만 남고부터는, 별미가 있으면 나눠 먹고, 한 집에 한 사람이 없으면 다른 집 사람이 챙겨주기도 하는, 이웃이라도 원수 같은 사이가 숱한 세상에 말 그대로 '이웃사촌'이라고 해도 좋을 사이였다. 그렇다고는 해도 격의까지 없는 사이라고는 할 수 없었는데, 근년에 격의를 한껏 줄이는 일이 연달았다.

2

김사또(1941년생) 오지랖(1947년생) 부부가 아침나절 고추 한바탕 따서 수돗물 받아 대강 씻고 있을 때였다. 오늘도 징하게 뜨거울 본새인 하늘을 쫙 찢는 소리가 있었다.

"쾌애애애애애애액……!"

칠순 귀에 이다지도 명정하게 들릴 정도라면 뭔 일 나도 난 것이다. 오지랖은 "에그머니!" 철퍼덕 주저앉았다.

백호리 노인회장 6년째인 김사또 귀에도 심상치 않게 들렸다.

"이거 완전히 돼지 멱딸 때 소린데."

밭뙈기를 사이에 둔 이웃집 공주댁(1940년생)의 곡소리가 타령처럼 들려왔다.

"아이고, 나 죽네, 나 죽어, 사람 살류. 덕칠 아부지, 나 죽어. 덕칠 아부지, 나 죽는다고. 나를 살려야지 어디 가? 이 덜떨어진 노인네야, 마누라 죽는다고. 아휴, 판돈 엄마, 나 좀 살려줘. 회장님, 나 좀 살려주쇼. 나 죽어, 으어어어엉······"

고향이 교육도시 공주이기도 했지만 텔레비전 드라마에 나오는 중산층 가정주부 뺨치는 일상에 외모 관리와 옷맵시에 남달리 집착하여 '공주님' 같다고 얻게 된 별호였다. 때와 장소에 상관없이 일부러 저음으로 조곤조곤 말하려고 애쓰는 것만으로 표가 나는 여인이었다. 그런 사람이 이웃집 바깥마당까지 들릴 정도로 악을 쓰다니.

오지랖과 김사또는 스무발짝 거리를 허둥지둥 줄달음쳤다. 공주댁네는 울타리이고 대문이고 시늉도 없는 대신 동네 으뜸 은행나무가 집 지킴이처럼 우뚝했다.

공주댁은 왼 발목을 부여잡고 자갈마당을 숫제 구르고 있었다. 평소 표준어로만 말하던 사람이 사투리를 남발했다.

"오셨슈? 와주셨구만요. 아이구, 나 죽네. 나 죽어. 판돈 엄마, 회장님. 나 좀 살려주슈. 배암이, 배암이, 나를 물고 갔슈. 신발을 딱

신었는디 뭔가 꽉 물잖유. 신발 속에 배암이 있던규. 요새도 뱀이 있네. 나, 이젠 죽는 거쥬? 독뱀같이 생겼어유. 살모사 대가리를 봤슈. 아이구, 우리 남편은 그 뱀 잡는다고 작대기 들고 쫓아갔슈. 위칙히 좀 해줘유. 나는 죽네, 죽어."

김사또가 어이없는 낯빛으로 물었다.

"전화는 했슈?"

"아파 죽겠는데 어디로 전화를 해유."

"119유."

"119 우린 그런 거 부를 줄 몰라요. 좀 불러주슈."

공주댁 앞에서 어쩔 줄 모르는 오지랖 얼굴도 그새 눈물범벅이었다.

"당신도 뱀 물렸어, 같이 울게? 빨랑 119나 불러. ⋯⋯아줌씨는 치마 바짝 올리고 양말 좀 벗어봐유."

"왜유, 왜 그러는듀?"

"얼마나 물렸는지 봐야쥬. 진짜 독사한테 물린 거면 얼른 피를 빼야 된다구유."

"그류? 얼른 벗겨줘요. 나는 못혀요. 좀 벗겨줘요."

"내가 왜 외간 여자 치마에 손을 대고 양말까지 벗기겠슈. 큰일 날라구."

"난 못혀요. 회장님이 벗겨줘요."

그제야 이장사(1930년생)가 작대기를 들고 어슬렁어슬렁 나타났다. 소싯적부터 힘쓰는 것으로 뜨르르했는데 48년 전 면민화합대회에서 백호리 선수 최초로 씨름 일등을 한 뒤부터 장사 별호가 붙었다.

"오셨슈. 놀라서 달려오셨구면. 고놈의 배암 새끼가 우리 마누라를 물었슈. 잡아서 껍질을 쫙 벗겨가지고 대가리부터 씹어먹어야 되는디 좆나게 빠르네유. 결국 못 잡았네."

"한가하게 뱀 잡으러 다닐 땝니까. 빨리 아줌씨 양말 좀 벗겨유. 놀라서 우시느라고 스스로 못 벗는대유."

이장사가 자기 마누라 발목 잡고 애쓰는 모양새가 가관이었다.

"뭐햐, 얼른 못 벗겨."

"왜 이렇게 안 벗겨진댜. 오장(五臟) 떨려서 영 못 벗기겠네."

"아이구야, 살살 못 벗겨. 살이 뜯어지는 것 같잖여."

오지랖은 울면서 통화했다.

"여기가 백호리 범골 제일 끝집인디, 빨리 좀 와줘유. 내가 119 여러번 탄 오지랖인데 거기 장부 찾아보면 우리 집 주소 있을규. 자주 와본 집이니께 백호리까지만 오시면 금방 생각나실규. (이번엔 어디가 아프신데요?) 이번엔 내가 아니고 우리 이웃집 공주님이 아파요. 뱀에 물렸단 말유. 독사래유, 독사. 겁나게 급해유. (집이라고요?) 그류, 집이라고유, 집! (에이, 할머니 농담하시네. 요새 누가 집에서 뱀에 물려요.) 진짜 물렸다니께 젊은 양반이 왜 농으로 받고 그래유?"

이장사는 와중에 인사까지 챙겼다.

"아줌씨도 오셨슈. 인사가 늦었네유. 여편네가 조심치 않고서. 괜히 뱀 물려가지고 잘 놀라는 판돈 어머니 간 떨어뜨릴 뻔했잖어. 119, 그게 되게 시끄러운데 온 동네 사람 다 놀라겠구면. 우리는 한번도 안 불러봐서 모르는데 다른 집서 부르는 거 보면 시끄러워서 못 살겠더라고. 보청기 낀 귀에도 기차 화통 삶아먹는 소리니 말 다 했지. 왜 이렇게 안 벗겨져. 좀 큰 걸로 신지."

"야, 이 미친 할배야. 양말 하나 못 벗기면서 무슨 염불이야."

속 터지는 걸 참고 지켜보던 김사또가 "안되겠어요! 찢어냅시다!" 하고, 은행나무 밑동께 버려진 녹슨 낫을 찾아와서 이장사에게 내밀었다.

"빨리 찢어유."

"왜 날 줘유. 내가 엄청 무섭고 떨려서 손이 부들부들해. 회장님이⋯⋯."

진짜 독사에 물렸다면 이러고 있을 시간이 없잖은가. 김사또는 이장사를 밀쳐내듯 하고 양말을 찢었다. 복숭아뼈 바로 위가 탱자만 하게 불어나 있었다.

"끈 없어요, 끈? 아무거나 좀 빨리 줘봐요. 허리띠라도 풀러유, 허리띠. 허리띠도 없슈?"

"요새 허리띠 있는 옷이 있간유. 회장님도 허리띠 없는 옷이구만."

"저거라도 가져와. 저거! 저거, 빨랫줄!"

김사또가 오지랖에게 벼락소리 치듯 주문했지만, 못 기다리고 제가 얼른 끊어 왔다.

"자, 빨랫줄로 묶을게유. 아파도 참아유."

"살살 묶어줘요. 나 아픈 거 싫어요."

"지금 죽게 생겼는데 아픈 게 문제유."

김사또는 공주댁의 종아리 밑에 빨랫줄을 감아 한껏 옥죄었다.

"아아아아악······!"

공주댁의 비명이 범골 늙은이들 뒷골 서늘하도록 퍼져나갔다. 옛날 같았으면 오분도 못돼 조력꾼이든 구경꾼이든 동네 사람 절반은 달려오고도 남았을 테다.

김사또는 이장사를 신칙했다.

"뭘 구경하고 계슈. 빨리 뜯어 빠슈! 뱀 물린 자리, 뱀 이빨 자국 보이잖아요, 막 부풀어오른 데!"

"뭘 어쩌라는 겨? 뭔 소리 하는 겨?"

"텔레비도 못 봤슈? 독을 빼내야쥬."

"아하, 본 적 있슈. 내가 요새 이빨 심이 하나도 없시유. 회장님이 해주시면 안듀?"

"내가 남의 마누라 발목쟁이를 왜 뜯어유. 환장하겄네. 그럼 낫으로 고 이빨 자국을 찢어유. 찢고서 독을 짜내게."

"내 마누라한테 낫질을 허라고? 난 못혀. 회장님이 해주슈."

"내가 남의 마누라한테 왜 낫질을 해유? 그러고 낫은 안되겠네. 녹슬어서 파상풍 걸리기 딱 좋겠슈. 당신이 해봐. 같은 여자끼리니께. 어이구, 넋이 나갔구먼. 뱀 물린 사람보다 더 정신이 나갔어."

아닌 게 아니라 오지랖은 아까부터 거의 넋이 나가 있었다. 누가 보면 뱀 물린 사람이 오지랖인 줄 알았을 테다.

공주댁이 뇌까렸다.

"아무나 빨리 해줘요! 나 진짜 죽는 거예요?"

"이장사님, 급하다니까."

"난 뭇혀유. 글고 독사 아닌게벼. 독사였으면 벌써 독 퍼져서 죽었지."

"이 미친 할배야. 마누라 발도 못 빨면서 그게 할 소리야. 회장님, 빨리 해줘요."

"아, 진짜루 미치겠네. 아줌씨 미안해유. 물어뜯습니다."

"으아아아아아악……!"

"퉤. 보이쥬? 저게 뱀독이라구!"

김사또는 겸연쩍기 그지없어 속으로 혼잣말했다. 내가 참 처음으로다 우리 마누라 말고 딴 여자 몸에 손도 대고 입도 대보네.

"좀더 빨아야겠는디. 이 악물구 꾹 참어유. 자, 또 빱니다."

오지랖이 빨랫줄에 걸려 있던 수건을 가져와 공주댁 입에 물려주었다.

"애 낳을 때 생각하고 참어유."

구급차 소리가 범골을 뒤흔들었다.

3

'은행나무는 씨를 심어 손자를 볼 나이에 열매를 얻을 수 있다고 하여 공손수(公孫樹)라고 부른다'는데 과연 그랬다. 김사또가 묘목 꽂은 지 23년 만인, 첫 손자를 얻은 해에 바깥마당 개집 앞 나무가 흐드러지게 열매를 매달았다. 텃밭머리 나무는 영 열매를 맺지 않아 수나무인가보다 했는데, 두번째 손자를 얻은 해에 불현듯 나도 암나무였지유 하듯 함빡 매달았다.

먼저 맺혀 먼저 익은 것들은 바람만 스쳐도 뚝 떨어졌다. 틈날 때마다 주워 모았다. 날 잡아서 털었다. 오지랖은 남편이 10미터 훌쩍 넘는 나무에 기어올라가 장대를 들고 용쓰는 모습을 보노라면 애간장이 탔다. 남편이 휘청대면 아내의 오장육부도 휘청댔다. 육십대 때는 그나마 젊으니께 그랬다 치지만 칠십대 때는 어쩌려고 그란댜. 그 걱정거리를 사위가 덜어주었다. 다른 농사일도 도우러 자주 오는 사위이지만 은행나무는 매년 도맡아 털어주었다. 두 아들놈은 한번도 은행 타작하러 온 적이 없어, 외손녀랑 "할아버지 할머니, 왜 맨날 외삼촌들은 안 오고 우리 아빠만 해요?" "삼촌들은 나무 못 타." "피이, 그런 게 어딨어요. 맨날 우리 아빠만 고생해." "할머니가 외삼촌들 대신 미안허다." 이런 대화를 나누기도 하는데, 암튼 사위 아니었으면 팔순 노인네가 높다란 데서 버르적거리는 꼴을 보아야 했을 테다.

거의 모든 농사일을 함께해왔지만 오지랖이 절대로 조금도 도울 수 없는 일이 있었는데 바로 은행 거두기였다. 오지랖은 은행을 고무장갑 끼고 만져도 치명적인 독기가 오르는 체질이었다. 한 5년 전까지는 기계도 없었다. 사흘 동안 이불 빨래하듯 밟아야 했다. 은행 껍질을 벗겨준다기보다는 짓이겨주는 기계를 장만하여 수고를 어지간히 줄이기는 했으나, 씻는 것은 예전과 마찬가지로 심란한 일이었다.

올해도 김사또는 지난한 작업 끝에 깨끗하게 씻어 말린 은행 세 말을 팔아 삼십삼만원을 벌었다. 그런데 남의 집 은행 때문에 잠을 잘 수가 없었다.

이장사네 자랑인 은행나무는 김사또네 두 은행나무를 합한 것보다 더 많은 열매를 매달았다. 집 뒤쪽에도 두그루가 한껏 매달았다. 이장사네 텃밭은 김사또네 집 울타리까지 닿아 있었는데, 그 텃밭 끝머리에도 한그루가 제법 매달았다. 이장사네는 범골에서 유일하게 논이 한뼘도 없었다. 부동산이라고는 집과 밭 세뙈기가 전부였다. 지을 농사도 없거니와 밭매는 것도 고추 따 먹는 것도 벅차서 텃밭에 아무것도 심지 않게 된 뒤부터는, 늙은이들뿐이라지만 자리보전한 이 빼고는 다들 분주한 가을에도 이장사와 공주댁은 베짱이처럼 유유자적했다. 은행 일만 빼놓고. 은행만큼은 어떻게든 거두던 이장사네가 올해는 은행을 마구 방치하는 것이었다. 속 끓이던 김사또는 아내를 사자(使者) 파견하듯 했다.

"자기가 직접 하지, 하기 어려운 말은 꼭 나를 시킨다니께."

오지랖은 마땅찮지만 거역할 용기가 없었다. 이웃집을 찾아가 하소연하듯 남편 말을 전했다.

"보청기 어딨댜. 여편네야 보청기 어딨냐니께? 인제 말해보셔요. 뭐라고요? 은행을 빻아주겠다구유? 가져오기만 하라고유. 어휴, 말씀은 되게 고마운데 못해유, 못해. 요샌 하루 한번 은행 쓰는 것도 힘들어유. 앞마당 것만 겨우 쓸고 나머지 세그루 건 떨어지면 떨어지는갑다, 쌓이면 쌓이는갑다 그냥 놔두고 살어유. 아이구, 못 날러유. 회장님댁이 엎어지면 코 닿을 데지만 구십 늙은이가 되니께 지우 부엌 옆 화장실 갈 때 걷는 것도 죽기 살기로 걸어야 되는디 은행을 위칙히 날라유. 차라리 무덤 들어가라고 하셔유."

"남의 집 은행 갖고 배 놔라 감 놔라 하면 안되는 게 맞는디유, 우리 남편은 그 냄새 때문에……"

"그류, 냄새가 오죽하겠슈. 은행 냄새가 좀 독하간디. 근디 힘이 없슈, 힘이."

아닌 보살 하던 공주댁이 남편 역성을 들었다.

"고려장 노인네가 무슨 힘이 있겠어요. 구들장이나 지고 있는 거지. 죽는 거보다는 나으니까 내가 누워 있으라고 했어요."

"내가 은행 줘버리자고 했잖여. 거두지는 못하겠고 남 주기도 아깝고 대책 없이 갖고 있으니께 이웃에 피해를 끼치잖여."

"얄밉잖아. 돈 한푼 안 주면서 공짜로 가져가겠다니. 차라리 버리고 말지 공짜로 못 줘. 우리는 늙어서 냄새 별로 못 맡는데 판돈네는 아직 젊어서 그런가 냄새를 잘 맡나봐요. 회장님 말씀은 고마운데요, 우리가 어떻게 할 수가 없어요. 조금만 참아줘요. 비 몇번 내리고 하면 쓸려가겠지요. 냄새가 가시겠지요. 비 안 오면 눈이라도 와서 덮어주겠지요."

이웃집 부부의 한가한 반응을 고하자, 김사또는 분기탱천했다. 차마 기록할 수 없는 욕을 남발했다.

"들리겄슈! 공주댁은 귀가 밝단 말유."

"들으라고 허는 소리여. 기가 막혀서."

오지랖이 시내 단골 한의원 가서 허리에 침 맞고 돌아왔더니, 남편이 정말로 기가 막힐 일을 벌이고 있었다. 이웃집 은행을 이륜차로 실어나르고 있었다.

"지금 뭐해유? 허락도 안 받고! 남의 걸 왜 날라유? 증말 사서 고생이라더니, 그깟 냄새 좀 못 참아요?”

“니는 참아도 나는 못 참아.”

김사또가 열댓번은 왔다갔다하는 동안 이장사와 공주댁은 코빼기도 보이지 않았다.

김사또는 이튿날 오전 아내를 또 사자로 보냈다. 이장사 혼자 있었다.

“애엄마는 애들 집에 갔슈. 애들 장가도 못 보낸 여편네가 뭐가 그리 신나서 만날 싸돌아댕기는지. 오늘 온다구는 혔는데. 뭐라구유? 어허, 그런 고마운 일이. 회장님이 참 젊어서 그런가 근력도 좋네. 언제 그걸 다 퍼 싣고 가서 빨았댜. 힘이 없어서 나가보지도 못했는디 그런 일이 있었구만유. 도랑에 떨어진 것도 건지고 밭에 떨어진 것도 주워서 다 가져가서 빨았다구요? 이걸 어찌 검사해야 된댜. 근디 그게 빠는 걸로 끝나는 게 아닌 걸로 아는디. 썻어야 되잖유? 니? 그려서 부르러 왔다구요? 힘이 하나도 없는데 그걸 워칙히. 그렇다고 이냥 누워 있는 거 경우가 아니구. 큰일 났네. 큰일 났어. 회장님은 그걸 놔두지 왜 가져가서 사람 미안시럽게 만든댜. 남이야 은행을 썩히든 말든 왜 신경을 쓴댜. 냄새 때문에. 그쵸. 냄새 때문에.”

오지랖이 이장사의 미적지근한 반응을 전하자 김사또는 씨불댔다.

“뭐여? 안 와? 이런 똥 살 인간들이 있나. 주워다가 기계로 빨아주기까지 했는데 썻는 것도 못해? 혼자 썻으라는 것도 아니고 같이 썻어준다는데, 뭐 이런 경우 없는 냥반들이 다 있어? 내가 소똥 퍼

나를 때 모내기할 때 벼 나를 때 고추 딸 때 우리 애새끼들도 하나 도와주러 오는 놈이 없는데 팔십대 노인네가 도와줘서, 그게 늘 미안해서, 도와주겠다고 나섰는데, 그러면 나와서 거들어야지, 우리 것도 아니고 자기네 건데, 나 혼자 씻어다 바치기라도 하라는 겨?"

"그러기에 누가 허라고 했슈?"

"이 여편네야. 냄새 때문에 죽겠는데 그냥 놔두란 말여."

성난 호랑이 같던 김사또 낯빛이 보드랍게 누그러졌다. 이장사가 어기적어기적 오고 있었다.

"오셨슈? 많이 편찮으시다면서요?"

"어휴, 죽긴 죽겠는디 회장님이 우리 집 은행 때문에 생고생이란 말 듣고 워칙히 가만히 있대유. 이게 다 우리 은행은 아니쥬? 겁나게 많네. 이걸 언제 다 씻는댜."

경운기 짐칸에 껍질 짓이겨진 은행으로 수북한 비료포대가 열몇이었다. 그러고도 기계 앞에 네더미는 더 있었다.

"다 이장사님네 은행이유. 우리 집 은행은 벌써 했쥬. 일주일 동안 호락질했슈. 여편네는 근처에도 못 오게 하고 혼자 줍고 따고 빻고 씻고 죽는 줄 알았슈. 사위놈이 하루 도와준 게 다유. 다른 자식놈들은 오십만원도 못 버는 은행 뭐러 그 고생이냐고 쳐다보지도 않는데 그래도 사위놈이 나를 닮아서 신경을 써줘유. 근데 사위놈 은행나무 올라갔다가 떨어질까봐 후덜덜하더라고요. 내가 떨어지는 게 낫지, 다쳐봐, 딸년한테 무슨 원망을 들을ㅠ. 아닌 게 아니라 사위 놈이 다 못 턴 거 털겠다고 올라갔다가 뚝 떨어져갖고 발목쟁이가 퉁퉁 부었슈. 그 집 아주머니 독사한테 물렸을 때만큼 부었다니께유.”

“병원 갔슈?”

“병원 갈 시간이 어딨슈.”

“회장님도 참 미련한 인사여. 나무에서 떨어져서 그렇게 부었으면 병원 가서 침 맞고 누워 있어야지 병원을 왜 안 간다? 그러다 경치면 아줌씨는 어쩌라구. 그냥 아픈 사람이 자기네 은행 간신히 다 했으면 편히 쉬실 일이지 왜 남의 집 거까지 해주겠다고 난리냐구. 이럴 때 보면 회장님이 마음에 참 안 들어. 이게 물장화유? 어딜 가는디 물장화까지 신어유? 뭐여? 갬발 냇가까지 가요? 거기밖에 씻을 데가 없슈? 이르케 개고생해서 은행을 거둬야 할 까닭을 모르겠네.”

이장사는 팔순이 넘고부터 어지럼증 탓에 오토바이도 못 타고 자전거도 못 탔다. 짐칸 은행더미 사이에 장홧발로 섰다.

“꽉 잡으슈. 떨어지시면 골로 가유.”

“걱정 말어유. 웬만하면 걸어가겠는디 너무 멀어서 엄두가 안 나유.”

시린 바람까지 부는 날이었다. 가는 동안에 내내 고시랑대던 이장사는 흐르는 냇물에 은행을 부셔대면서도 쉼 없이 나불댔다.

“아이구, 춥다. 이놈의 장갑 하나도 안 따뜻하네. 아이구, 힘들다. 아이구, 미안해유. 춥고 고생스러우니까 미치고 팔짝 뛰겠네. 왜 남의 집 은행 때문에 회장님이 이 고생이랴. 이리서 시골서 사는 게 힘든규. 도시서는 내가 안하고 싶으면 안하는 걸로 끝이라는디, 여기는 내가 안하고 싶어도 하지 않을 수 없는 일이 너무 많유. 옛날부터 그랬슈. 나는 농사 하나도 안 짓는디 새마을운동은 똑같이 동참하랴. 한두번 안 나갔더니 빨갱이 취급하구. 아이구, 이놈의 육시럴 시골, 몬 산다, 몬 살아. 아니, 우리가 이 나이에 왜 이러고 있어야 되냐구. 이깟 개갈 안 나는 은행 땜시 개지랄이 뭐냐고……"

"도시라고 뭐 다르겠슈. 참구 하슈. 다섯 경운기니께 한 육십만원 벌이는 될규. 저거 다 팔면 재벌 되시겠슈."

"재벌이 들으면 기맥히겠슈. 회장님 다 가져유. 거기에 내가 수고비를 얹어드려야며. 골칫거리 은행을 치워주었으니께."

"내가 왜 이장사님 은행을 탐내유. 장사님이 여러해 동안 나를 얼마나 도와줬슈. 그거 갚는 거니께 너무 부담스러워하지 마셔유."

"아이구, 힘들어. 내가 이번엔 기어이 베고 말겨. 해마다 베버리려고 했는데 차마 불쌍해서 못 베었는디 이번엔 증말로 베버리고 말규."

"이장사님네 은행나무가 삼동네에서 최고로 멋있는디 그걸 왜 베유."

"아이구, 가을마다 은행 때문에 미치겠슈. 십년 전인가 어떤 미친 놈이 백만원인가 준다면서 팔라고 했을 때 고마워유, 얼른 파가슈 했어야 되는디. 내년이면 내가 증말 구십이유, 내년에 남이 빨아준 은행 씻는 것도 못할 거라고. 회장님 신세 지기 싫어서라도 베버릴겨. 내가 도우면 도왔지 누구 신세 진 거는 해본 적이 없슈."

그날밤 이장사와 김사또는 호되게 앓았다.

김사또는 남 흉보면 덜 아프기라도 한지 툴툴댔다.

"공주님은 증말 경우가 없어도 너무 없구먼. 자기네 거 닦고 있는데, 지아비가 뒈질랑 말랑 용쓰고 있는데 한번 와보지도 않네. 코빼기도 안 비쳐. 와서 같이 닦지는 못할 망정 지 서방 좋아하는 소주한병은 들고 와야지. 멀긴 뭐가 멀어. 시내는 택시 불러 타고 잘도 싸돌아다니면서. 누가 별명 잘 졌어. 완전 시골 공주님이라니까. 다 그만두고 내가 생명의 은인 아니냔 말여. 내가 독을 안 빨아냈으면 경칠 뻔했잖어. 목숨 건진 건 둘째 치구 내가 안 빨았으면 다리 한 짝 싹뚝 잘라닐 뻔했으면서.”

“나라도 가봐야는디 너무 멀어서유.”

“자기가 왜 와? 우리 은행도 아닌디.”

한나절에 한 경운기씩, 이틀 동안 네번 씻어 왔다.

사흘째 오전, 마지막 더미였다. 이장사는 거의 울고 있었다.

“미치겠다, 미치겠어. 회장님, 백골난망여, 백골난망. 내년에 우리 집 은행이 썩어 문드러지더라도 제발 이러지 말아유. 나는 은행 닦다가 죽고 싶지 않어. 도와주는 사람한테 할 소리는 아니지만 증말 회장님이 원망스럽구면. 여남은살 더 먹어봐유. 앞으로 나도 회장님 안 도와줄 테니까 회장님도 나를 절대로 돕지 말라구. 진짜여, 진짜! 이제 우리 남남으로 살자구유. 명박이 근혜 때처럼 너는 남이고 나는 북으로다 일절 모르고 살자구유.”

이장사의 얼굴이 활짝 펴졌다. 뜻밖에도 공주댁이 짠 하고 나타난 것이었다.

“마누라 왔어? 이 먼 데까지 워칙히 왔댜? 다 끝나가. 이게 마지막여.”

공주댁이 남편에게는 콧방귀를 뀌어주고, 김사또에게는 변명하듯 말했다.

"정말 송구스럽고 면목 없어요. 너무 죄송해서 이제야 나와봤네요."

안 보이는 데서는 흉봤던 김사또가 순한 토끼 낯빛으로 대꾸했다.

"별말씀을 다하시네요. 아줌씨도 안 아픈 데 없이 다 아프다면서 여기까지 걸음을 하셨데요. 그 무거운 걸 들고."

"걸어오다가 도저히 더 못 걷겠어서 히치 해서 왔어요. 그래도 시골 인심이 남아 있어서 열심히 손 들면 태워주는 젊은이가 있기는 해요. 면다방 이양이 타 왔다 생각하고 한잔들 자셔요."

김사또가 하고 싶은 말을, 막걸리든 소주든 하루에 네댓병 마시는 걸로는 술 좀 마신다고 명함도 못 내미는 촌구석에서 '진짜 술꾼' 소리를 듣던 이장사가 했다.

"마누라, 술을 가져와야지, 커피는 얼어죽을."

"회장님 음주운전 하시다가 일 나면 자기가 책임질 거야? 회장님 술은 집에 가서 드시고 뜨뜻한 커피 자셔요."

두 늙은 사내가 커피를 소주 마시듯 하는데, 공주님이 은행껍질 사태 난 냇가를 바라보고 읊조렸다.

"은행이 참 독한 것인데, 물고기들 작살났네요."

4

이장사네는 외관상 은행나무밖에 없는 집인데, 동네 사람들이

기이하게 여길 정도로 풍족히 살았다. 특히 공주댁은 잘 쓰고 잘 입고 사는 것으로 호가 났다. 실상은 어떻든 간에, 정말 아무 걱정 없이 서울 하고도 강남 아줌마처럼 산다고 시샘을 한몸에 받아온 공주댁에게 모처럼 예리한 두통거리가 생겼다.

공주댁은 집 뒤 텃밭 두뙈기도 50년간 자기네 밭으로 알았다. 시아주버니가 아우 이장사가 결혼할 때 나눠준 땅. 명의는 여전히 시아주버니로 되어 있었고, 시아주버니가 그 땅을 내놓았다. 친형 앞에만 서면 한없이 작아져서 벙어리가 돼버리는 남편을 대신해 공주댁이 따졌다.

"이런 법이 어디 있어요? 아주버니네가 예수 믿는 바람에 우리가 제사도 모셔왔는데, 그 땅이 아버님이 돌아가시기 전에 아우한테 나눠주라고 신신당부한 땅이잖아요? 우리는 아버님한테 물려받은 땅이라고요. 그 땅을 날강도처럼 빼앗아가겠다고요? 이 사람이 숙맥이라 이제까지 명의 이전도 못 받고 그걸 지금까지 나한테 숨긴 것도 기가 막힌데 아주버니는 한술 더 떠서 도로 내놓으라니 이게 말이에요? 아주버님 좋아하는 예수님이 듣고 불벼락 내릴 일이 아닌가요?"

"제수씨, 입이 열개라도 할 말이 없슈. 알다시피 우리 두 부부가 번갈아서 병원 신세만 20년째 지고 있어유. 그렇게 어려워도 제수씨 밭은 생각해본 적도 없슈. 그런디 우리 하나밖에 없는 자식이 천만원이 없으면 죽게 생겼대잖유. 우리한테 돈이 될 건 그 밭 두뙈기밖에 없슈. 제수씨가 우리 사정 좀 봐줘유. 제수씨네는 그 밭 없어도 사는 데 지장 없잖유? 안 그러냐? 아우야, 제발 우리 딸 좀 살려쳐라. 네가 사면 서로 편하잖여. 너 천만원 없냐? 원래 천이백에 내놓았는디 너한테는 천만원에도 팔 수 있어."

이장사가 기어드는 목소리로 간신히 대꾸했다.

"내가 돈이 어딨슈."

이때다 싶었는지 이장사의 형수가 초들었다.

"돈이 왜 읎다고 그류. 도련님이 감기 한번 안 걸린 튼튼한 몸으로다가 팔순까지 산판 공사판 다니면서 번 돈이 엄청나잖유. 농사 짓는 것들이 바보쥬, 돈은 도련님처럼 노가다판에서 벌 수 있는 건디."

"형님, 이 양반이 막노동판 마감한 게 십오년 전이에요. 팔순 늙은이를 누가 써줘요. 그때 돈이 남아 있을 리가 있어요?"

"자네는 돈 들어갈 데도 없었잖여? 애들을 가르치기를 했나? 애들이 장가를 갔나? 병원에 갖다 바친 돈도 삼동네에서 제일 적을 걸. 자네가 옷 해 입고 비싼 화장품 사고 식기세트 바꾸고 그런 데다가 쓰는 돈이 얼마나 된다고. 나머지는 다 쌓여 있을 거 아닌가 베."

"지금 애들 못 가르치고 장가 못 보낸 거 염장 질러요? 내가 대신 공부해줄 수도 없고 내가 대신 장가가줄 수도 없는 일이라 그저 그렇구나 살아온 거지 뭐 내 속은 편했겠어요? 그나마 가지고 있던 돈, 딸내미 시집보낼 때 한밑천 뚝 떼어줬다고요. 애들 장가간다고 하면 집은 못 사줘도 예식장비는 내줘야 부모 도리인데 그 돈도 없어서 전전반측이라고요."

"자네도 알고 보니 앓는 소리 잘허네. 천만원도 없다는 게 말이 되나?"

"형님네도 없는 천만원이 우리한테 왜 있을 거라고 생각하는데요?"

"농협 대출도 안되나?"

"형님네가 농협 대출 받으면 되잖아요?"

"우린 이미 많이 받았지. 이자도 못 내고 있어. 우리는 죽기 전에 못 갚으니께 집 가져가라고 했어."

"농협 대출은 아무나 해주나요? 논 한뼘 염생이 한마리 없는 사람한테 농협이 왜 돈을 빌려주나요?"

통장들에 이러저러하게 흩어져 있는 것 모으고, 보험들 해약하고, 명의 가진 텃밭 팔고, 애들한테 몇백이라도 우려낸다면 천만원을 만들 수도 있을 테다. 하지만 그 천만원으로 지어 먹지도 않을 밭뙈기를 사고 나면 어떻게 먹고살란 말인가. 늙었다고 사는 데 돈 안 드나? 밭흙 파먹고 살란 말인가? 게다가 여태까지 자기네 것으로 알던 밭을 살 수는 없었다. 억울해서라도.

당산에 자리잡은 묘가 버려진 것까지 다 헤아리면 열다섯기나 되었다. 풍수지리적으로는 어떤지 모르겠으나 사시사철 볕 잘 드니 보통 사람 눈으로도 묘 쓰기에 안성맞춤이었다. 즉 문제의 밭도 채소 심어 먹겠다는 이주농이라도 나타나면 모를까, 천생 묘지로 팔릴 가능성이 높았다.

공주댁이 혼인하고 보니 두 밭뙈기 사이에 시어머니 묘가 있었다. 귀신 시모는 밤마다 나타나 공주댁을 갈궜다. 당산의 귀신들을 다 데리고 와서 밤새 요란을 떨었다. 공주댁이 남묘호랑개교라는 중뿔난 종교를 믿게 된 것도 그 귀신들 때문이었다. 남묘호랑개교 주문을 외우면 귀신들의 기세가 좀 약해졌다. 형제가 돈을 모아 수리산 속 땅 열평을 얻어 이장하고, 해골 나간 자리에 밤나무를 심은 다음에야 편안히 살 수 있게 되었다. 한 10년 귀신들한테 단련되어서인지 웬만한 걱정은 대수롭지 않을 만큼 대범해졌다.

"안돼! 또다시 무덤을 이고 살 수는 없어!"

공주댁은 한동안 잊고 살았던 남묘호랑개교 주문을 다시 외우며 빌었다. 제발 묏자리로 팔리지 말라고. 보람도 없이 최후통첩이 왔다.

"제수씨, 사겠다는 사람이 나왔슈. 가족 묘지를 만들겠다고. 제수씨가 우리 어머니 묘 때문에 고생하신 거 아니께 전화드린 거유. 닷새밖에 못 기다려유. 그 안에 제수씨네가 사든 살 사람을 데려오든 못하믄 할 수 없이 팔아야쥬. 그때까지 돈이 안되면 우리 자식이 죽는다니께유."

하여 공주댁 내외가 김사또네를 방문하게 되었다. 거리낌 없이 서로 드나들던 사이인데 사안이 사안인지라 어색했다. 이런 어색한 자리는 만날 얻어맞기만 하던 김사또네 둘째 판범이가 이장사네 첫째 덕칠이에게 부엌칼을 던져 등에 칼자국을 냈을 때 이후로 처음이었다. 친형님 앞에서와 마찬가지로 진지한 분위기에서는 벙어리가 되는 이장사는 난처한 낯빛으로 파리나 쫓고, 범골 외교부장관 별호도 보유하고 있는 공주댁이 운을 뗐다.

"우리가 이웃하면서 서로 돕고는 살아도 신세는 안 지고 살았는데 작년부터 큰 신세를 지네요. 독사한테 물렸을 때 목숨도 구해주시고."

"그게 뭐 신세 진 일이라고. 그런 걸로 따지면 이장사님도 우리 식구 목숨 여러번 구해줬쥬. 십년 전 장마 때 이 사람이 도랑물에 빠져 죽을 뻔한 걸 이장사님이 빤스 바람으로 건져주신 건 지금도 생생히 기억나유."

"그런데 정말로 큰 신세를 져야 할 것 같아요. 우리 밭 얘기 들으셨지요? 그 밭 좀 사주세요. 회장님네가 사시면 모든 게 해결됩니다."

"지금 있는 밭도 다 못 져먹고 놀리는 판인데유."

"그냥 사놨다가 자식들한테 물려주면 되잖아요? 혹시나 해서 우리 애들한테 그 밭 살 돈 있냐고 물어봤더니 자기들은 시골에 살 마음이 전무하대요. 시골 사느니 이민 가겠대요. 저번에 소문 들으니까 회장님 훌륭한 아들 판범이는 여기께 집 짓고 살 계획이라면서요. 우리 밭에다 지으면 되죠, 우리 죽은 다음에. 밭농사 짓기 싫으면 컨테이너 하나 갖다놓으면 되잖아요."

"어쨌거나 우리도 돈 없어요."

"회장님이 돈 없다는 건 정말 거짓말이다. 안 그래요, 판돈 엄마?"

"저는 암것도 몰라유. 돈이 있는지 소가 팔리는지 벼 팔아서 얼마를 했는지 연금이 얼마나 나왔는지. 진폐증 보상금이 얼마나 나오는지. 저축이 얼마나 있는지."

"돈 많다는 소리네!"

"소문을 들으니 무덤으로 쓸까봐 걱정하신다면서유?"

"맞아요, 환장하겠어요."

"만약 내가 그 밭을 사놓으면, 우리 죽었을 때 우리 애들이 거기다 무덤 쓴다고 할 수도 있잖아요?"

이장사가 나도 밤나무유! 하듯 껄껄댔다.

"어허, 젊은 양반이 별 걱정이셔. 회장님이 나보다는 오래 살 거 아뉴. 아줌씨도 우리 마누라보다는 오래 살 거고. 우리 죽은 다음에야 워칙히 되든 상관이 읎쥬. 그러고 회장님네는 밭도 많은데 경우 바른 애들이 하필이면 거기다 쓰겄슈."

"당신, 간만에 옳은 말 했어요."

"만약 내가 그 밭을 사면, 농사는 어쩌실 거유?"

"안 짓고 놀린 지 몇년 되신 거 알면서요. 회장님네 밭이니까 회장님네가 지어야죠."

"내가 지으면 소똥 갖다 뿌릴 건데, 냄새가 고약시러울 텐데유."

"지금 회장님네 축사에서 날아오는 냄새도 가끔 고약스러워요. 그러고 그 냄새가 우리가 한 5년 더불어 견딘 냄새만 하겠어요. 그러고 보니 참, 그때도 미칠 뻔했네. 괜찮아요, 저희는 은행 곯는 냄새도 잘 참아요."

당산뜸 한 집의 주인이었던 김우유는 당산의 3분의 2를 소유했다. 그 땅에 한 5년은 젖소를 키웠고, 또 10년은 과수원을 했다. 김우유는 옥계리 외딴 기슭으로 옮겨가서 돼지 500마리를 쳤다. 축사 가까이에 똥창고를 짓기 전까지 방치한 과수원에 돼지똥을 부려놓았다. 누구 말마따나 산신령과 백호랑이신을 모시던 당산을 똥산으로 만들어버렸다. 범골 전체가 돼지똥 냄새에 뒤덮여 집집마다 욕설로 시작해서 욕설로 끝나는 나날을 살았으니, 특히 똥산 아래 두 집의 고통은 이루 말할 수 없었다. 김사또는 김우유의 작은아버지였고, 이장사의 형수가 김우유의 큰누나였다. 하고 보니 김사또네와 이장사네는 사돈지간이라고 할 수 있었는데, 복잡한 촌수 더 따질 필요 없이 이웃사촌이다보니 동병상련할 일이 적지 않았고 가장 대표적인 사건이 바로 그 돼지똥 사태였다.

김사또는 그 자리에서 끝내 밭을 사겠다고 확언하지 않았다. 천만원이 강아지 이름도 아니고, 성격상 고심이 필요했다.

"회장님 믿어요. 판돈 엄마, 회장님 좀 잘 설득해줘요."

공주댁이 간절한 바람을 남겨놓고 돌아갔다.

김사또가 물었다.

"밭 사면 질 겨?"

"지금 것도 밭매기 힘들어 죽겠구만. 나는 못 져유."

"그럼 사지 마?"

"살 돈은 있나보네유. 나는 몰러유. 사든지 말든지. 무덤 이고 사는 게 꺼림칙하기는 할규. 근데 거기에 무덤이 크게 생기면 우리도 무덤 이고 사는 건 똑같잖유? 장사님네하고 우리 집이 얼마나 떨어져 있다고."

"그런가? 에이, 시발! 사야겠네."

밭 내놓았다는 소문을 들었을 때부터 김사또는 사고 싶었는지도 모른다. 젊었을 적에는 탐내던 땅이었다. 그 밭뙤기만 사면 당산의 남쪽 밭자락을 모두 갖게 되는 것이다. 잊고 살았는데 무주공산이 되었다니 예전의 소유욕이 은근히 되살아났다. 돈 천만원이 쉬운 돈은 아니고, 지을 자신도 없고, 꾹 참고 모르쇠로 나가려고 했는데, 공주댁의 간청을 듣노라니 사놓고 보자는 쪽으로도 쏠렸다.

김사또가 밭을 샀다는 말을 전해 듣고, 공주댁이 손뼉을 쳤다.

"에고, 한시름 났네."

5

설 전날, 윤기술(1965년생)이 용달차에 기계톱을 싣고 왔다.

이장사는 단호했다.

"저 은행나무들 싹 베주게. 저것들 땜시 아주 힘들어서 못 살겠어."

"다른 것은 그렇다 치고 이 나무는 너무 아까운디유. 이 영험한 나무를 왜 베려고 그러슈. 사 가라면 사 갈 것도 같은디."

"저깟 걸 사긴 누가 사. 은행이라면 내가 아주 치가 떨려! 없애버려야뎌."

"그런디 올해는 어쩔 수가 없네유. 은행나무는 신령스러워서 아무 때나 못 베잖유."

"그래서 오늘 부른 거 아녀. 해 가기 전에!"

"다저녁에 불러놓고 대책 없는 말 하시네유. 이르케 큰 나무를 무슨 수로 지금 다 베유. 이박삼일은 베야겠구면. 그리고 요 정도면 백살은 됐을 것 같은디 함부로 못 베유. 고사상이라도 차리고 베야지. 공짜로 나무 가져다 때라는 건 참 고마운 말씀이신듀 나무 나름이쥬. 저런 나무는 막 때기도 거시기허다구유."

작심하고 불렀건만, 엔간히 짜대는 말을 듣노라니 이장사는 약해졌다. 집 짓기 전부터 있었던 나무였고, 아닌 게 아니라 구십 평생을 친구처럼 지내온 나무가 아닌가. 은행을 모아놓기만 하면 가져가겠다는 사람은 있으니, 마누라 잘 설득해서 줘버리면 될 것 아닌가. 김사또가 귀찮게 하기 전에.

"저거는 꼭 베줘."

이장사가 가리킨 나무는 김사또네에 바짝 붙은 텃밭머리 은행나무였다.

"이웃에 피해를 너무 끼쳐."

그 나무가 만만해 뵀는지 왔다가 그냥 가기는 뭐했는지 윤기술은 전기톱을 들이댔다. 오래도록 수나무로 의심받다가 15년 전부터 이웃집 지붕에까지 열매를 날리던 앙상한 나무가 맥없이 잘려나갔다.

이웃의 경계마저 가뭇없어졌다.

김하기 / 장례식장에서

1

"어제 태호가 계단에서 굴러떨어져 죽었단다."

전화기 너머 들려오는 달호의 목소리가 축축한 물기로 젖어 있었다. 느닷없는 고향 친구의 악상 소식에 나는 순간적으로 멍해졌다.

"와 계단에서 떨어져 죽었는데?"

"잘 모리겠다. 여자 때문에 폭력배하고 싸우다 그랬다 하기도 하고."

"설마, 태호가……"

"가모 알겠지. 지금 출발한다. 가는 길에 니 태와 가께."

아퀴를 짓는 달호의 굵직한 목소리에는 당연히 가야 한다는 전제가 붙어 있었다. 우리 셋은 같은 공씨 집성촌의 고향 친구에다 항렬도 '호'자 돌림으로 그리 멀지 않은 친척관계라 이번에는 가야 했다.

"달호야, 하필 오늘 내일 바쁜 일이 있어서. 부의나 좀 전해도."

무언가 발목을 잡는 게 있어 가겠다는 말이 바로 나오지 않았다. 고향에 가본 지도 십년이 넘었다.

"부의 같은 소리 하고 있네. 사흘장이라니까 내일 발인 때까지는 온나."

달호는 섭섭한 듯 성이 난 목소리로 전화를 끊었다.

점심시간에 김주사에게 같이 술이나 한잔하자며 청사 밖으로 나왔다.

"아이고, 꽁주사가 웬일이야."

김주사는 반색을 했고 우리는 함께 대구탕집으로 갔다. 김주사는 소주를 한병 시켜 술잔을 채우고는 나와 잔을 부딪치려 했다.

"고향 친구가 죽었다네."

나는 자작하며 말했다. 성이 공씨인 나를 김주사는 일탈을 모르고 일만 하는 옹졸한 꽁생원이라며 '꽁주사'라고 불렀다. 나도 술을 싫어하진 않지만 근무시간에는 거의 마시지 않았다. 김주사는 소위 명문고를 나왔으나 가정형편 때문에 대학 진학을 포기하고 어린 나이에 공무원 생활을 시작했다. 공무원 생활 사십년 만에 청운의 꿈은 안개처럼 사라졌다. 오년 전에 아내가 죽은 후에는 생에 허무감이 들었는지 출근하자마자 술냄새를 풍길 정도로 망가졌다.

둘은 매운탕이 나오기도 전에 소주 한병을 다 비웠다.

"꽁주사, 나도 어린 시절에는 꿈이 있었지. 꿈을 이루기 위해 스스로 룰을 만들고 아등바등 살았지. 어느 소설가처럼 스스로 만든 감옥 안에 갇힌 채로 말이야. 무의미한 룰에 속아 평생을 그렇게 살았지."

"그래, 내 삶에 내가 속아 사는 거지, 남은 날 속이지 않아."

김주사와 허무한 말을 주고받다가 일어섰다.

"꽁주사, 대충 살어. 일 열심히 하면 삼대가 빌어 처먹어."

말년이긴 하지만 공로연수라는 명목으로 월급만 축내는 이무기가 되어서도 잘리지 않는 김주사가 부러웠다. 계약직인 나는 윗선의 심기를 건드리지 않기 위해 살얼음판을 걸으며 살아왔다. 기안은 마감 전에 제출했고, 야근이고 휴일근무이고 가리지 않았다.

법원행 지하철을 탔다. 오늘 미리 반가를 냈다. 윗사람의 눈치를 보며 하루 휴가 대신 반가를 타내는 내 모습은 계약직의 자화상이기도 하다.

법원역에 내려 높은 계단을 올랐다. 매번 에스컬레이터 대신 계단 길을 이용한다. 지방 수치를 낮춘다는 무슨 건강 때문이 아니라 그냥 쉼 없이 계단을 오르내린다. 내 삶을 뒤돌아보면 나도 태호처럼 계단에서 여러번 굴러떨어졌다. 상승하고 하강하는 계단이라는 존재가 내 고단한 삶의 반복 같기도 하다. 계단을 오르내릴 때는 생의 낙차와 직장에서의 승진, 인간의 욕망을 반복하는 느낌이 든다. 에스컬레이터를 이용하는 사람들은 지하에서 지상으로 쉽게 오르는 그 상승감에 안일한 무의식을 내맡긴다. 나도 그런 아늑한 상승감을 느끼고 싶지만 김주사의 말대로 스스로 만든 무의미한 룰에 갇혀 계단을 오르내리곤 한다.

지하철역에서 나와 즐비한 법조타운 건물 사이에 긴 작은 법무사 사무실로 갔다. 법무사는 없고 사무직원이 나를 보더니 두꺼운 서류철을 뒤적거리며 내 파일을 찾기 시작했다.

고향 마을 해안가에 아버지에게 물려받은 땅이 메뚜기 이마빡만큼 있다. 옛날에는 공비출몰지구에다 쓸모없었던 해안가 묵정밭이 오래전부터 동해의 관광명소가 되면서 너도 나도 커피숍과 펜션을 지었다.

최근 군에서 지적 재측량을 한 결과를 통보했는데, 성권이의 동해가든의 북쪽 필지가 내 자투리땅을 근 열평이나 잘라먹은 걸 알았다.

"한데 공무원이라는 분이 이토록 몰랐어요, 참."

직원이 새된 소리로 말했다.

"그동안 고향에도 못 간데다 그 땅이 옛날에 공비출몰지역으로 오랫동안 방치되어 있다보니."

여러가지 복잡한 사정을 변명조로 늘어놓으며 땅을 되찾고 싶다고 말했지만 직원은 '합의'를 권했다.

"이십년이 지나면 점유권이 소유권보다 센 거 아시죠? 땅을 찾으려다 패소하면 한푼도 못 받고 상대방의 소송 비용까지 물어야 돼요. 다행히 상대방도 합의를 원해요."

땅을 되찾고 싶었지만 예나 지금이나 성권이의 보이지 않는 기세에 눌려 있었다. 공사 인부들이 내 땅에 펜스를 칠 때 땅을 침범하는 듯했지만 측량이라는 말을 꺼낼 수가 없었다. 성권이는 당시 우리 지역 국회의원의 보좌관이었고, 후에 그 국회의원이 장관이 되자 바로 지역구를 물려받아 국회의원이 된, 우리 고장의 인물이자 자랑이었다. 선거 때마다 성권이가 동해가든에서 대접하는 술과 고기를 먹지 않은 마을 사람들이 없었다. 심지어 나도 친구들에게 떠밀려 동해가든에 가서 술과 고기를 먹었다. 그건 암묵적으로 현재의 경계선을 인정한다는 것이었다.

"요즘 땅값이 똥값인데 시골땅 평당 오십이면 그게 어디예요?"

직원은 사무실을 나가려는 마치 내게 공돈이나 생긴 것처럼 말했다.

'장례식장에 가기 싫은 것은 성권이와 마주치기 싫어서일까.'

지하철은 남쪽으로 가고 있지만 마음은 고향인 북쪽으로 가고 있다. 내 귀에서 희미한 노랫소리가 들려왔다.

2

"잘 있어라 아우들아 정든 교실아."

초등학교 졸업식에서 한 학생이 노래를 부르며 흐느끼기 시작하자 운동장은 삽시간에 눈물바다가 되었다. 미진학자는 대부분 여학생들이었지만 달호 또래 사내들은 벌써 배를 타고 바다로 나갔거나 도회지로 일하러 나갔다.

진학 상담 시간에 담임선생은 생활기록부를 보더니 의아해하며 말했다.

"논 것치곤 성적이 개안타. 그래, 아버지는 뭐라시더노?"

아버지는 내가 사고를 칠 때마다 "떠그랄, 우예 일곱이 중에 개안은 놈이 하나도 없노. 어서 작은형 따라 배 타러 가라" 하며 끌탕을 쳤다.

"배 타러 가라고 하시데요."

"니 생각은?"

"잘 모리겠습니다."

"그래도 사람은 배워야 쓴다. 니 실력으로 제일중은 힘들겠고 아버지한테 꼭 고등공민학교에 보내돌라고 해라, 알겠제?"

담임선생은 내 머리를 쓰다듬어주었다. 따귀와 귀퉁머리를 때리던 선생님의 매운 손이 그날은 매우 부드럽고 따뜻하게 느껴졌다. 박박 깎은 내 머리에서부터 검정 고무신을 신은 발끝까지 전해오던 그 부드러운 손의 따뜻한 감촉을 지금도 잊지 못한다.

'그래도 사람은 배워야 쓴다.'

형들처럼 거의 진학을 포기하고 있던 나에게 그 말은 무슨 하늘의 계시처럼 들렸다.

고등공민학교는 시험을 보지 않고 들어가는 비인가 중학교였다. 진학은 하고 싶으나 읍내 제일중학에 들어갈 실력이 안되는 아이들은 거기에 들어갔다. 고등공민학교도 머잖아 문교부 인가가 나서 중학교가 된다는 소문도 들렸다.

한편으로는 어서 달호처럼 뱃사람이 되어 술도 마시고 폼 잡으며 담배도 피우고, 큰 항구에 나가 여자와도 시시덕거리며 어른 흉내를 내고 싶기도 했다. 그런데 선생님의 말 한마디에 내 마음이 진학 쪽으로 크게 기울었다.

"보리중핵교 갈 바엔 차라리 배 타러 가라. 돈만 내삐린다."

아버지는 내가 고등공민중학에 간다고 하니까 곰방대로 재떨이를 땅땅 두드리며 화를 냈다.

사람들은 그 학교의 모표가 보리처럼 생겼다고 해서 경멸조로 보리중학교라고 불렀다. 나보다 공부 못하는 재잘량이, 얍실이, 해찰이, 뚱보도 거기에 가고 우리보다 못사는 간쟁이, 곰치, 애늙은이도 가고, 심지어 새침데기 얌전이도 간다는데 나는 왜 안되느냐고 항변했으나 아버지는 곰방대로 내 머리를 딱 때리며 몰풍스럽게 말했다.

"거기 나와 백수건달 될 기가? 밑엣돈이 아야 해도 거기는 못 보낸다."

나는 마당에서 꼬리를 흔들며 졸랑졸랑 따라오는 누렁이를 발로 세게 걷어찼다. 아버지가 평소 술에 취해 화가 나면 개를 발로 찼듯이 나도 화가 나 있다는 것을 말하고 싶었다. 애먼 누렁이는 오라지게 샅을 맞았는지 고샅을 벗어날 때까지 깨갱거리는 소리가 들렸다.

하늘에 구름은 잔뜩 끼었는데 갈 데가 없어 바닷가를 서성거렸다. 돌섬을 돌아 막 오징어배가 마을 선착장으로 들어오고 있었다. 작은형과 달호가 탄 배였다.

그들과 마주치기 싫어 도망치듯 뒷산으로 올라갔다. 빗방울이 후드득 떨어졌다. 내려다보니 올망졸망한 집들이 거무수레한 바다에 잠긴 듯했다. 산에 올라오니 무섭기도 하고 부아가 난 마음도 조금 풀렸으나 집에는 죽어도 들어가기 싫었다. 멀리 보이는 포항과

삼척으로 이어지는 동해안 도로는 빗물에 젖어 반짝였다.

'아, 어디로든 멀리 도망가고 싶다.'

빗줄기가 점점 굵어졌다. 나는 비를 피하려고 산신각에 들어갔다. 당우는 기울고 깨진 기와에 이끼가 웃자란 산신각에 다행히 빗물은 들지 않았다.

전에는 무섭게 느껴졌던 산신 할배가 오늘은 친구처럼 푸근하게 느껴졌다.

"산신 할배요, 지가 중학교 가구로 쪼매만 도와주이소."

나는 칠이 벗겨진 산신 할배 석상 앞에 쪼그려 앉아 중얼거리다 잠이 들었다.

다음날 아침 집에 들어가니 어머니가 "우리 막둥이 어디 갔다 인제 오노, 온 동네를 다 뒤지며 찾았다"며 나를 와락 감싸 안았다.

"엄마, 나 중학교 가고 싶어."

나는 엄마 품에 안겨 눈물을 글썽였다.

"너 가베가 저리 백창호인데 내가 우짜겠노. 그란데 말이다."

엄마가 나 때문에 하도 답답해서 구석골 점바치 집에 갔단다. 나한테 어차피 공부 팔자가 있으니 제일중에 원서를 넣으라는 거였다.

"엄마, 아부지가 가라 해도 거기는 안돼. 시험 치면 떨어져."

"거기가 머시라꼬. 함 치보라메. 엄마는 우리 막둥이가 합격할 끼라 믿는데."

엄마는 나에게 생고구마를 깎아주며 빙그레 웃었다.

엄마가 밤새 아버지에게 무슨 베갯밑공사를 했는지 다음날 아침 아버지가 직접 읍내 제일중학교에 가서 원서를 넣고 왔다.

"우찌 해도 될 놈은 된다. 떨어지모 배 타면 될 끼고."

나는 운 좋게도 제일중학교에 합격했다. 시험 운도 있었지만 그해 제일중의 경쟁률이 예년보다 훨씬 낮았다. 산신 할배와 구석골 점바치의 영험도 있겠지만 엄마의 격려와 아버지의 묻지 마 원서 접수가 번쩍이는 '中'자 모표가 달린 모자를 쓰게 했다.

우리 초등학교에서 읍내 제일중학교에 진학한 학생은 성권이와 태호, 그리고 나와 말숙이 고작 넷뿐이었다.

성권이는 공부도 운동도 잘해 초등학교 중학교 내내 일등을 놓치지 않았고, 서울 명문고로 유학을 갔다. 열등감과 자존심으로 뭉쳐진 깡촌 촌놈인 나는 턱걸이로 들어간 중학에서 버둥다리치며 공부해 군내에서는 명문으로 인정받는 인문계 고등학교에 진학했다. 말숙이는 예쁜데다 공부도 잘해, 읍내 여고에 들어간 뒤에는 남학생들이 모두 다 동경하는 미스 여고로 인기를 누렸다. 태호는 실업종고에 진학했다. 태호는 뭐라 한마디로 규정할 수 없는 놈이었다. 굳이 가닥을 잡는다면 어리숙하면서도 염소처럼 꿈꾸는 듯한 눈을 가진 녀석이었다. 태호의 성격을 가늠할 수 없었던 것은 우리가 어려서 그를 제대로 인식하지 못했기 때문일 것이다.

하지만 우리는 열네살 때부터 오징어배를 타고 파도와 싸우며 울릉도와 속초, 양양으로 오르락내리락하는 달호에 비하면 너무나 행복한 학창 시절을 보내고 있었다. 달호도 공부에 대한 일말의 미련이 있어 무릎을 꿇고 아버지에게 말했단다.

"아부지, 지도 중학교 보내주면 효자될게요."

"니가 중핵교 보내주면 효재된다고? 니가 애비를 가지고 장난치

나. 에라이, 공씨마을에 효재 났다."

아버지는 달호의 책과 공책을 아궁이에 집어넣고 몽둥이질로 집에서 내쫓았다.

우리들은 말숙이와 함께 내남없이 자랐다.

눈 오는 겨울밤 아궁이 잿불에 청감자를 묻어놓고 뜨끈한 방 안에서 남녀 대여섯명이 모여 놀았다. 모두 이불 밑으로 다리를 넣고 무서운 이야기를 했는데 달호가 호롱불을 후 불어 껐다.

나는 유치한 귀신 이야기를 종작없이 이어갔다.

"그런데 갑자기 무덤가에서 허연 옷을 입은 처녀귀신이 나타나 울음소리를 내는데 으흐흐."

그때 말숙이가 이불을 확 걷어 젖히며 앙칼지게 말했다.

"불 캐라!"

태호가 성냥을 그어 호롱불을 다시 켜자 방 안이 거물거리며 밝아졌다.

"달호, 니 와 내 다리에 장난치노?"

"가수나야, 내가 운제. 내 아이다. 태호, 니가 그랬나?"

달호는 옆에 앉은 태호에게 눈을 꿈쩍이며 말했다.

태호는 가타부타 아무 말이 없었다.

"니는 또 태호한테 똥바가지 씌울라 카나. 도둑놈처럼 크고 거칠거칠한 니 발 모릴 줄 아나. 그걸로 내 다리에 꼼지락거린 게 어디 한두번이가!"

"아, 이 가수나가, 정말."

"머시마가 용기 있다모 좋으면 좋다 캐라. 그라모 내가 지금이라도 뽀뽀해주께."

달호는 말숙이의 말에 귀까지 벌게지며 기가 꺾였다.

어두운 겨울밤 함박눈이 내려 눈이 한자나 쌓여 있었다. 우리는 눈길을 헤치고 걸어오면서 눈싸움을 했다.

"자식아, 꼬롬하게 이불 밑으로 발가락이나 꼼지락거리고! 와, 좋다 카고 귀 잡고 뽀뽀하지?"

"나 나라. 말숙이, 반은 내 거다. 안 그라모 그동안 와 가마이 있었겠노. 종아리가 얼매나 말신말신한지 너거는 모릴 기다."

달호는 망신을 당하고도 뭐가 좋은지 떠벌떠벌 자랑했다.

말숙이를 좋아하던 나는 눈덩이를 단단히 뭉쳐 달호의 뒤통수에 정통으로 맞혔다.

"아이코. 언 놈이고."

나와 달호는 서로 뒤엉켜 씨름을 하며 눈밭을 뒹굴다 지쳤다. 눈밭에 누워 소같이 허연 입김을 내뿜으며 씩씩거렸다.

"그란데 말숙이가 고 더러븐 성깔만 고치모 얼마나 좋겠노."

달호가 멀리 눈덩이를 던지며 말했다.

"그래, 고 말은 맞다."

우리는 달호의 말에 언 손을 호호 불며 고개를 끄덕였다.

3

말숙이가 여고에 진학하면서 우리와도 왠지 서름서름하면서 뜨

악해졌다. 내가 말숙이와 가까워진 것은 읍내 교회당 덕분이었다. 나는 어릴 때부터 극성맞은 신도들을 싫어해 교회 가자고 할 때마다 "눈 깜아라 해놓고 신 도도키 가는데, 말로" 하고 번번이 퉁을 놓았다. 말숙이가 읍내 교회당에 다닌다는 말을 듣고는 "기독교가 큰 종교지. 빵하고 우유도 준다메?" 하며 태호 따라 예배당을 찾아갔다. 예배당은 연애당이라는 말도 있듯이 건물부터 세련미가 풍겼고 내외가 따로 없어 남녀가 만나 얘기할 기회가 많았다. 한 마을 출신인 태호와 말숙이와 같이 찬송도 부르고 분반 모임도 함께하면서 말숙이와 자연스레 친해졌다.

나는 노래를 잘하는 편이어서 교회 여학생들에게도 인기가 좋았다. 찬송 시간이 제일 재미있었으나 은혜로운 시간은 기도 시간이었다. 다소곳이 고개를 숙이고 기도하는 말숙이를 실눈을 뜨고 지켜보고 있으면 욕정으로 더럽혀진 내 영혼이 정화되는 느낌이었다.

주일학교 선생은 기도 시간에 신앙의 확신을 주기 위해 자주 물었다.

"여러분은 예수님을 사랑합니까?"

"아멘!"

'나는 말숙이를 사랑합니다.'

아멘 뒤에 나는 반드시 이 뒷말을 붙였다. 발화하지 못한 나의 뒷말은 오직 하느님만이 아실 것이다.

지금 생각해도 얼굴이 붉어지지만 짧은 봄방학이 있던 어느날 나는 말숙이와 함께 고향 뒷산에 올라가 함께 노래를 불렀다.

"봄이 오면 산에 들에 진달래 피네. 진달래 피는 곳에 내 마음도 피어.”

내 생애 가장 아름다운 목소리로 가곡을 불렀다. 노래를 부른 뒤 슬며시 말숙이 손을 잡았는데, 까칠하기로 소문난 말숙이가 가만히 있었다.

“목련꽃 그늘 아래서 베르테르의 편지를 읽노라.”

말숙이의 손을 잡은 채 감미로운 노래를 한곡 더 부른 후 춘정에 못 이겨 말숙이에게 키스했다.

눈앞에 불이 번쩍했다. 말숙이가 내 뺨을 철썩 갈겼던 것이다.

“이라자고 여 오자 캤나?”

“옛날부터 니 좋아했는데. 니, 내 안 좋아하나?”

“우리는 그양 동네 친구다. 절대 뽀뽀는 안된다, 알겠제?”

말숙이는 내 뺨을 너무 세게 때려 미안했는지 누나처럼 내 머리를 쓰다듬었다.

“차라, 마.”

따귀를 맞은데다 아이 취급당하는 것에 자존심이 상해 혼자 하산하고 말았다.

갈매기가 끼룩끼룩 우는 바닷가 선술집에서 달호와 태호를 불러 동동주를 동이째 퍼마셨다.

“그기 말이가 말뚝이가. 아, 죽고 싶다. 말숙아, 말수가아.”

술기운에 감정이 증폭된 나는 바다에 뛰어들려고 선창가로 뛰어나갔다.

“아이고 쪼다. 그래 빠져 죽어라. 아이, 그런데 저 새끼가 정말.”

동동주에 취해 내가 바다에 풍덩 뛰어들자 둘도 뛰어들어 파도

속에서 나를 간신히 건져냈다. 선창가로 간신히 밀어올렸는데 내가 또 뛰어들려 하자 둘이 어구 줄로 내 몸을 말목에 묶고 생굿을 했다.

"정신 챙기라. 욱하다가 참말로 죽는대이."

태호가 파도 치는 바다에서 기어 올라오며 말했다. 원래 술을 못 이기는 체질인 나는 어구 줄에 묶인 채로 고개를 숙이고 토하며 끅 끅거렸다.

토사물을 쏟아낸 뒤 좀 진정이 되자 태호가 몇번이나 다짐을 받고 얼키설키 묶었던 줄을 풀어주었다.

"아이고, 말숙이가 사람 잡네."

물에서 나를 붙잡고 사투를 벌이던 달호는 숨을 헐떡거리며 모래밭에 누웠다. 물귀신이 된 우리 셋은 바닷가 모래밭에 나란히 누웠다.

"말숙이는 니를 아처럼 가지고 논다. 내한테 넘가라, 마."

"말숙이가 물거이가. 니한테 넘구구로."

"안 그래도 절반 이상 넘어온 아라. 그건 글코 내가 발동선을 타고 시모노세끼에 갔는데 말이다."

"아, 씨펄 그노무 시모노세끼 얘기 좀 고마해라."

말숙이 때문에 세상만사가 귀찮아 죽어버리고 싶은데 달호는 옆에서 약만 슬슬 올리고 있었다.

복어 열동(한동은 1000마리)을 싣고 시모노세끼에 들어가 홍방에서 작부하고 놀다 복어 한동을 도둑맞았다던 얘기다. 달호 얘기는 다분히 과장되어 얘기할 때마다 스토리가 달라졌다. 처음엔 일본의 홍방거리에서 술 한잔 먹는 새에 복어 한동을 도둑맞았다더니 어느닷 작부가 등장하고 급기야 그 작부를 정복하고 복어도 찾고 왜놈 홍방에 불까지 싸지르고 도망온 애국 스토리로 변했다.

우리 셋이 별밤을 이불 삼고 바닷가 모래밭에 누워 잔 그해 여름 방학이 끝나고 개학 때였다. 엉뚱하게도 태호와 말숙이가 서로 좋아하는 사이라는 소문이 우리 마을에 짜하게 퍼졌다. 둘이 읍내고 마을이고 손잡고 싸돌아다니는 모습을 봤다는 것이다.

"야, 인마. 빨리 내 따라온나. 두 연놈이 지금 뉴욕빵집에 있다."

달호가 숨을 헐떡거리며 읍내 자취방으로 찾아왔다. 나는 달호를 따라 읍내 사거리 뉴욕빵집으로 달려갔다.

"보이제. 조 가시나가 입에 찹쌀모찌 넣어주는 거. 우리 둘은 이때까지 헛물켰던 기라. 아, 방구리 같던 가시나가 말만 한 처자가 되더니 뒤로 호박씨 까고 자빠졌네. 그런데 태호, 저놈을 내가!"

다짜고짜 쳐들어가려는 달호를 내가 말렸다. 빵집 주인이 진열장 유리창에 붙어 있는 우리 둘을 보고 "빵을 안 살 거면 가라"고 빵 써는 큰 칼을 들고 나왔기 때문이었다.

현장을 목격한 달호는 우리를 배신하고 말숙이를 만나는 태호를 응징해야 한다며 난리를 피웠다. 하지만 태호는 옛날의 어리숙한 태호가 아니었다. 고등학교 들어가서 땟물이 벗겨지더니 키도 커지고 몸은 운동선수처럼 짱짱해졌다. 하늘 높은 줄 모르고 자꾸 옆으로 빵빵해지는 달호와 맞짱을 떠도 지지 않을 정도로 몸이 좋아 보였다.

우리는 며칠 후 태호를 읍내 천변거리 왕대포집 앞으로 불렀다. 태호는 우리를 보더니 반갑게 웃었다.

"오랜마이다."

"비겁한 새끼. 말숙이하고 빵집에서 만나는 걸 이 눈까리로 똑똑히 봤다. 둘이 무슨 관계고. 바린 대로 말해, 씨팔아."

달호가 태호의 얼굴에 주먹을 날리며 목을 잡고 벽으로 몰아붙였다. 태호가 달호를 메어치자 머리에 쓴 군용모자가 홀렁 날아갔다. 둘이 엉켜 붙어 싸우자 나도 덩달아 끼어들었다. 우리 셋은 서로 뒤엉켜 치고받고 싸우다가 지나가는 예비군들의 제지로 떨어졌다.

태호가 맞아 떵나발이 된 입술로 말했다.

"일단 술집에 들어가 얘기하자."

우리는 왕대포집에 들어가 소주에 어묵탕을 시켰다.

"내가 너거들보다 먼저 말숙이를 좋아했다."

태호는 소주를 털어 넣었다. 어릴 때부터 태호는 말숙이를 짝사랑해 조용하고 은밀하게 말숙이 주변을 맴돌았다. 우리들이 말숙이한테 짓궂게 장난치는 걸 지켜보며 속도 많이 상했다고도 했다. 내가 예배당 가서 기도 시간에 말숙이를 지켜보는 거, 뒷산에 올라가서 뺨 맞는 것도 숨어서 봤다고 했다. 요즘 말로 하면 스토커인 셈이다.

"하, 니 진짜 또라이네."

달호와 나는 기가 막혔다. 태호 말이 거짓말 같기도 했지만 태호 집이 바로 말숙이 뒷집이라 맘만 먹으면 가능하리라 생각했다.

"말숙이가 누구를 좋아했는지 아나?"

말숙이가 좋아한 아이는 성권이라는 것이다. 둘은 은밀하게 사귀었는데 밤늦게 읍내 영화관에 같이 가고, 몰래 서울에 다녀온 적도 있다는 거였다.

한데 지난 초가을 밤에 서울에서 성권이가 갑자기 내려와 마을 당수나무 아래서 말숙이와 다퉜다. 말숙이가 헤어지자고 뿌리치는 성권이를 붙잡고 울고불고 매달리며 난리를 쳤다. 그 일이 있은 후 말숙이는 학교도 그만두고 교회도 안 나가고 맨날 집에만 들어박혀 있는 듯했다.

그런데 우연히 읍내에서 말숙이를 보았다. 비는 부슬부슬 오는데 말숙이가 우산도 없이 넋이 나간 채 천변 길을 걸어가고 있더라는 거였다.

"말숙이를 마주친 것이 저 길이라니까."

태호는 왕대포집 창밖으로 보이는 천변 길을 가리키며 말했다.

태호는 말숙이에게 우산을 씌워주고 함께 걸었다. 둘은 말없이 걷고 걸어 바닷가에 닿았다. 비가 부슬부슬 내리는 바닷가에는 갈매기 떼가 앉은 파도가 기슭을 핥고 있었다.

"바다와 파도한테 미안타. 갈매기와 바닷바람한테도."

"무신 소리고?"

"영원히 친구 하자고 약속하고 여기 왔거든. 니한테는 고맙다. 오늘 내 곁에 있어줘서."

우리는 태호의 이야기를 들으며 서로 욕을 하고 울다 웃었다. 왕대포집 주인이 어묵 국물만 축낸다고 욕을 하며 문을 닫을 때에야 우리는 일어섰다.

개천을 따라 올라오는 바닷바람은 비릿했고 하늘에 별들이 총총했다.

"아, 언 놈은 아까지 배게 하는데 나는 말숙이를 상상하매 째가 빠지게 용두질이나 하고. 세상 참 더럽다 더러버. 니기미, 더운물이나 빼자."

달호가 담배를 물고 천변에서 군복 바지 단추를 깠다. 우리 셋은 나란히 독한 담배를 물고 천변에서 오줌을 갈기고 몸을 떨었다.

"왕대포집 얘기는 무덤까지 가지고 가는 기다."

태호가 담배를 개천에 던지며 말했다.

그해 겨울방학이 끝나고 우리들은 각자 고향 마을을 떠나 뿔뿔이 흩어졌다. 달호는 오징어배를 타고 속초로 올라가고, 나는 이모부의 소개로 서울 구로공단 L제과회사에 품질을 관리하는 사무직으로 취직했다. 성권이는 서울 유명학원에서 재수한 끝에 S대에 들어갔다.

태호는 졸업하자말자 사귀던 말숙이와 함께 고향 마을을 떠나 북쪽 강원도로 이사를 갔다. 나와 달호 말고는 태호가 태어난 아이에게 당당하게 공씨 돌림인 '권' 자를 준 물밑 사연을 몰랐다. 명태잡이 원양어선을 타고 멀리 깜차까로 오가며 돈을 모은 태호는 몇 년 후 낡은 배 한척을 사서 고향 마을에 나타났다.

4

'달호는 지금쯤 장례식장에 도착했겠지.'

법무사 사무실에서 생각보다 일찍 나와 딱히 갈 데도 없어 집 근처 영화관을 찾았다. 영화를 좋아하긴 하지만 젊은 날의 열정은 사라지고 웬만히 자극적인 영화가 아니면 끝까지 보지 못하고 졸다 나오기 일쑤였다. 입맛도 떨어져 티켓 값에 비교해 자주 포기하곤 했던 팝콘이나 오징어구이도 시들해진 지 오래다. 하긴 출출하면 라면 한개 반을 꼭 끓여먹던 식욕도 사라지고 이젠 한봉지로도 부대끼는 느낌이다. 열정이 식은 것이다. 뭐랄까, 물에 술 탄 듯 술에 물 탄 듯 흐릿한 놈이 되었다. 젊은 날에는 말숙이에게 키스했다 따귀까지 맞았던 열정이 있었지만, 그렇다, 열정 넘치던 이십대 후반 복승호의 납북사건으로 마치 소의 태반 빠지듯 뱃심이 다 빠져버렸다.

'복승호가 납북만 안되었으므, 내 인생도 달라졌을까.'

오징어배 복승호의 납북사건이 신문에 났을 때 나는 작은형과 태호, 달호 등 친구들이 죽지 않고 북에서라도 살아 있다는 소식에 뛸 듯이 기뻤다. 신문에 나기 석달 전 복승호가 동해 북방에서 오징어조업을 하다 태풍을 만나 승선한 어부 전원이 실종되었다. 복승호의 조각난 파편이 속초 해안가에서 발견되었다는 신문보도도 있어 달호 아버지처럼 성급한 사람은 실종된 날을 달호의 제삿날로 삼고 가묘까지 만들어놓았다.

"심도 천하장사고 옛날에 태어났으므 암, 장군감이지."

달호 아버지는 군에 못 간 달호가 평소 즐겨 쓰던 군모와 군복, 군화 따위를 땅에 묻고 한줄기 눈물을 흘렸다.

북방한계선, 어로저지선, 어업통제선, 어로한계선 등 이름만 들어도 머리가 어지러운 바다 DMZ에서 한해에만 우리 어선 수십척이 북한 경비정에 의해 나포되곤 했다. 대부분 배와 어부들은 순조롭게 돌아와 다시 조업을 시작했다.

생존 소식의 기쁨도 잠시, 송환이 육개월이 지나도 안되는데다 전원 송환이 힘들다는 말에 가족들이 사방팔방으로 뛰었다.

"괴뢰군에게 납치된 복승호를 조속히 송환하라!"

"납북된 어부를 전원 송환하라!"

납북어부 가족들은 반공궐기대회에 참석했다. 국회의원 보좌관을 하던 성권이도 복승호 송환이 지역민원 일번이라며 조기 송환에 힘을 보탰다.

우리들의 송환 요구 때문인지 복승호를 탄 작은형과 달호, 태호 등은 납북된 지 열달 만에 판문점을 거쳐 귀환했다. 어부들은 고향집으로 곧바로 돌아오지 못하고 속초체육관으로 가서 한달간 경찰 조사를 받았다. 작은형과 달호, 곰치 등 대부분의 어부들은 몽둥이 세례를 당해 얼굴이 팅팅 붓거나 뼈가 골절된 채로 한달 만에 풀려났지만 태호만이 체육관을 나오지 못했다.

"공태호, 요놈 솔솔 냄새나지 않나?"

대공경찰들은 복승호 선장에다 북한에서 납북어부의 대표를 맡았다는 이유로 태호를 체육관에서 속초경찰서로 넘겼다. 속초경찰서는 남산의 중앙정보부로, 중정은 다시 대방동 미군부대로 넘겼다. 태호는 넘겨질 때마다 고문을 당해 몸은 짙은 가짓빛으로 물들어갔다.

서울의 구로공단 중견기업인 L제과에 취직해 품질반장으로 안정적인 직장생활을 하던 나에게도 복승호의 여파가 밀려왔다.

어느날 형사 둘이 참고조사를 하겠다며 회사 총무실로 찾아왔다. 한명은 찐빵같이 우스꽝스럽게 생겼고, 한명은 형사라기보다 정류장마다 붙어 있는 수배자 몽타주 그 자체였다.

"태호는 약간 남는 아암더. 평소에는 가만있다가 일이 생기면 엉뚱하게도 좀 오바하는 편이고요."

"그럼 전태일 같은 놈이겠네."

찐빵은 볼펜 똥이 새어나오는 모나미 볼펜과 참고인 진술서를 내밀었다.

나는 온몸에 휘발유를 끼얹고 분신했다는 전태일 이름이 나오자 화들짝 놀라 손사래를 쳤다.

"태호, 가는 절대 그런 사람이 아이입니더."

"가는 말이 고우면 오는 말도 고와야지. 이 새끼가 잘해주니까 살살 기어오르려고 해? 니가 비협조적으로 나오면 네 작은형이 들어가, 짜샤."

몽타주가 책상에 놓인 검은 서류철로 머리를 탁탁 쳤다. 작은형이 감옥에 들어간다는 말을 듣자 거의 정신줄을 놓았다.

"잘못했심니더."

"참고인 진술서 이거 암것도 아냐. 자유롭게 적어봐."

두 형사가 조를 맞춰 조사하고 간 뒤 사장이 나를 사장실로 불렀다.

사장은 펠리컨처럼 불룩한 턱 주름을 손으로 문지르며 액자를 쳐다보았다.

"저게 '근주자적(近朱者赤)'이라는 유명한 일충 선생의 글씨야. 빨간색을 가까이하면 자기도 모르게 빨갛게 된다는 뜻이지. 그 형사 둘, 거마비 댄다고 조금밖에 못 넣었어."

사장은 퇴직금 봉투와 함께 작은 성의라며 껌 한박스를 내밀었다.

껌을 질겅질겅 씹으며 회사 문을 나왔다. 쉽게 일자리를 얻을 것이라 생각했는데 껌 한 박스를 다 씹을 때까지 그 넓은 공단 어디에도 마땅히 취업할 데가 없었다. 그전까지 만나던 애인 덕에 첫사랑의 상처를 달래고 있었는데, 그마저도 파투가 났다.

태호는 수산업법과 반공법 위반으로 징역 3년을 선고받았다.

"어부들이 북한에서 입도 뻥끗 몬할 때 송환하라고 앞장선 사람이 태호였는데."

달호가 태호의 구속 소식을 듣고 분개했다. 태호의 구속 소식이 내가 써준 진술서 때문은 아닌가 싶어 찜찜했으나 태호에 대한 미안함은 이내 사라졌다. 태호 때문에 난 직장도 잃고 애인도 잃었으니까.

"생각 같아선 다시 월북이라도 하고 싶다. 우리 어디 멀리 가서 안 살래?"

달호는 북한에 갔다 오고 난 뒤 감시가 붙어 배를 탈 수가 없다며 서울에 올라와 막노동을 하고 있었다. 작은형도 일찌감치 배 타는 걸 포기하고 태백탄광에 광부로 갔다.

"그라자."

구로공단에 내 이름이 들어간 블랙리스트가 돌아 취업이 어려운 거라는 생각에 달호와 함께하기로 했다. 우리는 동해안을 따라 최남단 부산으로 내려왔다.

5

영화관 객석에서 자고 있는데 관객들이 일어나고 스크린에는 엔
딩 크레디트가 올라가고 있었다. 광고를 보면서 졸기 시작해 영화
한편을 고스란히 눈 감고 보았다. 휴대전화에는 달호의 전화번호가
열통도 넘게 찍혀 있었다.

'시바ㅁ, 안 오머ㅑ 니해구 칭구 안ㅎ 한다!!!'

술에 취해 어지럽게 쓴 문자가 나의 뒷골을 잡아당겼다. 영화관
에서 나왔는데도 아직 해가 떨어지지 않았다. 집으로 가 차를 몰고
동해안 고향 마을로 올라갔다. 평생을 같이한 유일한 친구가 장례
식에 불참했다고 관계를 끊지는 않겠지만, 이걸 핑계로 여생을 잔
소리할 것 같았다.

차창으로 저녁놀에 물든 풍경들이 뒤로 끊임없이 흘러가며 옛
기억을 불러냈다. 복승호 납북사건 때문에 고향과 멀어지고 심리적
인 거리도 멀어진 것이 사실이다. 부산으로 내려온 달호는 남포동
갈비집에서 "어섑쇼" 하는 인사하는 일부터 냉면집, 구두딱쇠, 술
집 웨이터까지 무수한 직업을 전전하다 함안으로 가 농사를 지으
면서 정착했다. 나는 딱히 직업을 전전했다기보다 중학교 합격처럼
뭔가 요행을 바라며 인생을 낭비했다. 신발공장 사무직으로 취직해
낮에는 일하고 밤에는 공무원 시험 책들을 뒤적거렸다. 몇번이나
낙방을 먹은데다 신발공장이 문을 닫는 바람에 공무원의 꿈도 접
었다. 인쇄 골목에 있는 출판사에서 직원으로 일하며 중년의 고시

라는 공인중개사 시험이나 볼까 싶어 신둥건둥 지내다, 십년 전 구청 계약직 공모를 보고 응시해 그나마 상대적인 안정을 찾았다.

밤늦게 도착한 군 의료원의 장례식장 복도에는 화환이 하나도 없었다. 유족들이 화환과 부의를 일절 사절하기로 했다는 것이다. 빈소로 들어가 환하게 웃고 있는 태호의 영정에 절하고 상주가 된 큰아들과 맞절을 했다.

나도 모르게 상주의 얼굴을 살피며 죽은 태호의 흔적을 찾았다.

"니가 민권이 맞제?"

상주의 얼굴을 보는 것만으로도 왠지 죄를 짓는 것 같았다.

"아재 얘기는 아버지한테 많이 들었습니다."

"훤칠한 게 꼭 너 아빠를 닮았구나. 경황 중에 힘들겠지만 마음을 다잡아라."

상주를 위로하고 빈소 옆 접객실로 들어가니 악상인데도 사람들이 북적거리고 낯익은 얼굴도 많이 보였다. 접객실 한가운데 앉아 술에 취해 떠들고 있던 달호가 나를 보더니 큰소리로 말했다.

"인제 오나. 안 오면 영영 안 볼라고 했대이."

재잘랑이, 얍실이, 해찰이, 곰치, 새침데기, 얌전이, 어릴 때부터 알던 고향 친구들이 모두 모여 앉아 얘기를 나누니 오랜만에 마음이 누긋해졌다.

태호를 때리고 도망간 폭력배가 잡혀 태호가 계단에서 굴러떨어진 이유가 밝혀졌다.

태호가 시내 밤길을 가고 있는데 술 취한 폭력배들이 여자 한명을 두들겨 패고 있었다.

"무슨 행패들이오. 그만하시오."

태호는 그냥 지나치지 못하고 폭력배들을 꾸짖었다.

"뭘 건방진 똥덩어리야? 가던 길이나 그냥 가시지."

태호가 맞고 있던 여자의 손을 잡고 일으키자 한 놈이 따귀를 때렸고 다른 놈들도 우르르 달려들어 주먹질하고 발로 차며 태호를 집단 구타했다. 그 틈을 타 여자가 달아나버리자 폭력배들은 화가 머리꼭지까지 돌았다.

"니가 도망간 가시나 값 물어내라, 이 오줄없는 새끼야."

"당신들, 이렇게 살아선 안돼! 경찰에 신고할 거야."

"×도 아인 게 훈계하고 지랄이야. 그래, 지금 당장 경찰에 신고해라, 개새끼야."

폭력배 중 하나가 태호의 멱살을 잡고 흔들다 뒤로 밀었다. 바로 뒤는 지하 스탠드바로 내려가는 깊은 계단이었다. 태호는 계단으로 굴러떨어져 뇌진탕으로 허망하게 즉사했다.

"역시 태호다운 죽음이야. 알고 보니 악상이 아니고 호상이네. 자, 한잔들 마시라."

달호가 술잔마다 술을 따르며 말했다.

태호는 말숙이와 슬하에 이남일녀를 두고, 야간대학에 진학해 박사학위까지 받고 환경운동에 일찍 눈을 떴다. 환경이란 말조차 생소했던 그 시대에 동해안 원전 건설에 반대하고, 동해안 심해에 무단 투기되던 핵 쓰레기를 고발했다. 그의 운동은 순조롭게 진행되지 않았다. 태호는 국회의원 성권이와 건건이 부딪치며 좌절했다.

"글마는 이북 갔다 온 미친 빨개이 새끼 아이가."

성권이는 입버릇처럼 말했다.

서울이면 몰라도 개발이 시급한 낙후지역에서 환경운동은 성권이 아니더라도 '미친 빨개이' 취급을 받았다. 그러나 세월이 흘러 점점 환경운동이 부각되자 성권이도 지난 선거 공약에 '노후원전 가동 중단'을 어쩔 수 없이 집어넣었다.

태호도 배타적인 환경운동만으로는 한계를 느끼고 녹색운동연합을 만들어 지역에 맞는 지속가능한 정책 개발로 성권이와 맞섰다. 최근에는 진보정당에서 영입하려는 움직임도 있었다고 했다.

"정치고 나발이고 태호가 성권이를 이기는 거, 꼭 한번 보고 싶었는데."

어제부터 술에 취해 있는 달호가 흡연실에서 담배를 피우며 중얼거렸다. 심정으로야 나도 마찬가지지만 달호의 주정에서나 가능한 희망일 뿐, 불가능한 현실이었다.

바깥 주차장에서 요란한 소리가 들려왔다. 성권이가 보좌관들과 일군의 무리들을 이끌고 조문하러 온 것이다. 검은 양복을 맞춰 입고 영정 앞에서 일사불란하게 절을 하는 모습이 마치 보스를 모시고 있는 조직폭력배 같았다.

"고인은 우리 고장을 지킨 수호신 같은 존재였는데 안타깝네요."

성권이는 상주와 유족들에게 일일이 위로의 말을 전했다.

얼굴이 뻔뻔하고 비위가 좋은 성권이는 접객실로 들어와 내남없이 소주잔을 기울이며 태호와의 어린 시절 추억담을 얘기했다. 고향 친구들 중 성권이를 반기는 치들도 많았다. 성권이는 고장의 개발을 주도했고 그 과정에서 이런저런 이해관계로 얽혀 있기 때문이리라.

성권이는 나를 뒤늦게 발견하고는 가까이 오라며 손짓했다. 나는 쭈뼛거리다 일어나 성권이 맞은편 자리에 앉았다.

"니 얼굴 잊어먹을 뻔했다. 고향에 몇년 만이고?"

우리는 이런저런 유년 시절 이야기를 나누며 술잔을 기울였다.

"그래, 평당 오십으론 성이 안 차더나?"

"아이다."

한가닥 실낱같은 희망이던 태호도 죽은 마당에 무슨 수로 땅을 찾겠는가. 나이는 같아도 항렬로는 '수' 자 다음 '권' 자로 조카뻘인데도 어릴 때부터 성권이 앞에만 서면 할 말을 잃고 주눅이 들었다.

"나도 최근에야 땅이 그래 됐다는 걸 알았다. 사실 내한테는 그거 껌값도 안된다는 거 알제."

"하모."

원체 종갓집 땅이 엄청나게 많은데다 국회의원에 재선하는 동안 재산을 증식해 학교재단에다 공장부지, 임야까지 합하면 땅만 해도 오십만평이 넘는다는 소문이었다. 잘라먹은 내 땅 열평이야 코끼리 코에 비스킷도 안된다.

"마, 두배로 쳐주께. 이 번호로 계좌번호나 찍어줘라."

성권이의 명함에는 금박으로 찍힌 무궁화 문양에 국회의원 공성권이라는 이름이 크게 박혀 있었다.

"한번씩 올라온나, 고향의 발전상도 보고."

그때 바로 뒤에서 술기운이 확 끼쳐왔다. 만취한 달호였다.

"공의원, 니가 폭력배를 보내 태호를 죽인 거 맞제? 시펄, 다음에 공태호가 국회의원에 나와 널 이길 거 같으니까 말이다."

"달호야, 니 술 마이 취했구나. 마, 말 같잖은 소리하지 말고 꺼져라."

성권이는 만취한 달호를 상대하기도 귀찮은 듯 손등으로 물리쳤다.

"이 새끼가 아재한테 버릇없구로."

달호가 성권이 앞에 있는 술상을 발로 걷어찼다. 벌건 소고기국과 초장, 된장 종지가 성권이 앞으로 엎어지면서 성권이의 흰 와이셔츠에 튀었다. 보좌관들과 고향 친구들이 우르르 일어나 난동을 부리는 달호를 제압해 밖으로 데리고 나갔다.

"아, 저 또라이 새끼! 꼭 나만 보면 개×같은 성질을 부리네."

성권이도 참지 못하고 욕을 했다. 바로 옆에 앉은 비서는 물수건으로 성권이의 옷에 묻은 얼룩을 닦아내며 어쩔 줄 몰라 했다. 성권이는 점잖은 체면에 욕을 해서 민망한지 애써 표정 관리를 하며 서둘러 빈소를 빠져나갔다.

검은 상복을 입은 말숙이가 걸레를 가져와 닦으며 난장판이 된 장례식장을 수습했다. 사실 장례식장에 들어오면서부터 곁눈질로 말숙이를 찾았지만 보이지 않았다. 말숙이가 행주로 상을 닦으며 말을 걸었다.

"참 오랜만이네."

"달호, 절마. 와 술떡이 되어 이리 난장판을 만드노."

말숙이의 눈길을 피하며 딴청을 부렸다.

"잘했지, 뭐. 천장에 뱀 든 거 같더만 잘 쫓아냈다. 속이 다 시원하네."

"우쨌든 태호가 그리 돼가 안됐다."

내 옷에도 튄 얼룩을 물수건으로 닦으며 남 말하듯 했다.

"좋은 사람이었는데 다 내 팔자지, 뭐. 아직 혼자 산다며?"

말숙이는 나를 슬쩍 보며 말했다. 피하고 싶은 눈길이었다. 성권이도 복승호도 아니고, 말숙이의 저 눈길을 마주하기 힘들어 장례식장에 오기를 망설였다. 만나던 여자에게도 차이고 일정한 직업도 없이 결혼을 차일피일 미루다보니 혼기를 놓치고 말았다.

"그래도 고운 얼굴은 여전하네."

"남편 상 자리에서 별소리를 다 한다."

"……"

"한호, 니 내한테 할 말이 많제?"

말숙이가 고개를 숙여 물걸레질을 하다 나를 상그레한 눈길로 쳐다보았다.

"지나간 옛말, 하모 머하노."

그때 괴성이 들리고 달호가 다시 빈소로 들어왔다. 문상객들이 달호에게 고함을 쳤고 나는 황급히 달호를 붙들고 밖으로 나갔다.

6

다음날 새벽 심한 코골이 소리에 잠이 깨었다. 달호가 옆 침대에서 드르렁 코를 골면서 대자로 뻗어 자고 있었다. 상주 민권이가 잡아준 장례식장 인근 모텔이었다. 달호를 내버려두고 모텔에서 나와 부산으로 차를 몰았다.

뱀처럼 구불구불한 해안도로를 따라 천천히 달리다 '동해가든' 간판을 보고 도로가에 차를 세웠다. 건물 전체를 새로 리모델링한 듯 아침 햇빛에 통유리창이 반짝였다. 하얗게 칠해진 물결 문양의 철제 펜스는 그 끝마저 내 땅으로 휘어져 있었다. 잡초가 우거진 땅에는 군데군데 쓰레기들이 버려져 있고, 해안 끝에는 반쯤 허물어진 옛날 시멘트 초소가 여전히 남아 있었다. 무너진 초소 벽에 기대앉아 담배를 꺼내 물고 바다를 보았다. 멀리 고향 앞바다의 돌섬이 보이고 오가는 배들과 냉동창고도 보였다. 성권이는 70, 80년대 개발시대에 물려받은 종갓집 논을 불도저로 밀어버린 뒤 수산물 가공공장을 세우고 해변가에는 횟집과 가든을 열어 큰돈을 벌었다.

"사실 내한테는 그거 껌값도 안된다는 거 알제."

"한번씩 올라온나, 고향의 발전상도 보고."

성권이의 말이 두서없이 떠올랐다.

나 자신에게 던져진 모멸감을 지우기 위해 동해가든의 펜스를 발로 툭툭 찼다.

"꽁주사, 이제부터 좀 사는 것처럼 살아봐!"

펜스를 밀어붙일듯 발로 차다가 담배꽁초를 동해가든 마당에 던지고 차에 올랐다.

해안 국도를 버리고 고속도로로 진입하자 맑던 하늘이 어두워지더니 그예 비가 내리기 시작했다. 차들이 전조등을 켜고 거북이 운행을 시작했다. 나도 전조등을 켜고 와이퍼를 작동시켰다. 차창에 희끄무레한 물체가 비치는 듯했다. 병원 앞에서 한 여학생이 비를 맞으며 누군가를 기다리는 듯한 모습을 와이퍼가 지웠다 비쳤다를 반복했다.

말숙이는 태호와 만나기 전 나를 먼저 찾아왔었다. 텅 빈 교회당에서 말숙이는 십자가 상 앞에서 고개를 숙이고 기도하고 있었다.

"한호야."

말숙이는 나를 보자 눈물을 왈칵 쏟아냈다. 말숙이는 성권이의 아이를 임신한 사실을 눈물로 고백했다. 말숙이의 충격적인 이야기에 마음이 혼란스러워 팔짱을 끼고 높은 교회 천장만 바라봤다. 말숙이는 고민 끝에 성권이 집인 종가댁을 찾아갔었다. 성권이 어머니는 말숙이에게 온갖 더러운 욕을 퍼부어댔고 성권이 아버지는 말숙이를 꿇어 앉혀놓고 근엄하게 장죽을 입에 물었다.

"우리 마을은 공자님의 후손인 곡부 공씨 마을로, 예로부터 도덕을 생명처럼 여기고 살았다. 한데 네가 마을의 풍속을 어지럽혔다는 것은 온 동네가 알고 있다. 어디서 애비도 모르는 아이를 임신해와 앞길이 창창한 우리 아들에게 누명을 씌우려는 겐가."

성권이 아버지는 "조용히 아이를 지우고 다시는 종갓집에 오지 마라"라고 호통하곤 수술비에 약간의 돈을 얹어주고 말숙이를 내쫓았다.

철없는 여고생이 어떻게 거대한 종갓집을 상대하겠는가.

"내일 내 곁에 있어줘."

말숙이는 무서우니 보호자로 산부인과에 함께 가달라고 나에게

도움을 요청했다. 나는 혼란스러운 감정을 간신히 수습하고 다음날 읍내 산부인과 병원 앞에서 만나자고 했다.

"고마워, 너에게 정말 미안해."

말숙이는 눈물을 흘리며 말했다.

하지만 난 다음날 가지 않았다. 아니, 그곳에 가긴 했지만 담벼락 뒤에 숨어서 지켜봤다. 말숙이는 부슬부슬 비가 내리는 병원 문 앞을 서성거리며 간절한 눈빛으로 나를 찾았다. 나의 뺨을 때리고 누나같이 굴던 모습은 온데간데없고 비에 젖은 한마리 작은 참새처럼 날갯짓을 파닥이며 구원을 요청하고 있었다.

말숙이는 그렇게 비를 맞고 기다리다 병원으로 들어가지 않고 바다로 난 천변 길로 걸어갔다. 죽으러 갈 것 같다는 예감이 들었으나 배신감이 끝내 나의 발목을 붙잡았다.

그때 말숙이는 혼자 얼마나 두렵고 당황스러웠을까. 병원 앞에서 두리번거리며 나를 찾던 애틋한 눈빛도 내 눈 안에서 섬망처럼 반짝였다. 그후로 난 말숙이의 진정성에 대해 복잡한 감정을 소모하며 살아왔다. 되돌아보면 내 삶에 내가 속으며 살아온 것이지 말숙이는 단 한번도 나를 속이지 않았다.

빗줄기가 갑자기 굵어지고 와이퍼가 바쁘게 움직이기 시작했다. 굵어지는 빗방울에 태호의 발인이 걱정되었다. 태호의 뼛가루는 그가 사랑한 고향 바다에 뿌려질 것이다.

그날 태호가 천변 길에서 말숙이를 우연히 만난 것인지, 말숙이의 뒤를 밟아온 것인지는 알 수 없다. 그가 죽기 전까지 꿈꾸었던 세상이 무엇인지도 모른다. 하지만 태호는 내가 외면한 말숙이의 간절한 눈길을 거두고 두 생명을 살리고 간, 약간 남는 놈인 것만은 확실하다.

외동터널로 진입하는데, 내비게이션으로 사용하는 휴대전화에 문자메시지가 도착했다. 계좌번호를 찍어달라는 성권이의 문자였다.

돈은 못 받아도 좋다. 패소하더라도 내 마지막 남은 작은 자존심을 찾을 생각이다.

긴 외동터널을 빠져나오자 밖이 훤하게 밝아졌다. 터널 저쪽에서 마구 쏟아지던 비가 희한하게도 산 너머 이쪽에는 내리지 않았다. 검은 구름 사이로 푸른 하늘이 언뜻언뜻 비치고, 정체되었던 도로도 상행 하행 시원하게 뚫렸다.

상 밑에서 걸레질을 하다 마주친 말숙이의 상그레한 눈길이 떠오른다.

"한호, 니 내한테 할 말이 많제?"

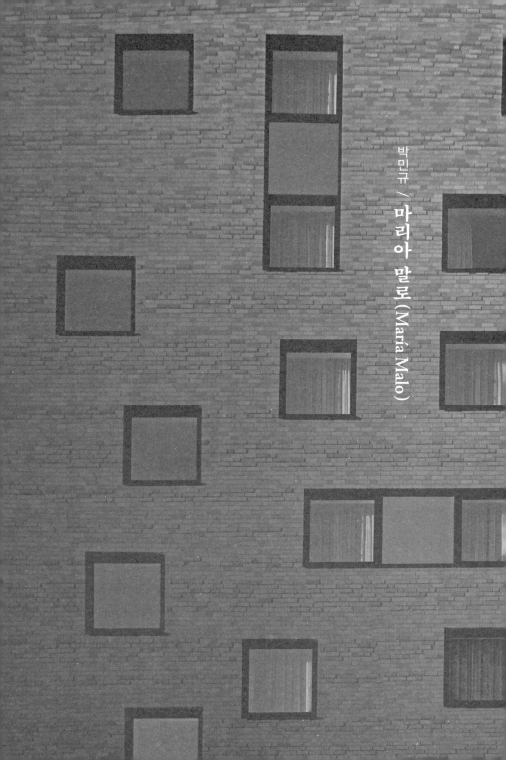

박민규 / **마 리 아 말 로**(María Malo)

1668년 9월 13일. 베라끄루스 – 쎄비야*

그녀, 마리아가 갑판으로 나온 것은 오랜만의 일이었다. 눈이 부셨다. 쏟아지는 햇살 속에서 거대한 물고기 같은 바다가 등을 꿈틀이며 자신의 비늘을 뒤척이고 있었다. 의심할 여지 없는 순은(純銀)의 비늘이었다. 지금 잔잔히 불어오는 이 훈풍이 마치 신의 입김 같다고 그녀는 생각했다. 지난 사흘 겪었던 격한 풍랑과... 이것이 마지막 난관일 거라던 로드리고 선장의 말도 떠올랐다. 구원의 현장

---

* 베라끄루스(Veracruz)는 멕시꼬 동부 멕시꼬만에 위치한 항구도시이다. 1519년 스페인의 정복자 에르난 꼬르떼스가 처음으로 발을 디딘 멕시꼬 땅이며 훗날 식민지와 스페인을 연결하는 주요 교두보로 발전한다. 쎄비야(Sevilla)는 스페인 남서부 안달루시아 지방에 위치한 항구도시이다. 스페인 신세계 탐험의 중심지였으며 1503년 무역관인 까사데꼰뜨라따시온의 설립과 함께 아메리카 대륙 식민지들과의 해외 교역에 있어 독점권을 부여받은 도시였다.

을 분주히 누비는 선원들... 그들의 표정과 주고받는 말투에서도 그녀는 미묘한 변화를 느낄 수 있었다. 그랬다. 실제로 쎄비야항(港)이 가까워졌음을 모두가 알고 있었다.

기다란, 이 딱딱한 나무벤치에 앉는 것도 오랜만이었다. 임부(妊婦)들을 위해 선장이 마련해준 배의 유일한 쉼터였다. 그녀, 마리아가 갑판으로 나왔을 때 이미 다섯명의 임부들이 벤치에 앉아 나란히 볕을 쬐고 있었다. 루시아와 까르멘, 다니엘라와 마르따... 그리고 이름은 기억나지 않지만 과달루뻬에서 왔다는 어린 임부였다. 기미가 가득한 얼굴로 그녀들이 인사를 건네왔다. 자신의 얼굴도 그러하리라 생각하며 마리아도 엷은 미소로 그녀들의 인사에 화답했다. 같은 배에 오른 것 말고도 이미 그녀들은 나란한 운명의 궤(軌)를 함께하고 있었다. 모두가 어린 생명을 배 속에 담은 만삭(滿朔)이었고... 또 다들 끄리오요(Criollo)*들이었다.

그녀, 마리아가 착석을 하자 다니엘라가 좀 전에 하던 얘기를 이어서 하기 시작했다. 그것은 볼라도레스(Voladores), 엘따힌 지역에서 풍년을 기원하며 올리는 기우제에 관한 얘기였다. 이야기는 지루한 항해를 이겨내는 그녀들의 유일한 수단이었다. 에스빠냐(스페인)로 가는 배를 타기 위해 멕시꼬 각지에서 모여든 여자들의 이

* 당시 식민지였던 아메리카 대륙에서 태어난 백인을 칭하는 용어이다. 이는 본국인 스페인에서 태어난 백인 계급 '뻬닌술라르(Peninsular)'와 엄격히 구분되는 피지배 계급이었다.

야기엔 서로가 생경한, 그래서 서로의 귀를 솔깃하게 하는 힘이 있었다. 다니엘라는 특히 말주변이 좋은 여자였다. 볼라도르는 원래 '하늘을 나는 사람'이란 뜻이라 했다. 사람이 하늘을 날다니... 말없이 자신의 배를 어루만지는 그녀, 마리아 역시 다니엘라의 얘기에 귀를 기울이지 않을 수 없었다. 그런 장관을 마리아는 본 적이 없지만, 배 속의

　방금도 꿈틀거린 이 작은 생명에게는 보여주고 싶다는 생각이 들었다. 다니엘라의 말에 따르면, 하늘에 이를 만큼 높다란 장대(생명의 나무)를 세우고 다섯명의 남자가 차례차례 거기를 오른다고 했다. 그리고 꼭대기 중심에 앉은 까뽀랄(감독)이 피리를 불면 나머지 네명의 볼라도르들이 발목에 감은 줄을 풀며 서서히... 빙글빙글 허공을 돌며 아래로 내려온다고 했다. 앵무새며 온갖 새들의 깃털을 옷에 붙여... 그들은 정말 새처럼 보인다고도 했다. 정확하게 열세바퀴... 그러니 네명이 합쳐 쉰두바퀴를 돌며 내려와 착지해야 기우제가 완성된다고 했다. 풍요의 신 시뻬 또떽(Xipe Totec)은 그래야 비를 내려준다고 했는데... 더이상 볼라도레스를 지내지 않아도 엘따힌에는 비가 온다고 했다. 에스빠냐의 교황청은 오래전부터 이런, 인디오들의 풍습을 금지시켜왔다. 자신도 어릴 때 본 것이라고 다니엘라가 말했다. 그러니 지금의 비는 성모님이 내려주시는 것이라고도 했다. 아아, 성모님... 가슴에 성호를 그으며

　무사히 아기를 낳고, 12월 12일 성모 축일 전에 고향에 돌아갈 수

있기만을 기도한다고 과달루뻬의 어린 임부가 말했다. 듣자 하니 남부에서 올라온 까르멘을 제하고는 모두가 과달루뻬의 성모님을 한번은 찾아가 뵌 적이 있다고 했다. 까르멘과 마찬가지로 그녀, 마리아 역시 과달루뻬 대성당에 안치되었다는 성모님을 직접 찾아가 뵙지는 못했다. 하지만 그녀는 성모님에 관한 대부분의 이야기*를 외고 있었다. 특히 후안 디에고가 수마라가 주교를 찾아가 '성모님이 보내신 꽃입니다, 받아주십시오'라며 띨마(인디언 망또)를 펼치자... 장미꽃들이 폭포수처럼 흩뿌려지며 띨마에 성모님의 형상이 나타나는 그, 기적의 순간을 좋아했다. 띨마 앞에 무릎을 꿇고 울며 용서를 비는 주교의 이야기도 좋았다. 어릴 적 셀리아 언니에게서 처음 그 얘기를 들었을 때 킥킥, 성당 뒷자리에서 몰래 숨죽여 웃던 순간도 떠올랐다. 주교님도 울며 용서를 빌 때가 있다는 사실에 왠지 모를 통쾌함이 느껴져서였다. 옅은 미소를 다시금 입가에 올리며 그녀는 말없이 자신의 배를 어루만졌다. 마리아에겐 이번이 첫 출산이었다. 모두가 말한 '그 순간'이 오면... 자신의 다리 사이에서 장미꽃들이 폭포수처럼 흩뿌려질 것만 같았다. 순간 툭, 하고 발길

* 과달루뻬의 성모(Nuestra Señora de Guadalupe)는 16세기 멕시꼬에서 발현했다고 전해지는 성모 마리아를 일컫는 호칭이다. 이는 1531년 12월 12일 멕시꼬시티 인근의 떼뻬약 언덕에서 원주민 후안 디에고의 앞에 갑자기 성모가 나타난 사건을 바탕으로 하고 있으며 처음엔 그 말을 믿지 않은 주교가 결국 후안 디에고의 망또에 성모의 모습이 발현되는 기적을 눈으로 직접 보고 인정함으로써 널리 세계에 전파되었다. 과달루뻬에 나타난 성모의 가장 큰 특징은 그녀가 백인 여성이 아니라 갈색 피부를 가진 원주민 여성의 모습이었다는 사실이다. 이는 당시 식민지배를 받던 멕시꼬인들에게 크나큰 반향을 불러일으켰고 훗날 멕시꼬의 종교와 문화를 대표하는 가장 중요하고 대중적인 상징으로 자리잡았다. 과달루뻬의 '성모 축일'은 후안 디에고 앞에 성모가 나타난 12월 12일을 기념하여 제정한 것이다.

질을 하는 생명의 움직임을 느낄 수 있었다. 배를 어루만지던 가늘고 흰 손가락으로 그녀는 천천히 그 작은 생명이 속한 우주 밖에서 성호를 그었다.

배 밑바닥에 돌을 넣는다는 사실을 아세요? 다니엘라가 얘기를 마치자마자 기다렸다는 듯 루시아가 말문을 열었다. 배가 가라앉으면 어떡해요? 다들 놀라워하자 그렇지 않다고, 지금 우리가 탄 이 배의 바닥에도 상당히 많은 돌들이 들어가 있을 거라고 루시아는 말했다. 그 돌이 배의 균형을 잡아주는 거래요. 신기하죠? 그녀가 사는 라 안띠구아에는 정복자 꼬르떼스*가 살던 집이 있는데 바로, 배의 균형을 잡아주던 돌들을 쌓아 지은 집이라고도 했다. 그녀들은 하나같이 얘기하기를 좋아했다. 까르멘은 처음 베라끄루스에 도착했을 때 자신은 까떼마꼬** 호수가 바다인 줄 알고 그래, 저기서 배를 타겠구나 생각했다는 말로 모두의 웃음을 자아냈고... 마르따는 지난 며칠 풍랑을 겪으며 자신이 꾸었던 이상한 꿈 이야기를 늘어놓았다.

내게도 이야깃거리가 있을까? 그녀, 마리아는 생각했다. 항구에서 배를 타기 전 바다를 향해 힘껏 동전을 던진 일을 그녀는 기억해

---

* 에르난 꼬르떼스(Hernán Cortés,1485년~1547년). 까스띠야의 정복자이다. 16세기 초 오늘날의 멕시꼬 본토 아스떼까 제국을 정복하여 그 영토를 까스띠야 국왕의 식민지로 삼은 것으로 유명하다. 에스빠냐의 아메리카 식민화의 첫단계를 끊은 1세대 식민지 개척자였다.
** 베라끄루스 지역에 있는 호수. '베라끄루스의 허파'라 불릴 정도로 거대한 호수이다.

냈다. 동네 소년들이 자꾸만 귀찮게 따라붙어 하는 수 없이 행한 일이었다. 바다에 동전을 던져보세요. 재밌는 걸 보여줄게요. 동전 한번만 던져봐요. 진짜 한번만요. 결국 그녀가 동전을 던지자 정말 놀라운 일이 벌어졌다. 풍덩. 파리 떼처럼 달라붙던 소년들이 일제히 물로 뛰어들었고… 얼마 지나지 않아 물고기처럼 솟구친 소년 하나가, 건진 동전을 보여주고는 쏜살같이 헤엄쳐 도망치는 모습을 볼수 있었다. 에이, 하고 다시 뭍으로 올라온 나머지 소년들이 더 멀리 던져보세요. 진짜 멀리요. 딱 한번만요… 매달리기 시작했다. 왠지 약이 올라 정말 있는 힘껏 또 동전을 던지자… 마치 상어 떼처럼 뛰어든 소년들이 다시 물속을 헤집기 시작했다. 한참 후 또 어떤 소년이 희롱하듯 동전을 보여주고는 낄낄대며 도망을 쳤다. 하지만 마리아는 이 얘기를 입 밖에 꺼내지 않았다. 동전을 먼저 줍지 못하고… 물을 먹고 올라와 구토를 하던 어린 소년이 떠올라서였다. 이제 그녀는

그 어린 소년을 배에 담았던 '어머니'가 있다는 사실을 아는 여자였다. 그래서 이를 모두가 꺼리는 메스띠소(혼혈)의 이야기라고 생각했다. 멕시꼬에서 최초의 메스띠소 – 마르면 꼬르떼스*의 이야

---

* 에르난 꼬르떼스에겐 두명의 아들이 있었고 그는 두 아들 모두에게 '마르면 꼬르떼스'라는 이름을 지어주었다. 첫째인 형 마르면 꼬르떼스는 멕시꼬에서 태어났으며 공식적인 첫 메스띠소였다. 그리고 동생은 에르난 꼬르떼스가 스페인으로 돌아가 정실부인과의 사이에서 낳은 아들이었다. 동생 마르면 꼬르떼스는 아버지로부터 작위와 막대한 재산을 물려받았으나 멕시꼬 태생인 형은 함께 멕시꼬로 돌아와서도 후작인 동생의 뒤치다꺼리를 하는 하인으로 평생을 살아야 했다. 이 둘의 신분 차이가 당시 식민지 멕시꼬의 현실이었다.

기를 모르는 여자는 없다. 더군다나 자신과 같은 끄리오요라면 두 말할 나위가 없을 것이다. 거금을 내고 이 배에 오른 여자들은, 다들 자신이 잉태한 생명... 배 속의 아기들에게 뻬닌술라르*의 삶을 부여해주기 위해 바다를 건너는 중이었다. 기나긴 항해였고 두려운 하루하루였다. 베라끄루스에서 모두 열두명의 임부가 배에 올랐고... 세개의 선실을 나눠 쓰며 서로를 의지한 채 대서양을 건너왔다. 마르따와 단짝이던 에이브릴은 포동포동하니 귀엽고 피부가 좋은 임부였다. 하지만 입덧과 멀미에 내내 시달리더니 시든 선인장처럼 시름시름 앓다가... 어느날 갑자기 운명을 달리하였다. 한 사람의 죽음이 아니었다. 그러나 한 사람의 죽음인 양 장례를 치러야 했다. 남자인지 여자인지도 모르는 배 속의 아기에겐 아직 마땅한 이름이 없어서였다. 선장은 임부들이 미리 서명한 각서**의 내용을 다시 한번 모두에게 주지시켰고... 뱃사람들이 치르는 방식으로 마치 작은 배를 띄워 보내듯 그녀의 시신을 바다에 방류했다.

루시아, 다니엘라와 한방을 쓴 안드레아라는 임부도 있었다. 그녀는 항해 내내 불면증을 호소하였다. 하지만 라울과 루벤 두 선원의 목격담에 따르면... 불면증이 아닌 몽유병으로 의심되었다. 안드

---

* 이베리아반도, 즉 스페인에서 태어난 백인을 일컫는 말이다. 본국에서 태어나 식민지로 건너온 백인들의 계급을 칭하는 용어이기도 했고 당연히 '지배 계급'을 상징하는 말이었다. 이는 끄리오요(아메리카 태생의 백인)와도 분명하고 엄격한 신분 차이를 두고 있었고 그 때문에 이 소설의 소재인 숱한 '원정 출산'의 이유이기도 했다.

** 원정 출산을 떠나는 임부들이 선장과 체결하는 일종의 계약서였다. 주로 이동 과정에서 일어날지 모르는 불미스러운 사고에 대해 그 법적인 책임을 선장, 선주에게 묻지 않는다는 내용을 골자로 한 것이다.

레아 본인의 말이 사실인지 선원들의 말이 사실인지는 누구도 알수 없었다. 그녀는 날로 쇠약해져갔고 대서양 한복판을 지나던 어느날 밤, 춤을 추듯 갑판 위를 거닐고... 거닐다 망루를 지키던 선원의 고함에도 불구하고 마치 산책을 나서듯 바다에 몸을 던졌다. 안드레아는 돌아오지 않았다. 어쨌거나 둘 중 하나는 확실했다. 어디선가 비로소 잠에 들었거나 아니면 여전히 꿈속에 잠겨 있거나.

까르멘과 같이 치아빠스(남부 지역)에서 올라온 이네스는 심한 열병을 앓았다. 마치 타들어가는 장작을 지켜보는 느낌이었고 누구도 원인을 알 수 없었다. 붉은 반점 몇개가 그녀의 목에 보이기 시작하자 선원들 사이에선 전염병이 아니냐 말들이 돌기 시작했다. 그녀, 마리아의 귀에도 그 얘기가 흘러들었다. 귀는 또 입과 연결된 것이어서 같은 선실을 쓰던 루시아... 또 줄곧 이네스의 옆에서 병간호에 매달린 까르멘에게도 소문이 전달되었다. 다 함께 몰려가 선장에게 대책과... 격리를 요구하였다. 가장 불안에 떠는 것은 까르멘이었다. 배에는 의사가 없었고 선장은 아무튼 결단을 내려야 했다. 싼 니꼴라(San Nicolás) 호에는 여분의 선실이 없었다.

일단 다들 옆방으로 거처를 옮겼으나 홀로 방치된 이네스의 병세는 점점 심해져만 갔다. 누구도 섣불리 간호를 자처하지 못했고 선실과 선실 사이에도 실은 틈이 있지 않을까... 만약 벼룩이나 생쥐가 그 사이를 오간다면... 물이 스미듯 그런 불안이 전체로 확산되었다. 결국 선장은 또다른 결단을 내려야 했다. 역시나 임부들이 스스로 서명한 각서의 조항을 읊어주며 선장은 투표를 실시했다. 또다른 차원의 격리에 찬성할지 말지를 묻는 투표였고... 만약 어떤 책임이 발생할 시 이는 모두 임부들이 져야 한다는 조건이었다. 이건 아니지 않냐고 까르멘은 통곡했다. 하지만 투표의 결과는 찬성이었다. 한표 차이였소. 로드리고 선장은 말했으나... 이는 사실 임부들을 위한 선장의 배려였다. 반대는 한표도 없었다. 그리고 선장은, 끝내 이 사실을 함구하였다.

작은 구명보트 한척에 몸을 뉘고... 이네스는 그렇게 배에서 격리되었다. 시름시름 발열과 발진에 시달리기는 했으나 아직은 살아, 숨을 쉬는 모습이었다. 아주 약간의 식량이 이네스의 머리맡에 놓여졌는데 그녀가 이를 일용할 수 있을지는 누구도 알 수 없었다. 가늘게 눈을 뜨고 이네스는 멀어지는 배를 바라보고 있었다. 끝내 시선을 거두지 않았기에 그녀, 마리아의 눈에 담게 된 마지막 모습이었다. 좁디좁은 싼 니꼴라 호와는 달리, 바다는 그 자체가 텅 빈... 거대한 선실이었다.

에스빠냐에 이르지 못한 이들에 대해... 지금껏 어느 누구도 말을 꺼내거나 더는 이름을 거론하지 않았다. 그리고 대서양을... 마떼오 갑판장의 말을 빌렸을 때 산으로 치자면 중턱을 이미 넘은게요, 했던 그 시점에 훌리아란 임부가 조산(早産)을 했다. 너무나 급작스러운 일이어서, 아이 둘을 낳긴 했으나 받아본 적은 없다는 다니엘라가 얼떨결에 아이를 받아야 했다. 그녀, 마리아도 다니엘라를 도와야 했으므로 눈앞에서 현장의 모든 것을 지켜봐야만 했다. 안돼! 홀리아는 고통의 비명 대신 부정(否定)의 비명을 질렀고... 너무나 작고 가녀린... 그래서 안쓰럽고 가엾기까지 한 생명이 자신의 몸을 빠져나온 그 순간에도 '안된다고' 몸부림치며 울부짖었다. 아직 이곳은 에스빠냐가 아니었고... 가녀린 생명과 이어진 탯줄의 뿌리는 여전히 끄리오요의 몸에 담겨진 것이었다. 무사히 출산을 했다는 말에 남자 아기냐 여자 아기냐 옆방의 임부들이 앞다투어 물었다. 아기를 씻긴 물통을 들고 나오며 그녀, 마리아는 나지막이 답했다. 끄리오요예요.

홀리아는 정신을 잃었고... 저녁때에나 깨어나 가까스로 자신의 아기를 볼 수 있었다. 임부들의 이런저런 덕담에도 홀리아는... 이 배를 타기 위해 빚을 졌다는 말만 넋두리처럼 늘어놓았다. 과달라하라에서 베라끄루스까지 오는 길에도 시련이 많았다 했다. 하지만 늘 까데호(El Cadejo)*가 나타나 자신과 배 속의 생명을 지켜주었다 했다. 하지만 지금은 밤이라 했다. 까데호는 원래 두마리예요.

흰 까데호는 낮 동안 여행자를 지켜주는 수호자이고
검은 까데호는 밤에 나타나 여행자를 물어 죽이죠.

....

* 멕시꼬를 비롯한 남미 일대에 널리 퍼져 있는 민간신앙에 등장하는 일종의 괴수다. 커다란 늑대와 비슷한 형상이고 각각 선과 악을 담당하는 흰색 까데호, 검은색 까데호 두마리가 함께 다닌다는 특징이 있다.

그리고 지금은 밤이에요. 초점 없는 눈으로 알 수 없는 말들을 늘어놓았다. 지금은 가녀린 생명이지만 이제 곧 건강한 딸이 될 거예요. 마리아의 위로에도 그녀의 중얼거림은 멈추지 않았다. 마르띤 꼬르떼스도 원래 두명이었죠. 흰 꼬르떼스는 후작이 되어 스스로의 명예를 수호했고 검은 꼬르떼스는 동생의 하인이 되어 평생을 따라다니며 수발을 들어야 했죠. 지금은 밤이에요.

검은 꼬르떼스의 망령이
검은 까데호의 목줄을 풀어

여행자들의 목을 노리고 있어요. 홀리아는 계속 중얼거렸다. 가냘픈 초승달이 좀처럼 달빛을 떨구지 않는 어두운 밤이었다. 그녀, 마리아는 새벽녘 잠시 눈을 떴는데 사이렌의 노래 같은 바람 소리가 무섭도록 선실의 창을 두드렸기 때문이었다. 그리고 마리아는 홀리아와 그녀의 딸이 방에서 사라진 사실을 알 수 있었다. 사람들을 깨우고 불을 밝히고... 바닥에서 갑판까지 샅샅이 배를 뒤졌으나 모녀의 모습을 누구도 더는 볼 수 없었다. 누군가 바다에 뛰어든다 해도 첨벙이는 소리조차 들리지 않았을 바람 부는 밤이었다. 하늘 전체가 으르릉 소리를 내는... 검은 까데호의 밤이었다.

홀리아는 노래를 잘했다.
어쩌면 그래서
특별히 더, 까데호의 눈에 띄었는지도 모르겠다고

마리아는 생각했다.

다시 다니엘라가 새로운 이야기를 시작했지만 그래서 그녀, 마리아는 말없이 자신만의 생각에 잠겨 있었다. 풍랑이 지나간 후의 이 축복... 쏟아지는 볕과 따뜻한 바람을 느끼며... 그녀는 잠시 흰 까데호가 지켜주지 못한 에이브릴과 안드레아... 이네스와 훌리아를 떠올렸다. 그녀들의 부푼 배와... 그 가냘팠던 조산아를 생각했다. 그러자 극렬히 반대를 하던 남편 후안의 목소리가 바람에 실려 들려왔다. 안돼, 그곳은 너무나 먼 곳이오. 여자가 혼자 가기엔 너무 위험한 여정이란 말이오... 후안은 잘 지내고 있을까? 힘겨운 농장 일을 마치고 돌아와 아무도 없는 불 꺼진 집에 홀로 앉아 있을 그를... 그녀는 그려보았다. 훌리아와 마찬가지, 몰래 얻은 빚으로... 또 몰래 짐을 꾸려 도망치듯 땀삐꼬(멕시꼬 동북부의 마을)를 빠져나오던 새벽의 풍경을 그녀는 다시금 되새겼다. 그리고

풀었던 실타래를 되감듯 왔던 길을 되돌아가... '뻬닌술라르'를 품에 안고 마당에 들어서는 자신의 모습도 그려보았다. 후안이 어떤 반응을 보일지... 또 이후의 삶이 어떠할지는 지금으로선 짐작이 가지 않았다. 그랬다. 후안의 말처럼 에스빠냐는 너무 먼 곳이었다. 돌아갈 길까지 생각한다면 너무 먼 이곳에서 다시금 너무 먼 저곳까지의 거리를 더해야 하겠지만... 후회는 하지 않았다. 끄리오요와 뻬닌술라르 사이엔 이보다 훨씬 더 멀고 먼 거리의 간극이 있어서였다. 다시금 자신의 배를 어루만지며 그녀는 말없이 하늘을 올려

보았다.

　　끝이 보이지 않는 저 꼭대기에서
　　발목의 줄을 푼 볼라도르들이
　　깃털옷을 입고 빙글빙글
　　허공을 돌며 내려오고 있었다.
　　눈부신 새 같기도 하고
　　실제로 하늘을 나는 사람 같기도 한
　　그것은 햇살이었다. 아니, 어쩌면
　　그녀, 마리아를 위한
　　신의 은총이었다.

　더이상 임부들은 아무런 말이 없었다. 풍랑의 긴장에서 해방되고 이야깃거리도 떨어진 벤치는… 마치 멕시꼬 시골의 작은 수녀원을 떼어다 놓은 듯 엄숙한 분위기였다. 순간 삐그덕, 소음이 들렸는데 벤치를 이룬 나무가 낸 소리인지… 아니면 갑판 어딘가에서 새어나온 소리인지… 또는 배의 밑바닥이거나… 혹은 바다의 출렁임이 여기까지 전달된 것인지를… 분간키 어려운 소리였다. 또 발길질을 하고 있어요. 그녀, 마리아가 중얼거리자 어디, 어디 하며 임부들의 손길이 마리아의 배를 훑기 시작했다. 건강한 아들이 분명하다고 까르멘이 말하자 풍랑이 끝났다는 걸 애기가 아는 거야. 분명 똑똑한 아이일 거야, 루시아가 거들었다. 순간 이야깃거리가 떠올랐는지 과달루뻬의 어린 임부는 풍랑이 한참 사나울 때 바다가 내는 소릴 들었냐며 운을 떼었다. 짐승처럼 으르렁대는 소리였는데 선실의 벽이 낸 소리인지 아니면 갑판이 뜯기는 소리인지... 또는 배의 밑바닥이 고통을 견디는 소리인가 했는데 아무래도 그보다 더 아래... 바다의... 바다가 전달한 소리가 분명하다고 했다. 그날 배를 덮쳐온 파도를 다들 기억하시죠? 바다는 폭군이고 사나운 남정네예요. 어쩌면 나이 든 고약한 술주정꾼일지도 몰라요. 풍랑이 그친 이유는 그 주정꾼이 지금은 곯아떨어졌기 때문이죠. 이야기에 낄 생각은 전혀 없었는데 그녀, 마리아는 자신도 모르게 반론을 하고 말았다.

아뇨, 바다는 여자예요.
저는 그렇게 생각해요.
우리처럼 배 속에 생명을 담고 있는 거예요.
그래서 그토록 힘들어하고
고통스러울 때가 있는 거예요.

혼잣말처럼 뱉은 말이 뜻밖의 반론이 되어버리자 도리어 당황한 것은 그녀 자신, 마리아였다. 그러나 그 순간 제대로 봤수다,라며 먼발치에서 밧줄을 감고 있던 곤잘로 영감이 난처함에 빠진 그녀를 구해주었다. 나이 든 뱃사람들은 바다가 여자란 걸 모두가 알고 있지. 그러지 않고서야 이리 변덕스러울 수가 있겠냐 이 말이오,라고도 했다. 그러고 그는 흥얼흥얼 노래를 부르기 시작했다. 바다라는 여편네를 두고 철없이 뭍에서 딴살림을 차린... 나이 든 뱃사람의 노래였다.

쎄비야엔 언제쯤 도착할까요?
물은 것은 마르따였다.
아마 모레면 닿을 거외다.
영감이 답했다.

1668년 9월 15일. 쎄비야

그녀, 마리아가 산통(産痛)을 느낀 것은 전날 밤 잠을 자던 도중
이었다. 우선은 꿈을 꾸었다. 실은 본 적도 없는... 하여 상상만 했던
볼라도르들이... 실제로 눈부신 깃털옷을 입고 하늘에서 내려오는
꿈이었다. 흥겨운 피리 소리에 맞춰 그들은 빙글빙글 허공을 돌며
하강했고... 이윽고 누워 있는 그녀의 곁에 착지해서는 '모두 합쳐
쉰두바퀴를 돌았으니 이제 곧 비가 올 거라는' 하늘의 말을 전했다.
우리가 내려오는 사이 백년*이 지난 거라고도 했다. 이 모두는 하늘
의 뜻이며... 백년을 기다린 풍요의 비가 너의 다리 사이 숲과 계곡

---

* 볼라도레스 기우제에서 4명이 모두 13바퀴를 도는 이유는 그 합으로 총 52바퀴, 즉
  '52'라는 숫자를 맞추기 위함이다. 52는 마야문명에서 환갑 혹은 한세기를 의미하는
  특별한 숫자이다.

을 흠뻑 적실 거라 말하는 꿈이었다. 그녀는 눈을 떴다. 꿈 때문이 아니라... 여태 한번도 느껴본 적 없는 허리의 통증 때문이었다. 자신도 모르게 그녀는 기도문을 읊기 시작했다. 오직 한 분, 성모님을 향한 기도였다.

간헐적으로 찾아오던 허리의 진통은, 그러나 자정을 넘기고 나자 도저히 기도를 이어갈 수 없을 만큼 격렬한 것이 되어갔다. 타오르는 불과 키스를 나눈 여인처럼 그녀, 마리아의 입술은 마르고 타들어갔다. 기도문을 읊으며 입가에 번진 침이 그대로 작고, 하얀 염전을 이루었고... 격통이 치밀어오를 때마다 깨문 입술엔 발간 잇자국이 선명하였다. 선실 쪽창에 걸려 있는 달을 바라보다가... 마리아는 은연중에 누군가의 도움이 필요하다고 생각했다. 그녀는 루시아를 깨웠다. 그리고 물을, 물을 달라고 부탁한 다음 출산의 경험이 있는 다니엘라를 불러주면 고맙겠다 간청했다. 옆방에서 건너온 다니엘라에게 식은땀을 흘리며 그녀, 마리아가 건넨 말은 하나였다. 부탁이에요. 여기서 나오면 안돼요. 도착해서... 쎄비야에 도착해서... 고귀한 에스빠냐의 땅 위에서 나와야 해요. 도와주세요.

어쩌지? 아기 문이 열리고 있어. 불을 밝히고, 마리아의 다리 사이를 벌려본 다니엘라가 심각한 얼굴로 말했다. 안돼요, 안돼. 잠을 깬 임부들이 하나같이 자신의 일인 양 손을 잡고 걱정해주었다. 과달루뻬의 어린 임부가 기도를 시작하자 다들 따라서 기도에 임하였다. 물론 성모님을 향한 기도였으나... 대부분의 임부들은 그간 지우려 애썼던 훌리아의 비극을 다시금 머릿속에 떠올리고 있었다. 할 수 있어! 참을 수 있을 거야. 마르따의 격려에도 불구하고... 또 한번 격통이 치밀어오르자 그녀, 마리아는 머릿속이 온통 불타는 느낌이었다. 출산을 한번이라도 해본 임부들을 모아

다니엘라는 지역마다 다른, 또 전통적으로 이어져 내려온 출산에 관한 지혜들을 모으기 시작했다. 하지만 곧 절망에 이르렀다. 그녀들이 아는 출산의 지혜란, 모름지기 조금이라도 빨리 건강한 아기를 몸 밖으로 내보내는 것이지... 못 나가게 가두는 것이 아니었다. 나오려는 아이를 억지로 가두면 어떤 일이 생기는지도 알 수 없었다. 참아야 해. 마리아의 손을 잡고 다니엘라는 소리쳤지만 그래서 그것이 고통을 참으라는 말인지... 나오려는 아기를 애써 가두라는 말인지 그녀 자신도 알 수 없는 주문이었다. 힘을 내라는 말도 마찬가지였다. 어서 힘을 줘 아기를 밀어내라는 말인지... 단단히 힘을 줘 붙잡고 가두라는 말인지 알 수 없었다. 조금만 참아, 힘내! 말들이 쌓일 때마다

그래서 검은 까데호와
흰 까데호가

비좁고 어둑한 선실을 뛰어다니며 서로의 목을 노리고 으르렁대는 느낌이었다. 일단 다리를 모으고 오므리면 시간을 벌 수 있지 않을까? 궁여지책을 생각해낸 다니엘라의 말에 가지런히 모은 마

리아의 다리를... 더는 벌어지지 않게 임부들이 잡아주었다. 참아야
해! 힘내! 까르멘이 속삭이자 다시금 검은 까데호와 흰 까데호가
뛰고 솟구치며 소란을 피워댔다. 오늘 아침에는 쎄비야에 도착할
거랬어. 아니, 정오쯤에나 도착한다고 들었어. 각자의 의견도 분분
했지만

정오도 아침도 너무나 먼 시간이라고
희미한 의식 속에서 그녀, 마리아는 생각했다.
밤은 길고
도저한 것이었고
어쩌면 이 밤과 아침 사이의 거리는
베라끄루스에서 쎄비야를 오가는 거리...
혹은 심지어
뻬닌술라르와 끄리오요의 간극보다도
먼 것일지 모른다고

그녀는 생각했다. 썰물과 밀물이 반복되듯 멀리 빠져나갔다가...
다시 치밀어... 밀려오는 격통의 반복 속에서... 이제 그 고통을 견디
는 일보다, 그것이 일순 몸을 빠져나가는... 한동안 잠잠한 그 순간
이 더 두려워지기 시작했다. 이는 안락을 뜻하는 게 아니라 다음에
더 큰 격통이 밀려올 거라는... 체결된 계약의 시작이자, 파기할 수
없는 약속의 이행을 뜻했기 때문이다. 입가에 인 거품이 작은 포말
을 이루며 말라붙자... 물 적신 수건으로 그녀의 입을 깨끗이 닦아

준 것은 루시아였다. 우리가 함께할 거야, 성모님께서 지켜주실 거야. 까르멘이 여전히 격려를 해주었으나 그녀, 마리아에게 더는 그 무엇도 위로가 되지 않는 말이었다.

결국 새벽녘에 로드리고 선장이 선실을 방문했다. 선장이 할 수 있는 말도 참으라, 힘을 내라였지만 무엇보다 바람이 우리를 도와준다면... 오전 중에도 도착이 가능할 거란 희망의 불씨를 모두에게 던져주었다. 인간에게 완벽한 절망은 없는 거라고 그녀, 마리아는 눈을 감고 생각했다. 그리고 신의 입김이 이 배를 뒤에서 밀어줄 거란 다짐을 하며 그녀는 힘겹게... 이제 곧 어머니가 될 자신의 가슴 위에 힘주어 십자가를 그었다. 그때였다. 불빛이다, 저기 불빛이 보인다고! 선창에 기대어 있던 과달루뻬의 어린 임부가 소리쳤다. 어디, 어디? 앞다투어 일어선 임부들도 그, 희망의 불빛을 볼 수 있었다. 아직은 멀리... 바다 끝에서 어른거리는 작은... 그러나 분명한 그 불빛을 마리아도 보고 싶었다. 하지만 다시금 진통이 밀려들었다. 조금씩, 그래도 신의 입김이 쎄비야의 불빛을 향해 배를 밀고 있었다.

길고 긴 새벽이었다.

동이 트기까지의 그 시간이 그녀, 마리아에겐 백년처럼 느껴졌다. 수차례 위험하다 싶은 진통의 밀물 썰물을 겪고 나자 신께서 잠시 그녀에게 평온한 시간을 허락하였다. 쌴 니꼴라 호의 아랫배를 쓰다듬는 바다의 손길을 느끼며 이미 정신이 혼미해진 그녀는 비로소 약간의 토막잠을 잘 수 있었다. 마리아의 이마에 맺힌 땀을 닦아주고 그녀의 다리를 주물러주던 임부들도 하나둘씩 쓰러져 잠이 들기 시작했다. 마리아는 점점 자신의 체온이 내려가고 있다는 걸 깨달았다. 꼿꼿이 선 채

　　깊고 깊은 물속으로
　　가라앉는 중이기 때문이었다.
　　꿈속이었다. 그녀는
　　실오라기 하나 걸치지 않은 만삭의 알몸이었고
　　숨도 쉬지 않았고
　　눈도 감을 수 없었다.

　　손바닥을 위로 한 채
　　두 팔을 반쯤 벌린 상태여서
　　자신의 몸이 새하얀
　　그리고 싸늘한
　　작은 십자가처럼 느껴졌다.

　그리고 그곳에서 그녀, 마리아는 바다를 대면할 수 있었다. 지극히 멀리 산보다 거대한... 어쩌면 바다 전체라고 봐야 할 웅장한 여인이... 그러나 깊은 물속에 자신과 같은 자세로 잠겨 있었다. 푸르스름하고 매끈한... 약간은 투명해 보이는 피부였지만 자세히 보니

마구 흘러내린 아마떼나무*의 줄기처럼 불규칙한 결로 이루어진 몸이었다. 그리고 그녀도... 만삭의 배를 가지고 있었다. 태고로부터 잉태한 생명이 아직도 그 속에 담겨... 꿈틀거리고... 발길질을 하고 있었다. 많은 걸 묻고 싶었지만 마리아는 아무 말도 할 수 없었다. 그리고 바다는

아무 말도 하지 않았다.

다만 서로를 마주 보며 두 여인은 그곳에 존재할 뿐이었다. 그곳은 멕시꼬도 아니고 에스빠냐도 아니었다. 그렇다고 바다도 아니었다. 그렇다면 이곳은 어디일까. 그녀, 마리아는 생각했다. 바다의 거대하고 처연한 얼굴을... 균형 잡힌 아름다운 이목구비와... 왠지 슬퍼 보이는 가파른 뺨을 바라보며 마리아는 그곳에 잠겨 있었다. 빛도 소리도 그 무엇도 없는

태고의 어둠속이었다. 다시 격렬한 진통에 눈을 뜬 마리아는 부신 햇살을 볼 수 있었다. 갑자기 수면 위로 부상한 물고기처럼 호흡이 가빠왔고... 때문에 신음을... 비명을 지르자 차례차례 다른 임부들이 잠의 수면을 박차고 뛰쳐나왔다. 그리고 얼마 후... 극심한 통증과 함께 마리아는... 자신의 몸이 불처럼 뜨거워짐을 느껴야 했다. 분명 지금까지와는 다른... 이상한 조짐이었다. 그리고 곧 자신의 다

* 뽕나뭇과의 나무. 껍질은 주로 아스떼까, 마야 등 중남미 지역에서 고대 문명을 기록하던 종이로 쓰였다.

리 사이에서... 뜨거운 장미꽃들이 폭포수처럼 흩뿌려질 거라는 예감이 전해져왔다. 양수(羊水)가 터졌다고 다니엘라가 소리쳤다. 자신의 이마에 흐르는 땀부터 닦으며... 쎄비야항이 보이냐고 루시아가 외쳤다. 보인다고, 거의 가까워졌다고 과달루뻬의 어린 임부가 답했지만... 실은 가깝다고는 도저히 말할 수 없는 상당한 거리였다. 선실의 마룻바닥을 흥건히 적신 양수에서는

바다의 비릿한 냄새가 나는 듯했다. 태고의 어둠속을 훔쳐보듯... 마리아의 다리를 벌려본 다니엘라가 아기가... 아기가 나오려 한다고 크게 외쳤다. 어떡하지? 머리가 보인다고도 했다. 훌리아가 그랬듯이 그녀, 마리아도 안된다고 소리를 질렀다. 다시금 다리를 오므려보자 했지만 이전처럼 다리가 붙지 않았다. 비오듯 땀을 흘리며 마리아는 소리를 질렀다. 그녀의 눈에서... 아마떼나무의 줄기 같은 눈물이 뻗어나와 선실 바닥에 뿌리를 내리는 듯하였다. 안된다는 그녀의 목소리가 너무나 처절했기에 이제 더는 누구도

힘을 주라는
힘내라는 말을

할 수 없었다. 신의 입김이 쉴 새 없이 배를 밀고 있었으나... 아직은 어두운 물이 지배하는 끄리오요의 영역이었다. 더는 버티기 힘들다고 그녀, 마리아는 생각했다. 세차게 고개를 흔들어도... 아무리 이 악물고 마르따와 까르멘의 손을 움켜쥔다 한들... 이미 벌어진

자신의 문을 밀고 나오는 생명의 의지를 거스를 수 없을 것 같았다. 그녀는 손을 뻗어 다니엘라의 옷깃을 움켜쥐었다. 제발... 제발 부탁이에요. 깊은 물속에 빠지는 꿈을 꾸었어요. 나는 말도 할 수 없었고 숨을 쉬지도 않았어요. 그리고 가라앉아... 나는 작고 하얀 십자가가 되었어요. 그건 예시(豫示)였어요, 그러니 나는 죽어도 상관 없어요. 성모님의 뜻이고 나는 십자가예요. 죽어도 좋으니... 막아주세요. 땅에 다다를 때까지는 이 아이가 나오지 못하게... 내가 시신이 되더라도 에스빠냐에 올려놓고

이 아이를 꺼내주세요.

다니엘라는 답을 하지 못했다. 고개조차 끄덕일 수가 없었다. 하지만 다니엘라는 그녀, 마리아의 서늘한 눈빛에 얼어붙고... 사로잡혔다. 다니엘라는 급히 성호를 그었고, 마리아의 다리를 벌려 그 사이로... 지금 막 성호를 그은 자신의 손을 조심스레 밀어넣었다. 어린 생명의 머리가 느껴졌다. 착하지 아기야, 참으렴. 조금만 참으렴. 살포시 벌린 손바닥으로 내려오는 아기의 머리를 막으며... 다니엘라는 떨리는 목소리로 호소하고 또 호소했다. 선실 천장에서

검은 까데호와
흰 까데호가
서로의 목을 물어뜯으며
격하게 싸우고 있었다.

누구도 그 광경을 볼 수 없었지만
그녀, 마리아의 두 눈은
그것을 보고 있었다.

쎄비야항에 배가 선착하기도 전... 싼 니꼴라 호에서 내려온 작은 보트 하나가 본선보다 훨씬 먼저 선착장에 도달하였다. 내 평생 그리 열심히 노를 저은 적이 없다고 곤잘로 영감은 후에 말했다. 함께 노를 저은 루벤은 팔이 끊어지는 줄 알았다고 했다. 세명의 여자가 보트에 타고 있었는데 다니엘라와 루시아... 그리고 그녀, 마리아였다. 외음부 밖으로 이미 반쯤 나온 아기의 머리를... 그녀는 이를 악물고 스스로의 두 손으로 거머쥐고 있었다. 선착장에 보트를 묶고, 그들은 합심하여 그 이상한 형상의 생명체를 들어... 옮기기 시작했다. 길게 바다로 뻗어 있는 선착장은 엄밀히 말해 뭍이 아니었다. 열댓걸음... 혹은 스무걸음 그들은 뛰어야 했다.

그리고 넘어지듯
그녀, 마리아를 내려놓았다.
뭍에다
고귀한 에스빠냐 위에다
그녀를 내려놓았다.
힘겹게 마리아가 손을 풀자
미끄러지듯 어린 생명이 흘러나왔고
다니엘라와 루시아가

울면서 아이를 받았다.
많은 뱃사람들이
그 광경을 지켜보았다.

건강한 사내아이였다.
뻬닌술라르였다.

1668년 12월 1일. 쎄비야 - 베라끄루스

그녀, 마리아가 갑판으로 나온 것은 오랜만의 일이었다. 눈이 부셨다. 비록 흐리고 찌푸린 하늘이지만 품에 안은 어린 위고(Hugo)가 눈을 깜박였기 때문이다. 그녀는 아기와 대화를 나누었다. 그리고 혼자 까르르 웃기도 했다. 서늘한 바람이 불어왔다. 코끝이 시릴 정도는 아니라 해도... 갑판에 나와 앉아 있는 산부(産婦)는 그녀, 마리아가 유일했다. 춥지 않수? 들통을 나르던 곤잘로 영감이 물었다. 위고~ 위고~ 외치며 들통을 마주 든 라울은 휘파람을 불었다. 싼니꼴라 호의 선원들은 모두 위고를 총애했다.

쌀쌀한 해풍이 아기에게 해악을 끼칠까 신경은 쓰였으나... 찬바람을 맞고 큰 사내애만이 사자처럼 강해진다는 쎄뇨라(마담) 베라의 말을 그녀는 떠올렸다. 스스로의 기분도 그러하였다. 선실에서만 지내는 답답함을 털기 위해 갑판에 오른 것은 아니었다. 아무리 지루한 바다의 여정이라도 어린 위고의 잠든 얼굴... 작은 손짓을 지켜만 봐도 해갈이 되는 심정이었다. 치차로(완두콩), 치차로! 애칭을 부르며 위고를 귀여워하는 산부들의 축복과... 서로를 보듬는 이야기가 있어 그녀, 마리아는 힘들지 않았다. 무엇보다 이제 그녀에겐 두려운 것이 없었다. 삶에서 마주쳐야 할 모든 풍랑과 격정을

이미, 스스로 뚫고 지나온 기분이었다. 위고에게 치차로란 애칭을 지어준 것은 베라였다. 그녀는 쎄비야에 원정 출산을 오는 임부들을 책임지고 관리해주는 일종의 산파(産婆)였다. 머리 회전이 빠르고 손과 품이 넉넉한 여자였다. 세상 물정에도 밝아 과거 뱃사람들의 숙소였다는 허름한 여인숙을 사들여 오로지 출산을 하러 온 임산부들의 숙박과, 조산원으로서 역할을 도맡아 큰돈을 벌고 있었다. 베라의 역할은 그뿐이 아니었다. 깐깐한 안달루시아의 관청을 상대로 출생증명서를 발급받는 일... 또 해산일이 각기 다른 산모들의 일정을 조율해 선박을 배정해주는 것도 그녀의 일이었다. 베라의 숙소에 모여든 산부들은 모두 그녀를 '엄마'라고 불렀다. 물론 쎄뇨라 베라가 원하는 일이었다.

선착장 부두에서 나온 이 아이를
그 아이를 안고
혼이 빠진 얼굴로

스스로 걸어들어온 마리아를

베라는 특별하게 여기고 아껴주었다. 그녀, 마리아가 회복을 하고 나자 쎄비야의 곳곳을 구경시켜주기도 했다. 물론 자신의 일정에 마리아를 동행시켜준 것에 불과했지만 쎄비야 광장과 대성당... 도도히 흐르는 과달끼비르강과 황금의 탑(Torre del Oro)*을 마리아는 볼 수 있었다. 무엇보다 그녀, 마리아의 가슴이 벅찼던 순간은 위고의 이름이 새겨진 출생증명서를 건네받을 때였다. 여기, 이것이 위고의 이름이야. 베라의 손이 가리킨 이름**과 문서 아래 찍힌 안달루시아 관청의 직인을 번갈아 쳐다보며 그녀, 마리아는 자신의 품에 안긴 작은 황금의 탑

삐닌술라르를 어루만지며 뜨거운 눈물을 쏟고 또 쏟았다. 루시아와 다니엘라를 비롯한 다른 임부들도 연이어 그곳에서 출산을 했다. 임부에서 산부로... 산부에서 산모로, 다시 여자로... 아니, 이제 여자가 아닌 어머니로 변해가는 그 여정을... 건너온 바다를 돌

---

* 쎄비야의 전성기를 상징하는 탑으로 13세기 이슬람 시대에 지어진 12각형 형태의 탑이다. 애초 무어인들이 과달끼비르강을 통과하는 배를 검문하기 위해 세웠다고 하며 이후 감옥, 예배당, 화약 저장고, 항구 관리사무소 등 다양한 용도로 사용되었다. 황금의 탑이라는 이름이 붙은 것은 처음 탑을 지을 당시 금 타일로 탑의 외벽을 장식했기 때문이라는 설과 16~17세기에 신대륙에서 가져온 금을 이곳에 보관했기 때문이라는 설이 있다.

** 마리아는 문맹이었다. 따라서 이 글에 등장하는 여러 '이야기'들은 그녀에게 말이자 곧 글과도 같은 것이었다. 듣고 보는 것만으로 세계를 판단해야 하는 그녀에게 그래서 이야기는 매우 중요한 것이었다.

아보듯 마리아는 몇번이고 지켜보았다. 물론 그녀가 쎄비야를 떠날 때까지 출산을 못한 임부도 있었다. 성모께서 그녀들을 지켜줄 거라 마리아는 믿었다. 정의롭고 용맹한 흰 까데호 역시, 아직 여정이 남은 그녀들의 뒤를 충견처럼 따라줄 거라 그녀는 믿었다.

치차로~

코를 살짝 꼬집으며 마리아가 말하자 까르르 간지럽다는 듯 위고가 웃었다. 갑자기 비바람이 몰려올 듯 잔뜩 하늘이 어두웠지만... 이 작은 치차로의 미래... 자라고 뻗어오른 거대한 콩나무는... 눈부신 하늘에 닿을 거라 상상하며 그녀, 마리아는 벤치에서 일어섰다. 쎄뇨라 베라는 점성술에 대해서도 일가견이 있는 여자였다. 이 작은 치차로는 커서 많은 재물을 모으는 거상(巨商)이 될 거라 그녀는 말하였다. 빙글빙글 깃털옷을 입고 하강하는 볼라도르처럼... 그녀, 마리아는 춤을 추듯 계단을 내려서며 이렇게 말했다. 더 있자구요? 안돼요. 바람도 차고 하늘이 어두워졌어요.

검은 까데호가
우릴 쫓아오고 있어요.
위고를 보며 하는
혼잣말이었다.

풍랑이 온 것은 아니지만, 그날밤 곤잘로 영감이 자비로운 성모님의 곁으로 돌아갔다. 갑작스러운 죽음이었고... 원인을 알 수 없는 죽음이었다. 여러 지병이 있었다고 선원들은 술회했고 최근엔 종종 두통을 호소하기도 했다지만... 이렇게 갈 줄은 몰랐다고 선원들은 슬퍼했다. 잠이 든 모습 그대로 그는 영영 일어나지 않았고... 뱃사람들의 의례에 따라 비로소... 한때 실수로 뭍에서 차렸던 딴살림을 접고... 본처인 바다의 품으로 결국엔 돌아갔다. 잘 가세요. 위고를 품에 안고 그녀, 마리아는 눈물을 흘리며 말했다. 보트를 내리는 판단을 한 것은 영감이었고, 이를 악문 채 누워 바라보던... 미친 듯 노를 젓던 그의 등을 떠올리며 그녀는 천천히 성호를 그었다. 묘지처럼 고요하고

잔잔한 바다였다. 싼 니꼴라 호의 항해는 순탄했다. 마치 뱃길을 누구보다 잘 안다는 곤잘로 영감이... 이제 바다의 일부가 되어 싼 니꼴라 호를 안내하고 이끄는 듯하였다. 조류를 거스르지도, 또르데시야스 조약*을 어기지도 않았고... 해적이 자주 출몰하는 해역을 피해 조용하고 순탄한 항해를 이어가고 있었다. 낮이 오고 밤이 오고 다시 낮이 저물고 밤이 오고 하는 일들도... 이제 나란히 목줄에 묶인 채, 코를 박고 잠들어 있는 흰 까데호, 검은 까데호를 번갈아 보는 듯했다. 이변이 없다면

* 당시 세계를 양분했던 이베리아반도의 두 나라 스페인과 뽀르뚜갈 사이에 체결된 영토 분할 조약이다. 로마 교황의 중재로 1494년 6월 7일 스페인의 또르데시야스에서 맺어졌고 대서양 및 태평양 상에서 기존 스페인이 일방적으로 공표한 그리니치 기준 서경 38도 기준 경계선을 43도 37분 지점으로 옮겨 뽀르뚜갈의 브라질 동쪽 지배권을 보다 더 인정하는 조약이었다.

이제 며칠 후엔
베라끄루스의 등대를 볼 수 있을 거라
로드리고 선장이 말했다.
또 물론
그러나 약간의 항로 변경이 있을 텐데...
신경 쓸 일은 아니란 말도
말미에 덧붙였다.

말 그대로 배에 탄 산모들이 신경쓸 일은 전혀 아니었다. 멕시꼬만(灣)에 들어서기 전 싼 후안(San Juan)* 쪽으로 살짝 뱃머리를 돌려... 인근 돌섬에 배를 정박, 북상한 브라질 상선과 조우해 인도산 후추를 건네받는 일이었다. 떳떳한 일은 아니지만 그렇다고 부끄러운 일도 아니었다. 대서양을 오가는 상선들 사이에선 늘 있는 거래였고... 싼 후안 요새가 총독관저로 바뀌면서** 발각될 위험도 그다지 크지 않은 일이었다. 누군들 황금의 탑을 마다할 수 있겠는가. 또 누군들, 그 정도의 모험을 각오치 않고 이 바다에 삶을 실었겠는가. 뱃사람들에겐 짭짤한 거래였고

---

* 카리브해 그레이터앤틸리스 제도에 있는 당시 스페인의 군사요새 점령 지역. 현재의 뿌에르또리꼬를 생각하면 될 것이다.
** 원래 싼 후안은 스페인의 방어용 요새로 쓰이던 지역이었다. 그러나 1625년 네덜란드가 이 지역을 침입, 화재로 요새가 전소된 후 1640년 재건 과정에서 군사적 기능이 사라진 총독관저로 대체되었다.

은밀한 밤의 거래였다. 고요히 정박된 배의 선실에서 그녀, 마리아는 편안한 밤을 보냈다. 인도산 후추가 실린 박스를 분주히 옮기는 뱃사람들의 발걸음이 있었지만... 그 사실을 아는 산모는 아무도 없었다. 아기를 안은 채 모두가 깊이 잠든 밤이었고... 검은 까데호조차 이 배를 찾지 못할 돌섬 어귀의 외진 해안이었다. 배가 서서히 그곳을 빠져나온 것은 새벽녘의 일이었다. 평소보다 일찍 눈을 뜬 마리아는 쌔근쌔근 잠든 위고의 머리칼을 어루만지며 또 귓불을... 뺨과, 하물며 이리 작은 입술을 보듬으며 말없이... 또 지그시 눈을 깜박이고 있었다. 선실의 기물들이 이리저리 날아가고

산통(産痛)을 겪는 여자처럼
한순간 배가
쪼개질 듯
요동을 친 것은

동이 틀 무렵의 일이었다. 배를 집어삼킬 듯한 충격을 그녀, 마리아는 위고를 끌어안고 웅크린 채 견디었다. 성모님을 찾을 시간도 성호를 그을 여유도 없었다. 진동이 멈추자 선실은 이미 아수라장이 되어 있었다. 땅이 꺼지듯 기우뚱... 선실 바닥이 기운 것도 그 순간 일어난 변화였다. 좌초다! 하는 외침이 들려오고 쿵쾅대며 어디론가 뛰어가는 발걸음 소리... 말발굽 소리 같은 그 소리를 들으며 그녀, 마리아는 뒤늦게 성모님께 기도를 올렸다. 루시아와 다니엘라가 무슨 일이냐며 소릴 쳤지만 그녀, 마리아는 아무런 답을 할 수

없었다. 그래서 세차게 고개만 가로저어야 했다.

좌초라는 말이 무얼 의미하는지 그녀는 알 수 없었다. 곧이어 침수다! 물이 들어온다는 외침이 들려오자 본능적으로 여자들은 저마다의 어린 생명을 감싸안고 주위를 살피기 시작했다. 그녀들은 모두 어머니였다. 별일 없을게요. 복도를 달려가던 로드리고 선장이 잠시 문을 열고 어머니들을 안심시켰다. 밖이 더 위험하니 선실을 나서지 말라고도 했다. 여인들은 바싹 서로의 등을 붙여 서로를 의지했으나 그녀, 마리아는 자리에서 일어섰다. 보트로 먼저 가겠다, 곤잘로 영감이 말했을 때 어디 좀더 지켜보자며 하선을 반대한 것이 선장이었다. 선실의 벽이 서서히... 또 조금씩 기우는 것을 느끼며... 또 멀어져가는 선장의 다급한 발걸음을 느끼며

그래도 지금은

복도를 오갈 수 있다는 생각에 그녀, 마리아는 위고를 안은 채 선실 문을 나섰다. 루시아와 다니엘라가 만류했지만 마리아는 직접 자신의 눈으로 배의 상황을 보기 전에는... 무작정 웅크리고 시간을 보낼 수 없다고 생각했다. 괜찮단다 아기야. 성모님이 우릴 지켜주실 거야. 기울어진 계단을 그녀는 오르기 시작했다. 그리고 갑판으로 나가 주위를 둘러보았다. 부신 햇살이 이미 한가득 들이친 물처럼 갑판 위를 흐르고 있었고... 선수(船首)가... 배에서 떨어져나간 선수의 일부를... 그녀는 볼 수 있었다. 돌아보니 여러개의 섬들이 터

무늬 없으리만치 가까이 보였고... 하여 깊은 바다가 아니라는 사실
이 그나마 그녀에게 위안을 주었으나 조금씩

　또 조금씩, 배가 아래로 가라앉고 있다는 사실을 그녀는 느낄 수
있었다. 젠장할, 보트가 떠내려갔다구! 배의 옆구리를 확인하며 몸
을 굽힌 채 고함치는 라울의 뒷모습도 보였다. 조심조심 난간을 짚
고 다가가 어떻게 된 건가요? 우리 어떻게 되는 건가요? 마리아는
외쳐 물었다. 라울은... 놀란 눈으로 돌아본 라울은... 잠시 마리아와
위고를 번갈아 바라보았다. 라울은 말했다. 배는 금방 가라앉는 게
아니고... 이곳은 상선들이 자주 들어오는 곳이니 곧 다른 배가 우
릴 발견할 거란 말을... 그녀에게 들려주었다. 그나저나 여긴 위험하
다고, 자칫 바다에 떨어질 수도 있으니 얼른 선실로 돌아가란 말을
라울이 끝내기도 전에

　쿠쿠쿵.

　바다가 전하는, 하여 침수를 통해 더 밀접히 갑판까지 전달되는
무서운 소리가 아래쪽에서 들려왔다. 끄덕 하고 후미가 들린 형태
로 갑판이 서서히 앞으로 기울자 본능적으로 마리아는 선실로 내
려가는 문을 향해 뛰었다. 다행히 문을 열고 들어서긴 했으나 차마
계단으로 내려설 엄두는 나지 않았다. 쿵, 하고 그 순간 땅이 꺼지
듯 배가 내려앉아서였다. 계단을 포기하고 마리아는, 들어서면 바
로 보이는 선미 쪽 선실로 올라가 빠르게 문을 닫고... 걸어 잠갔다.

텅 빈 선실이었다. 싼 니꼴라 호의 선실을 통틀어 가장 작은... 일종의 다락방과도 같은 그 일인용 선실은... 죽은 곤잘로 영감이 쓰던 꼭대기층 선실이었다. 배가 흔들리는 충격에

또, 기울어지는 방에서 문을 닫는 소리에 잠에서 깬 위고가 울기 시작하였다. 부들부들 온몸을 떨며 그녀, 마리아는 위고에게 기도문을... 신께서 인간에게 주신 기도문을 찬찬히 읊어주기 시작했다. 마치 내리막길을 내려가듯 배 전체가 급격히 쏠리는 진동과... 물이 올라온다는 고함과 비명... 검은 까데호의 외침 같은 그런 소리를 들으며... 그녀는 어머니로서 성호를 긋고... 우는 아기를 달래려 젖을 물리기 시작했다. 바깥의 사정을 아는지 모르는지

젖을 문 어린 위고의 표정은
이내 곧 평안해졌다.

1668년 12월 3일. 곤잘로의 방

모든 것이, 또 모두가 물에 잠겼다는 걸 그녀는 알고 있었다. 배 밖으로 나가 헤엄을 친 선원이 혹시 있을까... 행여 한 사람이라도 주변의 섬까지 헤엄쳐 갔다면 희망이 있는 걸까... 허리까지 차오른

검은 물을 내려다보며 그녀, 마리아는 생각했다. 너무 오래토록 그녀는 온몸을 떨고 있었다. 이 떨림이 두려움 때문인지 아니면 체온을 잃어서인지... 그 경계도 이제 불분명해졌다. 틈이 없는 경계는 없었다. 아무리 굳게 문을 걸어 잠갔다 해도 그녀는 물을 막을 수 없었다.

강대한 에스빠냐의 정복군처럼 순식간에 물은 배 전체를 지배하였다. 복도를 울리던 고함과 비명도 한순간 잠잠해진 지 오래였다. 기울어진 배의 모습을 상상할 때 맨 꼭대기 다락과 같은 이 방까지 지금도 계속 물이 스미고 있었다. 검은 물이었다. 검은 까데호였다. 배 전체를 집어삼킨 검은 까데호가 문을 밀고 밀고 밀치다... 자신의 살점을 잘게 뜯어

검은 쥐와
검은 벼룩을 만들어

문 사이의 작은 틈으로 그것들을 밀어넣고 있었다. 어쩌면 죽음은 막을 수 없는 전염병과 같다는 생각이 자꾸만 들었다. 그러나 나의 위고... 어린 위고를 생각하면 그녀, 마리아는 이 전염을 절대로 용납할 수가 없었다. 용서도 되지 않았다. 멜빵으로 질끈 동여맨, 잘 때조차 끄르지 않는 가죽파우치(출생증명서)를 다시 한번 확인하고 그녀는 말없이 선실의 문을 노려보았다. 문밖에 선 검은 까데호를... 노려보았다. 이렇게 하룻밤을 보낸 사실을... 이제는 기울어

져 비스듬한 천장이 되어버린 작은 쪽창을 통해 알 수 있었다. 손이 닿는 높이는 아니었다. 그러나 눈은 그 창을 넘어... 몇개의 별자리와 쎄뇨라 베라가 알려준 위고의 수호성... 샛별을 간밤에 볼 수 있었다. 위고를 안은 팔이 떨어져나갈 것 같았으나... 점점 더 차오르는 물을 느끼며, 마리아는 최후로

　위고에게 젖을 물렸다. 이것이 마지막 기회라고... 다시금 성큼 올라서는 수면을 응시하며 젖을 물렸다. 그녀는 더이상 성호를 그을 수 없었고... 입으로도 성모님을 찾지 않았다. 검은 까데호는 이제 검은 쥐와 검은 벼룩보다 더 큰 무언가를 곤잘로의 방 안으로 밀어넣기 시작했다. 마리아의 치마 속 다리를 더듬고 희롱하는... 검은 까데호의 앞발처럼 무례한 그것은 '밀물'이었다. 그랬다. 아침이었다. 뱃사람이 아닌 마리아도 이제 밀물이 들 시간이란 걸 알고 있었다. 그래서 계속해 수면이 상승하였고... 이제 마리아의 가슴... 또 턱 밑까지 검은 물이 차올랐다. 이 역시 마지막일 것 같은 소변을 그대로 분출하며... 그 따뜻함에 그녀, 마리아는 잠시 위로를 받았다. 자신이 이토록 뜨거운 인간임을... 그리고 이렇게나 뜨겁게... 살아갈 수 있는 인간임을 느끼며 그녀는 비로소 참았던 눈물을 흘리기 시작했다. 자신은 지더라도

　어린 위고만큼은

　용맹한 사자처럼 이 방을 뛰쳐나가 검은 까데호의 목을 물어 죽

이고 이 삶을 이어가야 한다고 그녀는 생각했다. 광주리를 인 아낙처럼 이제 그녀는 위고를 머리에 이고 있었고... 그러나 점점 더 물이 차오르자 발뒤꿈치를 들어 어떻게든... 코가 잠기는 걸 막아보려 애를 쓰고 있었다. 하지만... 칭얼거리는 위고의 목소리를 듣는 것도 이것이 마지막이었다. 고개를 뒤로 젖힌 채 귀가 완전히 수면에 잠기자 그녀는 끝으로 최대한 많은 공기를 자신의 폐에 저장하고 또 저장했다. 뒤꿈치를 더 올려보았으나 물은, 또 서서히 그녀의 코와 눈... 이마까지를 잠식하고 정수리만 남겨놓았다. 그리고 더는 차오르지 않았다. 위고를 잡고 있는 손에 여전히 물이 아닌 공기가 닿아 있음을 느끼며... 검은 까데호도 이제 더는 쥐와 벼룩을 만들 살점이 남아 있지 않다는 걸 알 수 있었다. 물속에

얼굴이 잠긴 채로
그녀는 몇번 숨을 뱉었다.
짧게 짧게 아껴가며
마치 흰 까데호의 살점 같은
자신의 마지막 숨을 나누어 뱉고 있었다.
흰
물벼룩 같은 공기 방울이
그녀의 코에서
그렇게 간헐적으로
한마리
두마리씩 튀어나왔다.

고요했다.
그리고 이제... 그런 숨조차
얼마 남지 않았다 생각이 드는 순간
그녀는 눈을 뜨고
자신의 마지막 세상을 바라보았다.

어두운 물의 세계

언젠가 꾸었던 꿈속의 바다가 눈앞에서 일렁이고 있었다. 울렁이고 일렁이던 그 세계는... 마구 흘러내린 아마떼나무의 줄기처럼 점점 불규칙한 결을 이루어가더니... 균형 잡힌 아름다운 이목구비와... 왠지 슬퍼 보이는 가파른 뺨을 지닌... 지극히 먼 곳에 선 웅장한 여인이 되어갔다. 그녀는 여전히 만삭의 배인 채였고... 또 여전히 그 속에 담긴 생명이... 그 무한한 것들이... 꿈틀거리며 발길질을 하고 있었다. 저도 당신처럼 키가 컸으면 좋겠어요. 마지막 숨을 폐에다 가둔 채 그녀, 마리아는 그렇게 말했다. 그러나 그곳은 말이 없는 세계였다. 여전히 바다는

아무 말도 하지 않았고

다만 서로를 마주 보며 두 여인은 그곳에 존재할 뿐이었다. 그곳은 역시나 멕시꼬도 아니고 에스빠냐도 아니었다. 그렇다고 바다

도... 죽은 곤잘로가 쓰던 빈방도 아니었다. 정말이지 이곳은 어디일까. 그녀, 마리아는 생각했다. 빛도 소리도 그 무엇도 없는 그곳에서... 마지막 숨을 후... 내뿜은 후

　몇번이고
　몇번이고

　까치발로 뛰어 코를 수면 위에 올리려 기를 쓰다가... 부글부글이는 거품과 함께... 그녀는 위고를 끌어안으며... 물속으로 가라앉았다. 몸을 웅크린 채 그녀는 울고 있었다. 그러나 부릅뜬 눈을 감지 않고 어린 위고를... 다시는 볼 수 없을 나의 위고를... 마지막으로 온전히 눈에 담았다. 지극히 짧은 순간이었지만 이것이 그녀에게는 영원처럼 느껴졌다. 그리고 마리아는... 발버둥치는 위고를 바닥에 뉘고... 그 작은 몸을 발판으로 삼아... 자신의 하얀 십자가를 다시 일으켜 세웠다. 물 밖으로 나온 코와 입을 전부 열어... 그녀는 크게 숨을 쉬었다. 그리고 말없이 허공을 응시하며

　자신의 위고
　자신의 뻬닌술라르를 밟고서
　언덕 위에 선 십자가처럼
　그렇게 서 있었다.

　이곳이 어디인지... 그리고 얼마나 시간이 지났는지 그녀는 이제

생각할 수 없었다. 다만 곤잘로의 쪽창 너머로 타오르는 태양이 지나갔고... 어디선가 흰 까데호의 발걸음 소리 같은 고함 소리... 그런, 소음이 들리기 시작했다. 한참 후 노 젓는 소리가 들려왔고... 흰 까데호가 외치는 뽀르뚜갈 말소리를 그녀, 마리아는 들을 수 있었다. 알아먹지 못할 그 소리에 반응하며 이제 그녀는 자신의 목소리를 외치고 있었다. 두런두런 사람들의 목소리가 들려왔다. 쪽창 가득

아직 아무것도 보이지 않는
하늘이지만
에스빠냐 말을 아는 누군가가
누구냐고 묻는 목소리가 들려왔다.

자신이 누군지
그녀는 언뜻 기억이 나지 않았다.
그래서 처음으로
아직 떠내려가지 않은 자신의 이름을
속으로 되뇌고
되뇌어보았다.

마리아, 말로...
그녀의 이름이었다.

오수연 / 유람

그들은 운이 좋았다. 운이 좋은 사람들 중에서 가장 운이 좋은 건 아니었으나 사소한 차이였다. 그들은 충분히, 매우 운이 좋았다.

　형광등 불빛을 반사하는 작고 동그란 유리창은 벽에 걸린 거울 같았다. 두툼한 플라스틱 창틀과 거기에 일정한 간격으로 박힌 나사들이 물의 침투를 막는 이른바 수밀장치란 것이었다. 눈을 들이대니 창 너머에 정말 바닷물인지 혹은 단순히 유리에 묻은 얼룩인지, 거무스레한 커튼 같은 것이 보였다.

　한눈에 파악된 선실에는 다시 봐도 두 사람이 간신히 누울 만한 2인용 침대, 형태도 크기도 공중전화 부스와 비슷한 욕실, 벽에 부착된 접이식 탁자가 다였다. 욕실에는 샤워기, 세면대, 좌식변기가 최대한 압축되어 있고, 기철이 선실 벽에서 탁자를 내려 확인한 남는 공간의 폭은 출입구의 폭과 일치했다. 그게 다였다. 출항의 순간을 놓치지 않으려면 그들이 서둘러야 하기도 했다.

엘리베이터가 연이어 만원이었다. 여기보다 더 아래층, 창문조차 없는 선실에 배정된 승객들이 그만큼 많다는 뜻이었다. 지상에서라면 고장으로 여겨질 정도로 느리게 엘리베이터가 최상층에 도달하여 문이 열렸을 때, 다른 세상에 와 있음이 비로소 실감되었다.

두두두두, 유람선의 심장이 뛰고 있었다. 밤바다가 갑판보다 높았다. 갑판의 푸르스름한 조명으로 이루어진 동굴로 군중은 두리번거리며 걸어들어갔다. 공기가 매캐하면서도 찝찔하고 기온은 확연히 낮았다.

"폭슬, 푸프! 포트! 스타보드!"

은수는 양손을 머리 위로 들어올려 춤추듯 전후좌우를 가리키면서 외쳤다. 그래봤자 소음에 묻혀 기철에게는 지저귐 정도로 들리는, 선수, 선미, 좌현, 우현의 속어. 은수가 독파한 여러권의 여행안내서와 승선체험기에는 영국 선원들의 속어를 한국 선원들이 거듭 변형한 속어의 도표가 반드시 실려 있었으며, 순서와 오자마저 똑같았다.

갑판 아래로 상층 선실의 발코니에서 머리를 내민 사람들의 뒤통수가 층층이 내려다보였다. 발코니에서 언제라도 바다를 감상할 수 있다는 특장은 늘 한 방향만 바라보게 된다는 단점이기도 할 것이다. 그들은 느긋하게 갑판을 가로질렀다. 선상생활에서 가장 중요한 갑판은 24시간 모든 승객에게 개방되는 공동의 공간이었다.

다만 아침 아홉시에 시작된 승선 절차가 온종일 걸려 점심과 저녁을 컵라면으로 때운 터라 허기가 졌다. 상식적으로 유람선의 서비스는 출항 이후에 개시될 것인데, 출항 지연으로 지연된 식사가 늦게나마 제공될지는 알 수 없었다.

"승객 여러분께 알려드립니다. 잠시 후 우리 유람선은 출항하겠습니다."

자정 무렵 낭랑하게 반복되는 안내 방송에 허기와 피로는 벅찬 감동으로 바뀌었다. 그러고도 반시간쯤 후, 두두두두 깔려 있던 보조엔진 소리가 주엔진의 본격적인 가동으로 파파파파 증폭되자 그들의 심장도 힘차게 뛰기 시작했다.

"폭슬, 푸프, 포트, 스타보드!"

은수는 아까 가리켰던 전후좌우를 숨 가쁘게 정반대로 바꾸어야 했다. 선수의 조타실이라고 추정했던 접시형 UFO 비슷한 구조물에서 붉고 투명한 불나비 떼가 솟구쳐 올라, 그것이 굴뚝이고 그쪽이 선미임을 증명했기 때문이었다. 팔랑거리는 불나비들은 굴뚝에서 뿜어져 나온 고온의 그을음이었다.

마침내 그 순간, 유람선의 옆구리가 선착장에서 살짝 떨어지는 찰나에 수줍게 박수 소리가 일었다. 승선 기념품인 듀얼타임 손목시계 안 앙증맞은 두개의 시계가 공히 가리키기를 1시 12분, 그러니까 오전. 앞으로 두 대양과 다섯 바다를 거치면서 시간대가 바뀜에 따라 위쪽 시계는 한시간씩 되돌려질 것이다.

유람선은 선수를 서서히 틀어 선착장과의 각도를 벌려나갔다. 디자인이 그리 좋다고는 할 수 없으며 불까지 꺼진 여객터미널이 옆으로 밀려나면서 우중충한 창고들이 줄줄이 밀려왔고, 한꺼번에 뒤로 멀어져갔다. 한 잡역부가 배를 묶었던 굵직한 밧줄을 디디고 서서 손을 흔들었다. 다른 잡역부들은 전혀 관심이 없었다.

대부분의 승객들이 다양한 조합의 지인들에게 넘치도록 받았을 환송식은 바야흐로 절정에 이르렀다. 넓어지는 시야에 새로 들어온 화물 하역 구간에 슈퍼킹 크레인들이 한발 치켜든 캉캉춤의 자세로 도열해 있었으며, 작게 줄어들며 가라앉는 여객터미널과 창고의 배후에서 거대한 야광 응원봉들이 떠올랐다.

그들이 태어나고 자라고, 서로 만나고, 온 힘으로 사랑하고 진이 빠지도록 미워했던 곳, 그들의 고향. 저 야경 속에서 지금쯤 파했을 술자리, 오지 않는 택시, 어디 빠뜨렸는지 모를 신용카드. 그들이 가끔 주말에 정체된 등산로에서 앞사람의 엉덩이만 쳐다보며 오르곤 했던 산은 빛의 공해 속에 비뚤배뚤 그어진 한줄의 선이었다. 그 위로 희미한 별들이 빠르게 흘러가고 있었다.

기철은 아내를 포옹하며 귀를 삼킬 듯 입을 바짝 대고 말했다.

"고행!"

승선권이 당첨된 날부터 옆에서 하도 떠들어대는 통에 절로 외우게 된, 고 어헤드(Go ahead)의 한국식 속어. 앞으로!

배 안에서 보내는 첫날밤의 불면이야 어쩌면 당연했다. 은수의 경우에는 선실 문밖 복도 천장에 커다란 고양이가 발톱을 세우고 매달려 있다는 기묘한 상상을 떨칠 수 없었다. 후우욱, 후우욱, 고양이가 잊을 만하면 입김을 불어대어 문이 안쪽으로 조금씩 들썩대는 모습까지 머릿속에 그려졌다. 꼬르륵, 돌아눕는 기철의 배 속에서 위장이 탄식했다.

새벽 다섯시, 일출로 벌겋게 달아오른 바다가 창턱에 걸려 있었다. 배의 중간부, 발코니가 없는 네개 층에서도 맨 아래층, P데크는

다행히 수면 아래 잠겨 있지 않았다. 그런데 수면이 창턱에서부터 차차 부풀어 사선으로 들려 있어서, 쇳물 같은 바닷물이 모조리 선실로 쏟아질 지경이었다.

7시 10분, 아침식사 시간을 알리는 종소리가 울리고도 십분을 더 뜸 들여 그들은 단정한 차림으로 선실을 나섰다. 문틈으로 스며든 냄새로 아침 메뉴는 진작 파악하고 있었다. 커피, 햄 샌드위치와 으깬 감자샐러드. 승객들은 서로 이해한다는 눈빛과 곧 문제가 해결되리라는 위로의 미소를 교환했고, 식당 앞에 줄서면서 서로 양보하려고 가벼운 실랑이도 벌였다.

자신의 순서가 되어 은수는 이동식 선반장에 들어찬 식판 중 하나를 빼들고 식당으로 들어섰다. 문간에 서 있는 잘생긴 청년에게 묵례했으며, 빠른 판단으로 첫 교류이니만큼 안전하게 노부부가 있는 식탁으로 걸음을 떼었다. 뒤따라온 기철이 의자를, 참으로 오랜만에, 빼고 밀어주었다. 한식을 그리워할 승객들을 위해 식판 구석에 놓인 무말랭이장아찌는 으레 그렇듯 너무 달았다. 한 식탁의 두 부부는 몇마디 주고받지 않고도 여러 공통점을 발견했다. 무엇보다 넷 다 뱃멀미를 전혀 하지 않았다!

짧은 하루가 다하자 은수는 항해 1일차였던 첫날이 실제로는 배가 항구에 떠 있는 채로 지나갔음을 못내 아쉬워하면서, 수첩의 항해 2일차 칸에 가위표를 쳤다.

가도 가도 유람선은 같은 자리, 사방으로 둥그런 수평선의 한가운데에 있었다. 암만 봐도 지구는 원통형 물기둥임에 틀림이 없었다. 물기둥의 둥그런 윗면 정중앙에 이 배는 박혀 있었다. 멀리 티끌 같은 배 한척이 힘없이 미끄러져 뚝, 수평선 너머로 떨어져버렸다. 잠시 후 수평선에서 튀어나온 다른 작은 배는 대체 어디서 왔을까?

맑은 밤, 모든 소원을 빌어도 턱도 없을 만큼 수많은 별똥별이 떨어졌다. 그들은 별자리가 현란하게 수놓인 천구를 똑똑히 보았다. 그뒤로는 낮에도 하늘이 반구형으로 보였다. 지구라는 행성은 공 모양이 맞긴 한데 위로 반쪽은 천구, 아래로 반쪽은 수구였다. 지구는 물이 반 정도 찬 공이었다. 오뚝이처럼 무게중심을 아래에 두고 우주에 둥둥 떠가고 있었다.

여건상 작업은 교대로 이루어졌다. 하루에 한시간씩 세번, 세시간의 식사시간과 자정부터 새벽 다섯시까지의 취침시간을 제외한 열여섯시간을 그들은 자율적으로 반분하고, 당분간이라는 전제로 한두시간씩 교대했다. 탁자를 접어 벽에 붙이고 고리로 고정한 다음, 작업자는 양다리를 골반 너비로 벌리고 똑바로 서서 머리를 뒤로 한껏 젖혔다. 바른 자세라면 양발의 발끝이 각기 바깥쪽으로 15도 벌어지게 돼 있었다. 양팔은 옆구리에서 45도로 들고, 양 손바닥은 전면을 향해야 했다. 만에 하나 작업자가 뒤로 쓰러질 시 욕실 모서리에 머리를 부딪히느니 침대가 나을 것이라는 안전상의 고려로, 창과 침대를 등지고 문 쪽을 전방으로 상정하도록 권고되었다.

이는 여행안내서와 승선체험기, 선실의 벽보에도 인체도를 곁들여 상세히 설명되어 있는 바로, 어떤 작업이라도 그렇듯 보기에는 쉬워 보여도 막상 하기는 만만찮았다. 승선권이 당첨된 날 둘은 장난 삼아 도전했다가 목과 어깨가 아프고 현기증이 일어 어느 쪽도 이십분을 버텨내지 못했다. 일회당 평균 지속시간으로 기재된 세시간에 도달하기 위해 승선 전까지 부단히 연습해야 했으며, 승선 후에는 배의 진동으로 인한 일시 퇴행이 예상보다 심각했다.

작업자가 작업하는 동안 비작업자는 적어도 하루에 한번 갑판에 올라가 해를 쫴야 했다. 아래층 승객일수록 비타민D 부족과 우울증을 예방하기 위해 스스로 노력할 필요가 있었다. 그밖에는 영상자료실이나 헬스장 따위 선내의 다양한 시설을 이용할 수 있겠으나, 주로 선실에서 모자란 잠을 보충하기 마련이었다. 괜히 돌아다니다가 달갑잖은 상대를 만날 위험이 있었다. 첫 식사를 함께했던 노부부라든가.

그 과자를 아시네요? (당신들도 별로 젊지 않군요.)

우리도 그 콘서트에 갔었는데! (우리는 별로 늙지 않았다구요.)

노부부가 은근히 자기들과 같은 세대로 뭉뚱그리려 해서 소름이 끼쳤다.

대체로 만족스러운 항해에서 가장 큰 어려움은 인터넷 금단 증상이었다. 휴대전화에 저장해둔 파일들을 아껴가며 열었다. 바다에는 기지국이 없다는 사정을 납득할 수는 있어도, 국제전화 요금에 버금가는 비즈니스룸의 인터넷 사용료를 은수와 기철은 감당할 수 없었다.

취침시간에 둘은 침대에 마주 보고 누워 입에서 입으로 구슬을 주고받았다. 어둠속에서도 발그레하게 빛나는 그 구슬은 은수의 짐작에 석양빛의 결정체였다.

얼마 전 지는 해가 검게 보일 정도로 강렬했다. 가느스름하게 좁혀진 눈꺼풀 틈에서 검붉은 핏덩어리를 꼭짓점으로 석양빛이 이등변삼각형이었다. 공기가 과열되었다. 핏덩어리가 통통 튄다 싶더니, 돌연 삼각형에서 분리되어 똑바로 추락했다. 하늘이 알을 낳았다. 바다는 온통 피였다.

아릿하게 통증이 이는 눈알로부터 온몸으로 열기가 확 번졌다.

아니, 흰 새, 선수에서 홀로 날아올라 우현을 스치고 바다에 내려앉을 듯하다 날개 치며 돌아와서 매연 뚫고 사라져버린, 새 한마리 때문일 수도 있었다. 굴뚝에서 뿜어 나오는 매연기둥을 그 새가 흰 점으로 관통하는 순간 자신도 숨을 멈추지 않았나.

또는 노랫소리. 풍속과 운항 속도가 일치할 때 배가 내는 소 울음 비슷한 소리를 그녀라고 모르지 않았다. 남편은 자꾸 그 소리였을 거라 우기지만, 자신이 들은 신비로운 음향은 분명히 달랐다. 굳이 비교하자면 대규모 어린이 합창단의 허밍 같은 소리였다.

음……

그날따라 갑판이 한산해 증언해줄 이가 없어서 안타까웠다. 그런데 시간이 흐를수록 그 또한 어떤 의미로 생각되었다.

하여튼 그즈음 구슬은 부부가 입 맞추는 동안 뒤엉킨 혀와 혀 사이에서 발생하여, 미미한 이물감의 정체를 확인할 새도 없이 그녀의 목구멍을 쏘옥 넘어가 배 속 깊이 하강했다. 심한 위장 장애와 구토 증상이 그 일과 관련있는 줄 몰랐고, 입덧인 줄이야 더군다나 몰랐다. 구슬이 그녀의 목청을 걷어차며 올라와 자신의 존재를 명확히 드러낸 밤, 그녀는 남편과 끌어안고 울었다. 구슬이 그녀의 배

속으로 다시 내려가 잠들기 전까지 부부는 교대로 입안에 구슬을 품었다.

성장 속도가 극히 느려서 구슬은 이제 겨우 콩알만 했는데, 그게 비정상이라 볼 이유는 하등 없었다. 둘의 체액이라든지 체온, 전해질 등등과 구슬의 성장 간에 상관관계가 있음은 확실했고 그걸로 족했다. 그들은 남에게 문의하거나 심지어 분석을 의뢰할 생각은 추호도 없을뿐더러 그럴 수도 없었다.

아무리 그래도 구슬의 한쪽이 약간 평평해서 전체적으로 찌그러진 모습이라는 점은 마음에 걸렸다. 육지의 홈쇼핑에서 완벽하게 동그란 정품에 비해 헐값으로 팔리던 이형 진주들이, 그조차 살 수 없이 빡빡했던 살림 형편과 함께 떠오르면 은수는 한숨지었다. 기철은 담담히 되뇌었다.

"침을 듬뿍 적셨지? 정성을 다해 굴렸지? 구슬이 식을까봐 우리가 입 맞대고 주고받았지? 구슬이 보고 싶어서 좀 자주 꺼내 보기는 했어. 이게 가장 중요한데, 우리 둘 다 일초라도 딴생각한 적 있어? 없잖아. 정신을 제대로 집중했잖아. 괜찮아질 거야!"

한밤에도 선실 밖 복도는 부산했다. 밀항자들이 경계가 허술한 선실을 탐색하러 다녔고, 자경대는 그들을 색출하러 다녔다. P데크 21구역의 승객 대표 장영민은 최근 자원자들로 구성된 자경대를 공식 인가했다. 본인부터 식료품 유출 감시 등의 자원 활동으로 인기를 얻어 대표로 선출된 인물이었다.

문밖에서 문고리를 소리 없이 돌려서 잡아당겨보는 기척이 심심찮게 느껴졌다. 당돌한 노크 소리에 구슬이 갈팡질팡하다 베개로 떨어진 적도 있었다. 밀항자이건 자경대원이건, 그들이 노리는 것은 구슬이었다. 출항 당시 배에 숨어들었을 밀항자들이 왜 구슬의 융합과 비슷한 시기에 존재를 드러냈으며, 자경대는 어떻게 기다렸다는 듯이 튀어나왔을까?

매일밤 은수와 기철은 얼어붙은 채 기상의 종소리를 기다렸다. 승선기념품인 듀얼타임 손목시계는 며칠 못 가 고장나서 여행가방에 처박혀버렸다. 시간대와 경도를 종소리가 바꾸었다. 해는 기상의 종소리가 울릴 때 떴다.

진리를 구하는 자를, 진리가 필요해 보이는 자도 외면해서는 안 된다는 양심상의 책무를 옆방의 교수 부부는 훌륭히 수행했다. 그들이 열과 성을 다했다는 데 아무도 토를 달 수 없을 것이다. 그들이 이 방에 남긴 등받이 없는 의자는 이웃 간의 정이었다.

그리고 이제껏 그들이 식당과 복도에서 외쳤던 그 어떤 말들보다 더 큰 웅변이었다. 왜 각 선실마다 하나씩 있어야 할 의자가 이 선실에는 없었는가?

책에 묻혀 산 사람들답게 말하면서도 머릿속으로 제 말을 점검하는 듯했던, 더 정확한 단어가 떠오르면 소급하여 대체해서 같은 구절을 반복하기를 마다하지 않았던, 그들이 조금만 더, 아주 조금만 더 설득을 해주었더라면 이 방도 용기를 냈을지 몰랐다.

구경꾼들로 오랜만에 갑판이 붐볐다. 저 아래 선체 외벽에 초콜릿 막대과자가 붙어 있는 것처럼 보였다. 그게 사람과 짐들이 부지런히 내려가고 있는 줄사다리라서, 대기하던 구명정들이 한대씩 까맑게 부풀어 떨어져나갔다.

예정된 시간이 지나고도 끝날 기미가 안 보였다. 출항지로 되돌아가려는 귀환자들의 행렬은 자주 끊겼고 간격이 점점 더 벌어졌다. 정지 시에도 보조엔진을 끌 수 없는 유람선의 특성상 동력원이, 남은 승객들을 위해 마땅히 쓰여야 할 에너지가 헛되이 소모되고 있었다. 거듭된 사전 협의가 무색하게 하선 과정이 순탄치 않은 모양이었다. 총대표단과 자경대연합이 짐 검사를 재차, 삼차 요구한다고 했다.

그럼에도 기관실 창고에서 중요 부품 상당량이 없어졌음이 뒤늦게 알려졌으며, 공식 확인 전에 기정사실화되었다. 수평선을 넘어가버린 구명정들을 잡을 도리가 없으므로, 실은 유람선이 그들을 뒤로하고 전진한 탓에, 갈 곳 없는 분노는 조사에 협조하지 않는 기관원들에게로 향했다. 오랜 세월 인공조명 아래에서 근무한 탓에 아무리 시력이 나쁘다 해도 돈은 알아보는 법이었다.

아래층일수록 귀환자가 많았다는 말은 사실인 듯했다. 대부분 끝까지 속내를 숨겼던 이 구역의 귀환자들이 떠나고 보니 빈 선실이 여섯개나 되었다. 그중 주책없는 노부부와 자매라던 두 여자가 끼였음은 놀랍지도 않았다. 그들에게도 구슬이 있음이 언젠가부터 뻔했기 때문이다.

어느 쪽의 선택이 옳았는지 판가름은 곧 났다. 이번에는 상황 파악을 위해 제법 많은 사람들이 갑판으로 올라왔다. '계단'이라는 별명으로 더 잘 알려진 해협은 실로 계단이었다. 가로로 긴 물살의 띠가 고르게 착착 밀려왔다. 한겹 위에 다른 겹이 끝없이 쌓여갔다.

눈 비비고 다시 보고 부릅뜨고 또 봐도 각도는 60도 이상, 배는 두 두두두 숨을 몰아쉬면서 힘겹게, 힘겹게 올라갔다. 하늘로.

뒤를 돌아보면 수평선이 까마득히 저 밑바닥에 가라앉아 있었다. 은수는 난간 기둥을 잡고 엎드려 사무치게 후회했다. 계단은 착시일지라도 저 기분 나쁜 물살이 삼킨 배들의 명단이 엄연한 기록으로 3쪽에 달했다. 배 안의 전문 지식을 총동원하여 계산해낸 피로강도이니 피로균열이니, 너무 피로해서 이미 죽은 지 오래라는 사망 증명이나 다름없는 폐선에 남은 자신을 이해할 수 없었다. 용서할 수도 없었다.

도산 위기의 운항사, 거액의 해상보험금!

유람선의 로고, 머리에 짐을 이듯 두 손바닥을 수평으로 들어올린 여인은 고르곤!

아시아 대륙 가로질러 단군조선을 개국한 이스라엘 '단' 지파의 비결 「공무도하가」, 물을 건너지 말라!

배의 부품을 빼간다는 말만은 쏙 빼놓았던, 옆방 전직 강사들의 구명정이 구원의 방주였다.

판가름은 얼마 못 가 다시 났다. 욱실대는 먹구름 사이로 해가 한 뼘쯤 비치자 대양이 온통 청록빛 위스키로 변했다. 바람은 갑갑하도록 눅눅했다. 모든 조짐이 외쳤다. 저 앞에 태풍이 있다고.

주먹만 한 빗방울에 무수히 두드려 맞아 수면이 깔때기 모양으로 우묵해졌다. 원형 장벽으로 솟구친 수평선에서 쏟아져내리는 바닷물의 분출구는 유람선 바로 밑에 있었다. 승객들이 그토록 기다려도 한번도 모습을 보여주지 않았던 돌고래가 수천, 수만마리 퍼덕이며 굴러떨어졌고, 떨어지다 길고 흰 털을 휘날리는 괴물들로 변했다. 가느다란 노를 애처롭게 버둥거리던 구명정들이 태풍의 반경을 벗어났을 가능성은 희박했다.

흠뻑 젖어 선실로 돌아온 은수는 젖은 채로 침대에 걸터앉았다. 기철은 그녀의 사이렌 못잖은 침묵에 짜증낼 여력이 없었다. 부욱부욱, 배의 노쇠한 엔진이 거친 바다에 끌리는 듯한 소리를 냈다. 선체는 좌우로 크게 흔들렸다. 그는 메트로놈의 바늘처럼 우로 좌로 기울어져 벽을 짚고 일어나기를 반복하면서, 그 중간에 직립 자세로 목을 뒤로 꺾으며 고개를 젖혔다. 반쯤 뒤집힌 시야가 널을 뛰었다. 등짝에 싸늘한 눈초리가 꽂혀 음주운전 측정을 받는 듯한 기분이었다.

그는 벽에 부딪쳐 주저앉았다가 튀어 일어나 목을 다시 뒤로 꺾었다. 그러지 않으면 돌아서야 했고, 침대에 도사린 판정관을 마주해야 했다. 차마 그럴 수가 없었다.

구슬은 그녀의 손바닥에 놓여 있었다. 귀환자들이 각오하고 실행했을 것을 그녀는 각오했다. 익사 직전에 구슬을 바다에 맡기기로.

구슬은 약간 변해 노란 기가 돌았다. 하필 포식자들의 눈에 제일 잘 띄는 빛깔이었다. 아직도 고작 엄지손톱만 하고, 물에 가라앉기에 딱 좋은 물방울 모양이었다. 그 어느 단계보다 위태로웠다.

눈물이 구슬을 적셨다.

결국 이렇게 될 줄 그녀는 알고 있었다. 자기가 알고 있음을 모르고 싶었을 뿐이다. 귀환도 잔류도, 둘 다 잘못된 선택이었다.

금속성 굉음으로 파도가 선체의 오른쪽을 후려쳤다. 기철은 뒤로 날았다. 은수가 받았다.

파도가 배의 왼쪽을 때려 작고 동그란 유리창에 물거품이 부글부글 끓었다. 절로 활짝 열린 문을 향해 둘은 손을 꼭 마주잡고 날아갔다. 복도의 문들이 제멋대로 여닫히고 있었다. 단 한대 남은 구원의 방주가 신음했다.

이럴 때일수록 어떠한 하중 이동도 불가하다는 주장에 밀려, 위층의 빈 선실을 재배정하자는 안건이 부결되었다.

밤마다 쫓고 쫓기는 발소리가 이어졌다.

"나오세요! 이대로 가다간 배가 가라앉습니다."

"살려주세요. 제발 살려주세요!"

문 밖에서 여러 다른 목소리가 속삭였다. 그들의 말소리는 몽롱한 메아리가 되기도 했고, 흉내였음을 야비하게 드러내면서 술 취한 웃음소리로 바뀌기도 했다.

"문 열어!"

쾅쾅. 쾅쾅쾅. 문이 들썩거렸다. 기철은 숨죽이며 꼼짝하지 않았다. 자기가 지킬 수 있는 유일한 공간을 지켰다.

"알아요? 어차피 우린 다 죽어요."

그는 일절 반응하지 않았다. 복도에 뭔가가 질질 끌리고, 어디선가 판자 따위가 우지끈 떨어져나갔다. 창밖에는 상층에서 던진 쓰레기가 첨벙거렸다.

간간이 조용해지면 더 섬뜩했다. 태풍에 휘말려 출항지로 귀환하지 못한 귀환자들의 영혼은 배로 돌아왔다. 목격담이 허다했다.

그가 직접 본 적도 있었다. 왜 그랬는지, 자다가 몽유병자처럼 일어나 문을 여니 복도가 침침해졌는데, 그 직전에 복도 가득 춤추던 도깨비불들이 일제히 천장으로 빨려 들어가는 장면이 얼핏 보인 듯했다. 그런데 그 시기는 귀환자들이 구명정을 타고 떠나기도 전이었다. 잠든 아내가 깰까봐 자신이 비명을 참았으니까. 하긴 아내는 귀환자들이 떠난 후에도 한동안 선실에 같이 있었긴 했다. 그럼 그 이후? 귀환자들이 혹시 성공했을 수도 있지 않나?

하루 열여섯시간까지는 아니더라도 그는 최대한 작업시간을 늘려나갔다. 저녁식사 전에는 여성휴게실로 아내를 만나러 갔다.

"오늘 뭐 좀 먹었어?"

"응."

"뭐?"

"먹었어."

그는 문에 오른손을 대며 말했다.

"기다릴게."

이번에도 답은 없었다. 문 너머에서 은수가 문에 손을 대고 있을 것 같지도 않았다. 제5대 대표단은 공약을 실천하여 권고를 경고로 강화했으며, 그녀는 작업 태만으로 세차례 경고를 받아 서비스에서 제외되었다.

"당신들을 위해서라구!"

휴게실 안 다른 여성이 날카롭게 대신 답했다.

선실로 돌아온 기철은 콩 통조림을 따서 먹었다. 운항일자와 승객 숫자에 맞게 배에 실렸을 식량이 항로를 반도 지나기 전에 떨어졌고, 비상식량마저 부족하다는 소문이었다. 줄서기 싫어 그는 원래 잘 이용하지 않긴 했지만 세탁실과 조리실의 크고 작은 기계들도 싹 사라졌다. 그 큰 세탁기가!

욕실에서 양치질을 하고 나와 침대를 쳐다보다, 그는 돌아서서 목을 뒤로 꺾고 두 팔을 벌렸다. 위기마다 그랬듯 가족을 위해 할 수 있는 일에 최선을 다했다. 모르는 걸 안다고 착각하지 않았고, 확실하지 않은 일에 끼지 않았으며, 새 규칙을 원하기보다 불편하더라도 있는 규칙을 지켰다.

작업 무용론을 꺾지 않은 강경파들은 끝내 제명되었다. 단 사흘치의 식량과 함께 구명정에 실려 속절없이 떠내려가면서 그들은 일관되게 북서쪽을 가리켜 보임으로써, 유람선의 항로를 그 방향의 가장 가까운 항구로 즉각 변경하라는 메시지를 각인시켰다.

은수는 핼쑥해진 얼굴로 돌아와 입에서 입으로 기철에게 구슬을 건넸다. 그 구슬은 완벽하게 동그랬다. 유람선의 부담을 경감시키기 위해 본인들부터 유람선에서 덜어낸, 강경파의 일원이 맡긴 것이었다. 기철은 동그란 구슬을 배 속 깊이 밀어넣었다. 은수가 찌그러진 구슬을 또 입에 넣어주었다.

마침내 배가 서버리는 순간, 모두가 알았다. 엔진의 소음과 진동이 몸에 배어 있어서 엔진이 멈추자마자 몸이 이상신호를 발했다. 비상벨은 뒤늦게 울렸으며 안내 방송은 그보다 나중이었다.

"아! 아! 총대표단의 비상대책위원회는 비상행동수칙을 발령하오니 전층 전구역 전실의 회원들께서는 다음 각 호에 일사불란하게 협조하여주시기 바랍니다. 일, 기왕 작업하던 작업자는 현 작업

공간에서 작업에 더욱 박차를 가하여 에너지 생산을 증대시킨다. 이, 비작업자는 작업공간 이외의 안전한 공간에서 즉각 작업을 개시하여 에너지 생산에 가세한다. 삼, 다음 각 호의 장소는 안전한 공간에 해당하지 아니한다……”

엘리베이터가 미어터져 계단으로도 뛰어서 회원들은 갑판으로 몰려갔다. 선실에서 작업을 지속하는 작업자도, 식량창고 등을 제외한 여타 공간에서 작업에 가세하는 비작업자도 없었다.

일부는 A데크의 대표단 사무실로 달려갔다.

“에너지 다 어디 갔어? 최소 이십오퍼센트 이상 비축돼 있어야 하잖아!”

“우린 날이면 날마다 짜냈어. 작업이 얼마나 힘들고 역겨운지 당신들이 알아?”

“잠시만 기다려주시겠습니까?”

혼자 사무실을 지키던 사무원은 전례 없이 예의 바르게 답했다.

“얻다 빼돌렸냐구!”

“책임자 나오라 그래!”

“대표님들께서 지금 책임자를 찾으러 가셨습니다.”

유람선이 요동쳤다. 와사사 와사사 파도가 요동쳤다. 동력이 멈춘 배는 아무리 커봤자 한낱 가랑잎이었다. 물살에 슬슬 방향이 틀어지면서 무력하게 떠밀려갔다. 갑판의 사람들은 앞에서부터 무너져내렸다. 무릎을 꿇고 두 손을 모았다.

힘 빠진 몸에 바다의 진동이 스며들었다. 몸에 내재된 진동과 바다의 진동이 같았고, 몸이 그 진동 자체였다. 심장, 허파, 창자, 모든 장기와 모든 세포가 그 진동으로 이루어져 있었다. 그리고 각 세포 안의 망망대해에서 파도쳤다.

대표단은 배의 맨 밑 기관실의 잠긴 문을 뚫으려다 실패하자 맨 꼭대기의 조타실로 치올라갔다. 원인은 자동항법장치의 사소한 이상이며 속히 복구되리라는 대표단의 발표에도 불구하고, 새나온 얘기는 달랐다. 조타실의 검버섯 핀 노인들은 해명이나 약속은커녕 이런 식으로 말했다는 것이다.

애초부터 잘못되었다.

평생을 신물 나게 일한 그 노인들은 엔진이 되살아나니 오히려 귀찮은 기색이었다고 한다.

환호를 다하고 각기 선실로 돌아가면서 승객들은 바다에 뭔가를 빠뜨린 듯 찝찝한 느낌이 들었다. 하지만 그게 뭐였는지 머리를 썩이고 싶지는 않고, 그런다고 생각날 것 같지도 않았다.

작업시간에 달구경 나온 비작업자들이 비율상의 최대 숫자보다 훨씬 많아 보였다. 자경대원들은 보이지 않았다. 한편으로는 여전히 적잖은 작업자들이 작업에 전념하고 있었으며, 승객의 권리 중 제1항이 작업이라 알리는 벽보도 선실에 그대로 붙어 있었다.

조타실에서 왜소한 노인이 나왔다. 허공에 기역자로 튀어나온 윙브리지를 노인은 가는 듯 마는 듯 아주 천천히, 한걸음마다 난간을 짚어가며 간신히 걸어갔다. 과도하게 큰 모자로 보아 그가 선장이었다. 더이상 바랄 것도 잃을 것도 없는 그는 끝까지 걸어가서 담배를 물고 불을 붙였다. 갑판에서 올려다보는 많은 눈동자들에 점화되었다. 선장의 모자가 담배연기에 휘감겼다. 선체에서 가장 높은 곳에서 조촐한 화형식이 벌어졌다.

보름달로부터 갑판까지 직선도로가 났다. 달을 바라보는 이가 자리를 바꿔도 도로는 따라왔다. 보름달이 매번 정중앙에 있고 환한 빛의 길이 일직선으로 뻗어 있었다. 갑판에서 내려다보는 제 머리통의 그림자가 바다에 뚜렷했다. 환한 반고체의 바다를 배는 미끄러져갔다.

그 밤 승객 열한명이 사라졌다. 한 중년 남자가 수면 위를 걸어가는 뒷모습을 기철은 꿈엔 듯 보았다. 남자가 가슴에 보듬은 구슬의 푸른빛이 두광처럼 상체를 감싸고 있었다.

사방의 수평선을 가득 메운 그 생물은 유람선을 잡고 놓아주지 않았다. 똬리로 무한히 칭칭 감았다. 결이 뚜렷한 조류가 그것의 근육이며 반짝이는 파도가 비늘이었다. 길고 날렵한 혀가 뱃전을 핥고 가면 금박 은박 날리고 소낙비 쏟아지는 소리가 났다.

그것은 해와 달을 삼키고 토했다. 별자리를 꼬리로 휘젓다가 한바퀴 재주 넘어 천구를 양분하는 젖빛 띠가 되기도 했다. 변덕스러워서 온갖 짐승의 소리를 내고 울다 웃다 했다. 이도 저도 싫증나면 운무로 모든 경계를 지우고 형체를 녹여버렸다.

마찬가지 알 수 없는 이유로 그것은 꿈틀하여 어느 안내서에도 체험기에도 없는 작은 항구에 배를 던져버렸다.

은수와 기철은 구슬들을 수건으로 싸서 침대 위에 올려두었다. 동그란 구형과 물방울 모양, 둘 다 아직도 겨우 눈깔사탕만 한데 영롱한 광채를 뿜어냈다. 구슬들이 답답해할지도 몰라서 부부는 수건을 헐겁게 벌려두었고, 좀더 생각한 끝에 침대 밑에 내려놓았다. 잠시 후에는 맨 구석으로 밀어넣었다. 선실을 마지막으로 나서면서 부부는 문을 빼꼼 열어두었다.

정성을 다하지 못했다.

정신을 제대로 집중한 적이 한번도 없었다.

몸 안에 남은 구슬들의 빈자리를 회한이 채웠다. 출항지는 잊었고 귀항지는 알지 못하므로, 부부는 자기들이 아는 유일한 세상에 구슬들을 남겨두었다.

오랜만에 뭍에 발을 디디는 사람들을 땅멀미가 달려와서 반겼다. 그들은 저마다 다른 방향으로 기우뚱대며 걷다가 쓰러졌다.

제7대 대표단의 수습 덕분에 침몰은 면했으나 수습되기에는 너무 늦어서 골격만 남은 채로, 배는 떠났다. 그들은 땅바닥에서 핏기 없는 얼굴을 겨우 들고 바라보았다. 청룡이 꿈틀꿈틀 여의주의 둥지를 똬리의 가장 안쪽으로 다시 끌어들여 품는 것을.

붉은 먼지의 장막이 그들 위로 드리웠다. 땅이 그들을 빠르게 빨아들였다.

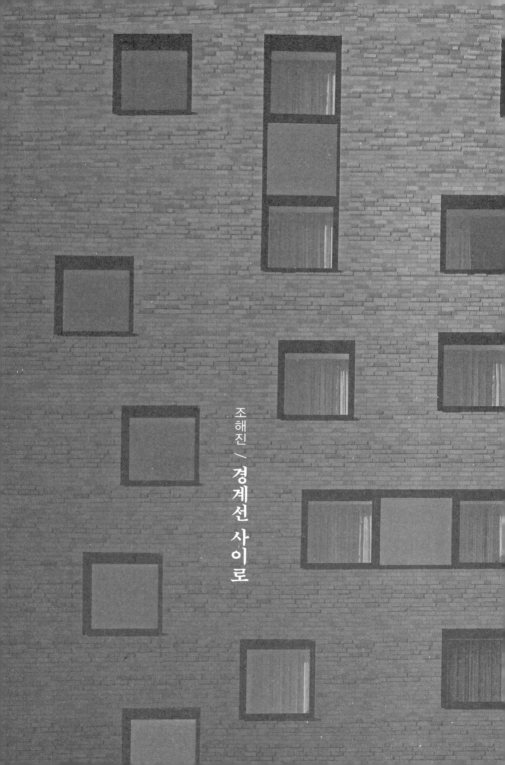

조해진 /

경계선 사이로

여름이 지나갔다.

택시 뒷좌석에 앉아 히터가 내뿜는 인위적인 더운 공기를 들이마시며 연진은 그렇게 되뇌었다. 불과 열흘 전만 해도 모든 공공장소에서 에어컨 바람이 불어왔다는 것이나 차가운 음료를 손에 든 사람들이 거리를 활보했다는 게 믿기지 않았다. 환절기는 이제 사전에만 존재하는 단어가 된 것일까. 그러고 보니 작년 여름 신문사에 입사하면서부터 연진은 별다른 환절기 증상을 겪지 않았다. 간이역이 사라지면 간이역에 머무는 시간도 함께 증발하는 것과 같은 이치인지도 모르겠다고 연진은 생각했다. 그렇다면 편리한 증발이었다. 환절기가 되면 연진은 긴 수면으로 이어지는 무기력을 감당해야 했고 그 증상은 감기약이나 아스피린으로 치료할 수 없었다. 의학적으로는 설명하기가 애매한 증상이긴 했다. 장기와 뼈 사이에 낯선 기운이 연기처럼 퍼져들어와 끊임없이 잠에 들게 하는 그 증상을 의사라 해도 제대로 진단할 수는 없을 것 같았다. 치료되지 못한 무기력은 환절기마다 재발했고, 그 탓에 환절기 기간이면 연진은 회사에 지각하거나 약속을 지키지 않는 불성실한 사람이 되어 있곤 했다. 그 모든 실수에 대한 변명을 찾아내고 사과의 언어를 반복하다보면 환절기는 덧없이 끝나 있었다.

도로는 꽉 막힌 상태였다.

신문사가 있는 을지로에서 조계사까지는 상습적으로 정체되는 구역이란 걸 알면서도 마침 눈앞에 나타난 택시에 올라탄 안일한 선택이 뒤늦게 후회됐다. 택시는 롯데백화점 근처에서만 벌써 십오 분이나 갇혀 있다시피 한 상황이었다. 인터뷰 시간에 늦을지도 모른다는 조급함은 조금씩 과열되다가 어느 순간 갑자기 냉각되었다. 택시 차창 밖으로 윤희 선배의 모습을 목격한 순간부터였을 것이다.

국민은행이 입점해 있는 건물 앞에서 윤희는 누군가를 기다리는지 혼자 서 있었다. 엇갈린 두 팔로 몸을 감싸고는 고개를 살짝 숙인 자세가 예전과 똑같았다. 커트와 단발 사이의 헤어스타일, 엷은 무채색 셔츠와 느슨한 직물 느낌의 카디건, 구김이 진 면바지, 단색의 스니커즈도 그대로였다. 외모와 차림이 바로 어제 본 듯해서 그는 마치 1년이라는 시간이 하루나 이틀 정도의 분량으로 축약된 터널을 통과한 사람 같기도 했다. 시간을 세분한 단위 따위는 무의미한, 그래서 환절기처럼 단위와 단위 사이의 경계는 존재하지도 않는 어떤 터널……

택시 뒷좌석에 앉아 있던 연진은 고개를 돌려 윤희가 누굴 만나고 어디로 가는지 지켜보려 했지만 그는 금세 시야에서 멀어지고 말았다. 정체가 풀리자 택시는 순식간에 목적지인 조계사 앞에 도착했는데, 택시에서 내릴 때 연진은 반사적으로 귀부터 틀어막아야 했다. 전자파를 흡수한 마이크의 삐, 하는 소리 때문이었다. 삐, 삐이, 삐삐, 하는 그 날카로운 소리 사이로 여러 구호가 어지럽게 끼어들었다. 조계사 마당에 양쪽으로 나뉘어 줄 맞춰 앉아 있는 스님들이 내는 목소리였는데, 한쪽에서는 '종단 개혁 촉구' '직선제를 보장하라' 같은 구호를 외쳤고 그 맞은편에서는 '교권 수호' '재야 세력 유입 결사반대'를 외치는 목소리가 들려왔다. 한쪽은 개혁파였고 다른 한쪽은 안정파였다. 각 파에서 보내온 보도자료대로 개혁파와 안정파 스님이 한날한시에 조계종에 모여 시위를 하는 상황이었다. 촉구, 보장, 결사반대 같은 단어가 포함된 구호는 작년 여름의 소리이기도 했다. 공간과 사람은 달라도, 심지어 같은 공간에서 상반된 주장을 하면서도 시위의 문장은 유사하고 단어는 겹친다는 것이 연진에게는 따분한 농담 같기만 했다. 조계사 사무실에서 예정된, 개혁파와 안정파를 대표하는 스님들과의 인터뷰 시간은 이미 삼십분이나 지나 있었지만 연진은 걸음을 멈춘 채 작년 여름의 소리들을 떠올렸다. 초여름엔 신문사 앞에서, 더위가 기승을 부릴 때는 건물 로비에서 그 소리는 울려퍼졌다. 삐, 구호소리, 삐이, 경쾌하거나 진중한 노래들, 삐삐, 울린 뒤에 이어졌던 발소리와 긴장한 숨소리, 그리고 서로에게 힘내자고 외치던 나이와 성별이 다른 목소리…… 이상하게도 그 소리들은 매미의 울음소리에 겹쳐서 떠오르곤 했는데, 그래서인지 작년 여름은 매미소리가 배경음으로 설정된 가상의 세계라는 환상을 불러오기도 했다. 보통의 매미가 아니라 연진의 원룸 옷장 밑에 살던 단 하나의 매미였다. 원룸 현관문을 연 순간부터 시작된 매미의 울음소리는, 연진이 가까스로 씻은 뒤 옷을 갈아입고 침대에 누워 눈을 감을 때까지 쉬지 않고 이어지면서 그 모든 동작 사이로 얇고 날카롭게 스며들었다. 나뭇잎 사이에서 짝을 만나고 사랑을 나눈 뒤 알을 낳자마자 서둘러 죽어야 하는 매미가 어째서 자신의 집 옷장 밑에 내던져진 것인지 연진은 알 수 없었다. 매미는 밤과 새벽에 걸쳐 보름 가까이 사력을 다해 울다가 여름이 끝나갈 무렵에 죽었다. 매미가 죽는 과정을 지켜본 건 아니지만, 경찰의 강제 진압과 선배들의 내부 갈등으로 어느 날 갑자기 시위가 끝나버린 날, 모처럼 야근 없이 해 질 무렵 퇴근한 연진은 청소기를 돌리다가 그 사체를 확인할 수는 있었다. 손을 대자마자 부서져 먼지가 되었던 작은 죽음이었다.

*

　작년 여름은 그랬다.
　자정 무렵이나 늦은 새벽에 귀가하여 침대에 쓰러지듯 누웠다가 알람소리에 놀라 깨어나면 다시 출근길에 올라야 했고, 그랬으므로 씻고 먹고 마시는 행위조차 노동 같기만 하던 때였다. 옷장 밑에 내던져진 매미를 구해줄 여력 따위 없었고 매미소리 때문에 잠을 설치는 날에도 그것에 신경을 쓰거나 해결책을 생각할 시간이 아까웠다. 36.4:1의 경쟁률을 뚫고 수습기자로 채용되자마자 정작 수습기간도 없이 바로 실전에 투입되어 많은 양의 기사를 써야 했던 건, 채용된 수습기자들에게는 시위로 자리를 비운 선배 기자들을 대신해 신문을 탈 없이 발간해야 한다는 임무가 주어졌기 때문이다. 연진은 문화부 수습기자로 뽑혔지만 국제부 기사까지 써야 했으므로 야근이나 철야가 일상이었고 주말에도 취재현장이나 기자실로 출근해야 했다. 그러나 육체적인 피로는 육체에만 갇혀 있을 뿐, 연진을 아프게 하지 못했고 일하며 돈을 버는 평범한 일상을 환멸에 이르게 하지도 못했다. 다른가. 저들과 내가 다르다면 대체 무엇이 다른 것인가. 강렬한 확신을 양손에 쥔 채 모든 것을 내려놓고 시위에 가담한 선배 기자들을 볼 때면 그런 식의 의문이 시작됐고, 그 다른 무언가를 의식하고 열거하고 분석하다보면 도덕적 열등감이 뒤따르곤 했다. 때로는 열정과 신념이 휘발되는 공허가 엄습했는데, 그럴 때면 연진은 자신의 전 생애가 부식해가고 있다고 느끼기도 했다. 내장과 피와 뼈가 더럽혀지는 것 같았고 누군가의 농담을 듣고 무심결에 흘러나온 단순한 웃음은 곧바로 스스로를 향한 조소로 변성됐다. 연진은 조금씩 선배 기자들을 못 본 척 지나가게 되었고 그들이 외치는 구호에 전력을 다해 둔해지는 연습을 해야 했다.

인터뷰를 마친 뒤 사무실에서 나오는데, 마침 박성훈 선배가 스님들을 지나쳐 이쪽으로 걸어오는 게 보였다. 인터뷰가 끝날 즈음 조계사로 와서 인터뷰이들의 사진을 찍기로 미리 약속이 되어 있었던 것이다. 박은 작년에 비해 머리칼이 많이 셌고 살이 내렸는데, 연진은 그에게 무슨 고민이라도 있느냐는 질문을 편하게 건넬 수 없었다. 그런 식의 대화를 해본 적도 없었다. 그와 일한 지 벌써 1년이 되었지만 연진이 박에 대해 아는 거라곤 무려 30년 동안 같은 신문사에 적을 둔 베테랑 사진기자라는 것, 그게 다였다. 그의 가족관계나 선호하는 음식, 주량 같은 것은 알지 못했고 알 기회도 갖지 못했다. 다가온 박에게 연진이 꾸벅 인사를 하자 박은 수고했어요, 라고 짧게 대꾸한 뒤 연진을 지나쳐 곧장 사무실로 들어갔다. 양쪽 입가를 올려 웃음을 띠고 있던 연진의 얼굴이 마치 가면을 바꿔 쓴 배우인 양 순식간에 굳어졌다. 박이 보인 행동은 함께 일하는 사람을 향한 최소한의 예의와 무심함으로 위장한 적대감이 합쳐진 결과물이란 걸 모를 수 없었다. 하긴, 모두가 그랬다. 연진처럼 파업 기간에 수습기자로 채용되어 미친 기계처럼 기사를 써내다가 올해 초 정기자로 발령받은 젊은 기자들을 선배들은 대개 그렇게 대했다. 아니, 아예 인사를 받지 않거나 말도 섞지 않으려는 선배들도 흔했다. 대선 이후부터는 기자실 칸막이 너머에서, 회의실이나 탕비실의 열린 문틈으로, 회식 자리가 끝나갈 무렵 멀리 떨어진 자리에서, 기회주의자라거나 무임승차라는 뒷말이 무심한 듯 정확하게 들려오곤 했다. 그런 유의 조심성 없는 쑥덕임에 '굴러온 돌'과 '뻐꾸기'라는 표현이 섞여 들어간 날도 있었는데, 그날 연진은 집으로 가는 지하철 안에서 수첩에 모멸감이라고 쓰고 오랫동안 골똘히 그 감정의 형태를 생각해야 했다. 수습기자로 채용된 순간부터 이미 연진은 날마다 송구하고 매 순간이 죄스러운 사람이었다. 마치 태어나기 전부터 정해져버린 한 인간의 성분 같은, 앞으로도 좀처럼 변하지 않을 또 하나의 정체성……

연진은 박을 남겨둔 채 조계사를 빠져나갔고 이번엔 택시를 타는 대신 내처 걸었다. 걸으면서, 휴대전화로 녹음한 인터뷰 내용을 복기했다. 참신한 내용은 없었다. 주기적으로 반복되는 불교계 내부의 개혁파와 안정파의 갈등, 그 이상도 이하도 아니었고 그 갈등에 비판적인 의견을 얹는다 해도 이미 다른 언론도 다룬 적 있는 수준의 기사가 될 게 뻔했다. 게다가……

게다가, 작년과 올해는 다른 세상이었다.

작년 겨울부터 봄까지 이어진 촛불집회와 전 대통령 탄핵, 그리고 5월에 치러진 대선 이후 연진 같은 기자들은 한때는 필요했으나 이제는 처치 곤란한 대체 인력에 지나지 않다는 건 일종의 공유된 비밀이었다. 최근 들어 연진이 쓰는 기사는 편집회의에서 자주 커트되곤 했는데, 그런 일은 다른 뻐꾸기들도 겪고 있었다. 연진 역시 촛불집회에 참여했고 전 대통령의 탄핵 선고 순간엔 떨리는 희열로 한동안 숨이 차올랐으며 올해 5월에는 떨리는 마음으로 투표를 했다는 것, 그리고 대선 출구조사 결과가 발표되었을 때는 자리에서 벌떡 일어나 환호성을 질렀다는 것은 중요하지 않았다. 그건, 연진의 가족관계나 선호하는 음식, 주량과 다를 것 없는 사생활일 뿐이었다. 세상이 알고 싶어하는 건 연진의 위치와 좌표였다. 선배들이 해고무효소송에서 승소하여 신문사로 돌아온다면, 그때 연진의 위치와 좌표는 배제의 유용한 근거가 될 것이고 연진에게는 두가지 길이 주어질 터였다. 알아서 신문사를 떠나거나 송구한 죄인으로 연명하다가 그리 멀지 않은 시점에 정리되거나.

파업 때 해고된 기자들이 해고무효소송을 준비한다는 소문은 전 대통령이 탄핵되면서부터 돌기 시작했고, 여름이 지나가는 동안 차근차근 진행되었다. 이제 기자들은 저마다 다른 마음으로 1심 판결을 기다리는 중이었다. 어쩌면 오늘 윤희는 소송에 참여하는 기자들과 만나려 했던 건지도 모른다. 사실 윤희는 해고된 것이 아니라 파업이 끝나기 직전에 스스로 퇴사한 경우이긴 했지만, 선배들은 파업 당시 노조의 간사로 궂은일을 도맡아했던 그를 소송명단에서 빼지 않았을 거라고 연진은 짐작했다. 해고된 기자든 복직한 기자든, 그들끼리는 반목하고 서로를 힐난해도 윤희에게만큼은 공평하게 관대했다. 적어도 연진이 보기에는 그랬다. 윤희가 중립국이라도 된다는 듯, 혹은 어떤 상황에서든 지켜줘야 하는 보호수인 양. 아마도 그들 사이의 갈등이 최고조일 때 윤희가 퇴사를 선택함으로써 그 어느 편에도 서지 않아서이기도 하겠지만, 그보다는 선배들 모두 그의 자질과 열정을 아낀다는 게 더 큰 이유일 것이다. 연진은 절대로 나눠 가질 수 없는 그들만의 애틋한 동지애였다.

#비행기도안타면서 #공항자주가는내친구 #거기서뭐하냐 #윤희
신문사 앞에 도착하여 연진이 휴대전화로 유찬 선배의 인스타그램 계정에 접속했을 때 마침 새 게시물이 올라와 있었다. 윤희와 똑같은 시기에 신문사에 사직서를 낸 뒤 영국으로 어학연수를 받으러 떠난 유찬은 자주 윤희라는 이름에 태그를 걸어 게시물을 올리곤 했으므로 연진은 그의 계정을 통해 간접적으로나마 윤희의 근황이랄지 고민을 짐작할 수 있었다. 게시물과 함께 올라온 사진은 구글이나 네이버에서 다운받은 듯한 인천공항 내부의 풍경이었다.

　연진은 기자실 책상에 앉아 공항의 보편적인 풍경에 윤희를 대입해보았다. 출국장 벤치든 공항 안의 커피숍 테라스든, 윤희는 공항의 어디에 있어도 어색하지 않게 잘 녹아들었다. 공항에서 파생되는 여러 이미지에도 그는 꽤 잘 어울렸다. 가령 통유리로 된 비스듬한 창, 이착륙 비행기의 스케줄을 실시간으로 알려주는 파란색의 대형 알림판, 캐리어 가방과 카트, 환전소와 수하물보관소와 로밍센터, 유니폼을 입은 승무원들…… 연진은 비행기 티켓이나 여행가방 없이 공항에 가는 윤희의 심리를 알 수 없었지만 윤희라면 그럴싸한 이유가 있어야 한다고는 생각했다. 실직자가 되어 시간을 때울 곳이 필요했다는 식의 뻔한 이유가 아니라, 출국 직전까지의 설렘을 향유하기 위해서라거나 여러 국경들 너머에 있는 한 시절의 동료와 가장 가까워지는 곳이 공항이기 때문이라는 이유여야 윤희답지 않은가, 연진은 그렇게 생각했다. 그런 생각 끝에서 연진은 시드니공항을 떠올렸다. 연진이 처음이자 마지막으로 이용한 해외 공항이었다. 대학 졸업장을 받자마자 호주로 워킹홀리데이를 떠난 연진은 무화과와 토마토와 브로콜리를 키우는 농장에서 하루 열시간씩 노동했다. 정오 지나서는 실외에서 일하는 게 불가능할 정도로 덥거나 추웠기 때문에 동도 트지 않은 새벽의 들판에서 트랙터의 헤드라이트 불빛에 의지한 채 가지치기를 했고 작물을 따서 손질했다. 세 계절이 지나자 한국 돈으로 천만원이 모였다. 팔과 다리에는 늘 긁힌 자국이 있었고 저녁을 먹고 나면 앓는 소리를 내며 바로 깊은 잠에 빠져들었지만, 노동이 곧 대가가 되던 정직한 시절이기도 했다. 연진은 한국행 비행기를 기다리던 시드니공항 출국장에서 그 돈으로 딱 1년만 언론고시를 준비하겠다고, 1년 안에 신문사에 취업하지 못한다면 미련 두지 않고 포기하겠다고 다짐했었다. 대신 미래의 어느날에도 한줌의 후회도 하지 않기 위해 이를 악물고 준비할 거라고, 세상을 불편하게 하면서도 진실에 가까운 투명한 기사를 쓸 거라고 굳게 마음먹었다. 어쩌면 그 순간에 그때껏 실제로 본 적도 없는 윤희를, 아니 그의 기사를 떠올렸는지도 모르겠다. 아니, 분명 그랬을 것이다. 공항의 통유리창 너머로는 구름이 몰려오고 있었다. 하나의 색으로 표현할 수 없는 구름이었다. 오렌지색과 보라색과 잿빛이 경계 없이 뒤엉켜 있는 그 구름이 아무것도 확정된 것 없는 자신의 미래를 은유한다고 연진은 생각했다. 물러서거나 회피할 마음은 없었다. 연진은 탑승시간 전까지 통유리창 너머에서 자신 쪽으로 흘러오는 구름을 뚫어지게 직시하며 창가에 서 있었다.

그때였다. 연진의 옆 책상을 쓰는 윤철중 기자가 자리로 돌아오더니 신경질적으로 컵을 내려놓았다. 그는 마치 연진만이 감각할 수 있는 작은 시위를 하고 있다는 듯 종이를 구기는가 하면 펜으로 책상을 딱딱 치기도 했다. 윤은 연진처럼 작년 여름에 문화부 수습기자로 입사했는데, 파업이 종료된 뒤 종계 섹션으로 밀려나면서 지면이 줄어든 연진과 달리 지금도 책과 학술 쪽을 맡아 안정적으로 기사를 쓰고 있었고 지난달에는 매주 한번씩 문화 쪽의 떠오르는 신예들을 조명하는 특집기사를 맡기도 했다. 한마디로 연진보다는 모든 면에서 상황이 나왔다.

"방금 단톡방에 올라온 공지 봤어요?"

연진이 얼핏 윤 쪽을 보자 윤이 낮지만 분명한 어조로 물었다. 연진이 아직 보지 못했다고 대답하자 해고무효소송 공판이 다음주 수요일에 열린대요, 말한 뒤 윤은 인상을 썼다. 인상 쓴 얼굴로 그는 잠시 바닥을 노려봤고 이제 와서 어쩌자는 거야, 혼잣말로 속삭이기도 했다.

"해고무효가 확정되면……"

"……"

"그렇게 되면 신문사 측에서 항소할까요?"

"그럴 리가요, 신문사야 언제 내쫓았냐는 듯 그들을 반겨주겠죠. 이제 비위 맞추어야 하는 곳은 현 정권이니까."

연진은 윤의 대답에 그렇겠죠, 단조롭게 맞장구를 쳐주었다. 사측의 항소 포기는 연진도, 아니 누구라도 예상할 수 있는 시나리오였다. 연진은 그저 윤과 대화하고 싶었을 뿐이다. 연진도 알고 있었다, 해고무효소송에 대응한다는 취지로 만들어진 동기들 모임에 자신의 출석률이 가장 저조하다는 것과 그로 인해 윤처럼 이 상황에 적극적으로 분노하는 동기 몇몇이 연진에게 그 분노의 일부를 전가하곤 한다는 것을……

"참, 오늘 저녁에 소격동 그 맥줏집에서 모임 갖기로 급하게 결정했어요. 이번엔 늦지 말고 꼭 나와요, 우리 모두의 일이잖아요."

윤이 연이어 말했다. 조금 전보다 날카로움은 누그러들었지만 부드럽게 책망하는 말투는 감춰지지 않았다. 연진은 그를 이해했다. 이해하면서도, 그들과 그 모임의 분위기에서 뒷걸음치고 싶은 마음을 아예 가져본 적도 없는 것처럼 모른 척할 수도 없었다. 윤은 곧 의자에서 일어나 탕비실 쪽으로 걸어갔고, 연진은 그의 뒷모습을 물끄러미 건너다봤다. 우리 모두의 일이잖아요. 윤이 시야에서 완전히 사라진 뒤 연진은 그가 한 말을 되뇌어보았다.

　퇴근 전까지, 연진은 조계사에서 인터뷰한 녹취록을 풀어 기사로 완성한 뒤 데스크에 올렸다. 기사가 지면에 실릴 가능성에 대해서라면 이미 충분히 회의적이었지만, 연진이 할 수 있는 일은 그뿐이었다.

*

　#런던트럭테러 #난민수용소공격 #원한의반복 #고향생각
　기자실을 나와 소격동 쪽으로 걸어가면서 다시 접속한 유찬의 인스타그램에는 새 포스트가 올라와 있었다. 바로 관련기사가 떴으므로 상황은 금세 파악됐다. 베를린과 빠리, 브뤼셀과 스톡홀름과 런던 같은 유럽의 주요도시에서 연속적으로 일어난 테러에 앙심을 품은 영국 국적의 백인이 트럭을 몰고 런던 외곽에 위치한 난민수용소 센터로 돌진하여 세명이 죽고 열다섯명이 부상당한 사건이 불과 한시간 전에 일어난 것이다. 해시태그와 함께 올라온 사진은 기자실 책상이었다. 퇴사하기 직전에 찍은 듯 책상은 노트북과 책, 필기도구 같은 것이 말끔하게 치워진 상태였다. 그가 보복 테러에서 연상한 이미지가 이곳에 놓고 간 기자실의 책상이라는 것이 연진은 납득되면서도 괴로웠다.

가장 처음의 사건은 주요 국가기관의 부속시설 업체 선정에서 청와대 간부의 알력이 작용했다는 선배 기자의 고발이었다. 지목된 청와대 간부는 허위 보도라고 반박하며 기사를 쓴 사회부 기자와 신문사를 명예훼손으로 고소했다. 다른 언론에 후속보도를 내지 말라는 무언의 협박이 담긴, 전형적인 봉쇄소송이었다. 보통은 기사를 내리거나 정정 기사를 내는 선에서 마무리를 지은 뒤 소송이 유야무야되길 기다리는 것이 그 시절의 관례였다. 그런데 선배 기자들은 다른 방식을 택했고, 그 선택은 또다른 사건들로 이어지면서 점점 더 큰 파장을 일으켰다. 사회부 소속의 기자들이 공동의 이름으로 부속시설 선정과 관련된 비리를 증인의 인터뷰를 넣어 후속 기사로 내자, 다른 언론도 특혜와 배제의 이분법이 확연한 정부 정책을 비판하는 논평과 그 사례를 보여주는 기사를 쏟아내기 시작한 것이다. 청와대는 처음 문제를 제기한 신문의 광고주를 압박해 갔고, 광고가 하나둘 끊기면서 자금난을 겪게 된 신문사는 성급하게도 징계 카드를 꺼냈다. 대대적인 파업과 시위는 그렇게 일어났다. 전 정권이 기울기 시작한 건 비선실세가 폭로되면서부터였지만 내부적으로는 그렇게 크고 작은 사건들이 적재되어가고 있었다.

그때 연진은 호주에서 돌아와 언론고시를 준비하고 있었는데, 연진이 일주일에 세번씩 참여했던 스터디 모임에서 그 일련의 사건을 주제로 토론을 한 적도 있었다. 토론의 결과는 파업을 감행한 기자들을 향한 지지였다. 지지하면서도, 며칠 후 언론 관련 구인구직 사이트에 올라온 수습기자 모집에는 스터디 사람들 대부분이

지원서를 냈다. 그럴 수밖에 없었다. 그럴 수밖에, 모두가 그럴 수밖에. 다른 설명을, 아니 변명을 찾을 수 없었다. 연진도 그럴 수밖에 없었으므로 지원서를 냈을 뿐이다. 시드니공항에서 계획했던 1년이 거의 다 끝나가고 있었다. 호주에서 가져온 천만원은 연진이 처음 소유해본 큰돈이었지만 정확하게 열두 등분하여 월세와 학원비, 식비와 교통비와 통신비를 지불하고 나면 스터디 모임에서 커피 한잔 시키는 것도 부담이 됐다. 열다섯명의 계약직 기자를 한꺼번에 채용하겠다는 그 공고는 연진에게는 사실상 마지막 기회로 보였다. 연진뿐 아니라 546명의 지원자 모두 똑같이 절박한 마음으로 이력서와 자기소개서와 증빙서류를 준비했을 터이다.

연진이 소격동 술집에 도착했을 때는 단톡방에 공지되었던 것보다 오분 이른 시간이었는데도 일곱명의 동기들은 이미 커다란 테이블 하나를 차지한 채 동그랗게 앉아 있었다. 연진을 포함해 열다섯명이었던 수습기자 중에서 올해 초 정기자로 발령난 기자가 다 모인 것이다. 열다섯 중에 여덟, 그 수치는 살아남은 자들의 비율이자 계급상승의 기회를 놓치지 않은 자들이 차지한 의자의 개수이기도 했다. 동기들은 안주에는 손도 대지 않은 채, 해직 기자들이 돌아왔을 때 보여줘야 하는 태도랄지 퇴사 압박이 시작되면 어떻게 대응해야 하는지에 대한 의견을 나누기 시작했다. 선배들의 시위 때 그 빈자리를 꿰차며 들어온 후배 기자들이 바로 그 선배들이 했던 방식으로 신문사 앞이나 로비에서 구호를 외치는 모습을 상상하자, 연진의 귓가에는 뜻밖에도 작년 여름의 매미소리가 되살아나기 시작했다. 언젠가 이 시절 역시 매미소리가 배경음으로 설정된 가상의 세계로 기억될 것인가. 그렇게 생각하니 연진은 모든 것이 시시해졌고, 동시에 그 시시한 세계 한가운데서 벌을 서듯 가까스로 버티고 있는 이 상황이 해석되지 않아 난감하기만 했다. 동기들 모두 선배들의 시위에 동참하지 않겠다는, 입사 후에는 어떤 노조도 결성하지 않을 것이며 기존의 노조에도 가입하지 않겠다는 계약서를 쓰고 신문사에 들어왔다는 걸 연진은 알고 있었다. 연진도 그들과 똑같은 계약서를 썼으므로…… 그 계약서에는 계약을 어길 시 계약해지나 해고를 감수하겠다는 문장도 포함되어 있었다. 계약서에 싸인한 그 열다섯 중 살아남은 여덟명이 이렇게 따로 모여 선배들의 해고무효소송에 대응하는 모임을 갖고 있다는 것이 발각된다면 그것만으로도 계약불이행이 될 수 있었다.

선배님.

윤희 선배님.

언제였던가.

연진이 처음이자 마지막으로 선배님, 하고 윤희를 부른 날이 있었다. 연진이 수습기자로 채용된 지 두달째 되던 무렵, 연이어진 야근과 철야로 두 눈은 충혈되고 사흘 연속 감지 않은 머리칼에서는 땀에 전 불쾌한 냄새가 나던 때, 엘리베이터 안에서 우연히 윤희와 마주치게 된 것이다. 2층에서 멈춘 엘리베이터에 윤희가 올라탄 순간, 연진은 거의 본능적으로 고개를 숙여 인사부터 했다. 윤희는 연진의 인사를 받지 않은 채 엘리베이터 출입문을 향해 비스듬히 서 있었고, 윤희 뒤에서 연진은 두 손을 있는 힘껏 맞잡고만 있었다. 너무 힘이 들어간 탓에 손등이 창백하게 표백되고 손등의 심줄은 유독 파랗게 보였던 걸 연진은 지금도 기억하고 있었다. 윤희는 연진을 수습기자 무리 중의 한명으로만 알고 있었겠지만 연진은 아니었다. 연진에게 윤희는 오랜 세월 차근차근 읽어온 문장 속의 사람, 그 누구보다 고유하고도 특별한 존재였다. 대학 때 학보사에서 활동했던 시절, 연진은 학보사 책상에 앉아 분말커피를 타 마시며 배달된 신문들을 뒤적여보는 시간을 가장 사랑했는데 그때 윤희의 기사만큼은 절대로 빼놓지 않고 읽었다. 그의 기사를 한줄 한줄 읽다보면 처음엔 존경심이 생겼고 그다음엔 질투와 조바심이 빚어졌으며 최종적으로는 그가 그의 문장으로 기사를 쓴다는 것 자체에 그저 고마운 마음을 갖게 되었다. 윤희는 사회부에서 기자생활을 시작했고 그뒤 정치부를 거쳐 문화부에 정착했는데, 연진이 수습기자 지원서에 문화부를 지원한다고 밝힌 건 조금이라도 윤희와 가까워지고 싶어서이기도 했다. 시위에 참여하고 있던 윤희가 자신과 같은 처지의 수습기자와는 말 한마디 섞지 않으리란 걸 짐작했으면서도 그때는 아둔할 만큼 간절했다. 정치부나 사회부에 있을 때는 날카로웠던 윤희의 문장이 문화부로 이동하자 투명하고 풍부해졌다. 연진이 아는 한 윤희는 토막기사 하나도 책이나 공연, 영화를 꿰뚫어본 뒤 자신의 의견을 넣어 마무리했다. 재능이란 열정과 성실이 합쳐진 단어란 것을 연진은 윤희의 기사를 읽으면서 배웠다, 아무도, 윤희조차 모르게……

"선배님, 수습기자들은 시위에 참여하지 않겠다는 조건으로 입사한 거, 아세요?"

선배님, 윤희 선배님, 부른 뒤 연진이 용기를 내어 뒤이어 그렇게 말하자 윤희가 얼핏 고개를 돌려 연진 쪽을 보았다. 연진과 시선을 맞추지는 않은 채, 그는 그저 연진의 때 탄 운동화를 지그시 내려다보기만 했다. 시위에 참여하는 순간 잘린다고요,라는 뒷말은 연진의 귀에도 가까스로 들릴 정도로 낮았지만 연진은 그의 옆얼굴에 스치는 곤혹스러움을 놓치지 않고 보았다. 엘리베이터에서 먼저 내린 사람은 윤희였다. 그날 연진은 윤희에게서 아무런 말도 듣지 못했지만, 그 만남이 있고 며칠 뒤 윤희가 자발적으로 사직서를 낸 건 분명한 사실이었다.

이럴 때일수록 침착해야 합니다. 다른 것도 아니고 생존이 달렸는데 어떻게 침착할 수 있죠? 저랑 같이 언론고시 준비하다가 방송국이 파업할 때 아나운서로 입사한 사람이 있는데요, 그 사람은 전 정권 내내 윗선 입맛에 맞는 편파적인 방송을 앞장서서 내보냈는데도 처음부터 정식 아나운서로 계약서를 써서 잘릴 일은 없다고 하더라고요. 하긴, 방송국이야 워낙 자리가 많으니까 프로그램을 맡지 않아도 자료실이든 송출실이든, 아니면 지방 방송국이든 자기 책상 하나 갖다놓을 곳은 있을 테니 수치감만 참으면 뭐, 잘리진 않겠네요. 억울해요, 우리는 여기서 잘리면 갈 데가 없는데. 문제는 여기 신문사에서 잘리는 거, 그 정도가 아니에요, 진짜 문제는 전국의 신문사 인사과에 우리 이름이 올라가 있을지도 모른다는 거예요. 밤새워가면서 시키는 대로 일한 것밖에 없는데, 대체 우리가 왜요? 왜긴요, 정의가 정의로우려면 불의와 싸워야 하는 거예요, 그걸 몰라요?

동기들의 말은 속도가 붙은 작고 딱딱한 공처럼 빠르게 오갔고 신음에 가까운 한숨소리가 간간이 끼어들었다. 연진 역시 무슨 말이라도 보태고 싶었지만, 그래야 이 무리에 속한 사람이라는 표식을 얻게 된다는 걸 알고 있었지만, 좀처럼 목소리를 낼 수 없었다. 그들이 하는 말이 낱낱으로 헤쳐진 뒤 보이지 않는 바늘이 되어 살 갖에 박히는 것 같았고, 연진은 적어도 지금은 피를 흘리는 것이 화를 내는 것보다는 편했다.

"너무해, 우리가 뭘 어쨌다고."

연진 옆자리에 앉아 있던 사회부 기자가 울먹이듯 말하자 순식간에 견고한 침묵이 유리처럼 술자리를 에워쌌다. 연진은 맥주를 마시다 말고 동기들 얼굴을 찬찬히 둘러보았다. 자세히 보면 하나같이 앳된 얼굴들이었다. 상대에게 잽 한번 날리지 못한 채 무방비로 맞기만 하다가 코너에 주저앉아버리는 풋내기 복서가 저런 얼굴이지 않을까, 연진은 생각했다. 우리는 누구인가. 연진은 문득 그 자리에 있는 누구라도 붙잡고 묻고 싶었다. 사회생활을 시작한 지 겨우 1년밖에 되지 않은, 이곳에서도 환영받지 못했고 다른 언론기관으로 이직하기엔 경력이 변변찮은, 심지어 기자로서의 진심마저 의심받을 수밖에 없는 우리는 과연 누구인가. 의지도 신념도 없이 굴러온 돌이자 남의 둥지를 탐내는 뻐꾸기일 뿐이라는 말이 깊이 우리를 베고 지나간다 해도 어쩌면 회복할 수 없을 만큼의 상처는 아닐 수도 있었다. 사람들은 그런 부류의 기대를 희망이라고 부르는 것인지도 모른다. 그런 희망이 대체 누구를 위한 것인지, 그러나 연진은 알 수 없었다.

술자리는 곧 정리됐다. 내일도 출근은 해야 하고 써야 하는 기사는 있는 것이다. 점원이 계산서를 갖다주자 누군가 휴대전화를 꺼내 계산기를 두드렸고 각자가 감당해야 하는 n분의 1만큼의 액수를 알려주었다. 연진을 포함해서 다섯명의 또래 기자들이 계산대 앞에 일렬로 서서 한명씩 신용카드로 결제를 하는 동안, 현금으로 계산을 마치고 술집 밖으로 나간 나머지 세명의 동기들은 하나같이 심각한 얼굴로 저마다의 휴대전화를 들여다보고 있었다. 줄 끝에 서 있던 연진은 유리문 너머 동기들 옆에 정차해 있는 트럭을 물끄러미 바라보았다. 그 트럭 뒤편에서 누군가 오줌을 누며 흥얼거리고 있을지도 모른다는 상상은 연진을 잠시 웃게 했다. 점원에게 신용카드를 건네고 패드에 싸인을 하고 영수증을 받으면서도 연진은 틈틈이 고개를 뒤로 돌려 붉어진 눈으로 트럭 쪽을 건너다보았다.

*

엄마는 제가 초등학교 들어갈 무렵부터 서초구에 있는 32층짜리 빌딩 화장실로 출근하기 시작했고, 이십년 가까이 그 일을 한번도 쉬지 않았어요. 참 이상하죠? 엄마는 하루 평균 여덟시간만 공용화장실에 머물렀고 그 시간을 제외하면 엄마 역시 다른 사람들처럼, 아니 다른 그 누구보다 알뜰하게 일상을 운영했다는 걸 저는 세상 어느 법정에서라도 증언할 수 있지만 엄마에게서 화장실 냄새가 아닌 것, 그러니까 밥 냄새나 화장품 냄새, 혹은 다른 사람의 체취를 맡아본 적이 있느냐고 묻는다면 자신있게 그렇다는 대답을 내놓지는 못할 것 같아요. 귀가해서 현관문을 여는 순간부터 저는 타인의 배설물 냄새에 편입되는 기분이 들었고 언제나 그 냄새로부터 가능한 한 멀리 도망가고 싶었습니다. 그렇다고 엄마와 사이가 나빴던 건 절대 아니에요. 엄마와 저는 서로에게 유일한 가족이었고 또 가장 가까운 친구이기도 했으니까요. 엄마가 술에 취했을 때만 제외하면 늘 사이가 좋았죠. 엄마는 천성적으로 씩씩해서 식당뿐 아니라 술집도 혼자 잘 다녔는데, 한번 술을 마시기 시작하면 꼭 취할 때까지 마셔야 했고 일단 취하게 되면 보통 사람은 이해하기 힘든 주사를 부렸어요. 주차된 트럭 뒤로 가서 오줌을 누며 흥얼거리는 것, 그것이 엄마의 주사였죠. 오줌이 끊기면 엄마의 흥얼거림도 뚝 멈추었고, 그러고 난 뒤 엄마는 몸을 작게 만 채 아주 짧게 울곤 했습니다.

엄마는 제가 대학 졸업을 앞둔 때 일하던 빌딩 3층 남자화장실에서 뇌출혈로 쓰러졌고 석달 동안 중환자실에 있다가 숨을 거두었어요. 알고 보니 그즈음 빌딩관리소 측에서 청소 용역을 감축한 탓에 노동량이 늘었고, 별도의 휴게실을 제공하지 않아서 그 추운 날에도 난방이 들어오지 않는 작은 창고 같은 데서 점심을 먹거나 잠시 눈을 붙이곤 했더라고요. 용역업체와 빌딩관리소는 엄마가 주기적으로 술을 마셔왔다는 것을 빌미로 산업재해를 인정하지 않았고, 저는 급하게 휴학을 한 뒤 꼬박 1년 동안 근로복지공단과 서울지방법원의 행정소송과, 노무변호사 사무실을 들락거리며 신청서를 쓰고 증명서를 떼고 상담을 받았습니다. 산업재해는 결국 승인되지 않았어요. 엄마는 그저 절제 없이 술을 마시다가 뇌출혈로 사망한 청소 용역이 된 거죠. 세상이 엄마를 그렇게 기억하게 되리란 걸 도무지 용납할 수 없었어요. 저는 끝까지 싸우고 싶었고 그래야 한다고 생각했어요. 무작정 텔레비전 고발 프로그램에 사연을 보내기도 했고 빌딩 앞에서 게릴라식 일인 시위를 하기도 했죠. 어느날 빌딩관리소 측에서 위로금을 보내오더군요. 위로금을 돌려주려 했는데, 뇌출혈은 산업재해로 인정되기 어렵고 주기적인 음주는 실제로 뇌출혈에 치명적이라고, 그때 도움을 주던 노무변호사가 거의 애걸하듯 말리더라고요. 저는 결국 거기에서 포기했어요. 위로금은 남아 있던 병원비를 완납하는 데 썼고요. 고등학생 때부터 기자가 장래희망이긴 했는데, 엄마가 돌아가신 뒤부터는 다른 의미의 기자가 되고 싶었어요. 뭐랄까, 이전까지는 멋진 기자였다면 그후론 인내심 있는 기자? 사회부에서 기자생활을 시작했는데, 그때 제가 처음 쓴 기사가 산업재해의 사각지대에 관한 거였죠. 그 기사는 편집회의에서 감상적이라는 이유로 잘렸어요. 근데 그 주제로 또다시 기사를 쓸 수는 없겠더라고요. 지면에 실리지 못한 그 폐기된 기사를 집에 가져와 읽으면서 깨달았거든요. 저는 엄마가 술에 취하면 왜 트럭 뒤에서 노상방뇨를 했는지, 뭐가 슬퍼서 울었던 건지 알지 못한다는 것을요. 그런 엄마가 너무 싫어서, 단순히 싫은 것이 아니라 부정하고 싶을 만큼 부끄러워서, 단 한번도 제대로 물은 적이 없었죠. 제게는 산업재해의 사각지대에 있는 노동자의 표본이 바로 엄마인데, 저는 엄마가 어떤 사람인지 알지 못했고 알려고 하지도 않았던 거예요. 이런 제가 무슨 자격으로 그 기사를 다시 쓸 수 있겠어요?

거기까지 보고 연진은 휴대전화에서 재생되던 유튜브 영상을 닫았다. 3년 전 '올해의 기자상'을 받은 윤희가 모교에서 진행한 강연을 비공식적으로 촬영한 영상이었는데, 언론고시를 준비할 때부터 연진은 유독 피곤한 날이나 불안한 날이면 매번 새로운 마음으로 그 영상을 보곤 했다.

연진은 휴대전화를 도로 가방에 넣은 뒤 출국장으로 이어지는 에스컬레이터에 두 발을 올려놓았다. 처음부터 인천공항으로 올 생각은 없었다. 소격동에서 동기들과 헤어진 뒤 지하철역으로 걸어가면서 유찬의 인스타그램에 접속한 순간 발길을 돌려 인천공항행 리무진버스에 오른 건, 윤희의 메시지로 읽히는 해시태그 때문이었다.

#국경 #시차 #날짜변경선 #위도 #적도 #감각되지않지만존재하는 #경계선 #공항출국장에서 #친구의메시지 #윤희

해시태그와 함께 올라온 사진은 몇시간 전에 테러가 일어난 런던 외곽의 난민수용소 센터였고, 노란색 폴리스라인에 카메라의 포커스가 맞춰져 있었다. 유찬이 카메라 셔터를 누른 순간 햇빛이 많이 들어갔는지 폴리스라인 너머가 햇빛으로 뿌옜다. 원한이 반복되는 현장이자 무수한 경계선이 겹쳐지는 그곳은 모여든 햇빛 때문인지 외려 숨어 있어도 나쁘지 않을 것 같은 피난처처럼 보였다.

주위를 두리번거리며 출국장 이곳저곳을 헤매던 연진이 어느 순간 걸음을 멈추었다. 방금 영업을 종료한 출국장 안의 커피숍에서 윤희가 걸어나오고 있었다. 왜였을까. 막상 윤희를 보자 연진은 고개를 숙인 채 돌아섰고 최대한 빨리 윤희의 시야에서 사라지겠다는 듯, 아니 거의 삭제되고 싶다는 마음으로 비틀거리면서 재게 걷기 시작했다. 멀리 가지는 못했다. 겨우 열걸음 정도 떼다가 멈춰

선 연진은 천천히 뒤를 돌아봤다. 윤희는 다른 곳으로 가지 않고 그 자리에 그대로 서서, 이번엔 연진의 얼굴을 지그시 건너다보고 있었다. 이곳에 온 이유를 잊지 말자고 연진은 생각했다. 작년 여름 엘리베이터에서의 일 때문에 사직서를 낸 것이 맞는지, 그러니까 연진의 말 한마디가 윤희로 하여금 싸움의 공간을 떠나게 한 것이 맞는지 확인할 때가 된 것이다. 연진은 윤희 쪽으로 천천히 걸어갔다. 윤희에게 다가갈수록, 그러나 연진은 윤희와 다른 종류의 대화를 하고 싶어 조바심이 났다. 간절하게, 그 어느 때보다 절박한 마음으로, 감각되지 않지만 존재하는 경계선에 대해 이야기를 나누고 싶었다. 연진도 그런 종류의 경계선이라면 다른 사람 못지않게 잘 알고 있었다. 계절이 바뀌는 시기를 분명하게 의식하게 했던 몸 안의 특별한 선도 그중 하나였다. 비록 이제는 사라졌지만 남들에게는 없는 그 선을 갖고 있던 시절에는 학보사 책상에 쌓인 신문과 잡지들, 분말커피의 달콤한 냄새와 형광펜으로 밑줄을 친 윤희의 문장, 그리고 먼지 낀 학보사 유리창을 통해 들어오는 햇빛으로 낡은 책상 주변이 갑작스럽게 환해지던 순간이 연진의 세계를 구성했다. 그 풍경부터, 연진은 말하고 싶었다. 그해, 여름에서 가을로 계절이 바뀌던 공항의 한산한 출국장에서 연진은 그렇게 삶의 한 절기를 지나가고 있었다. 그날에 대해서라면 숨소리가 들릴 정도로 바투 선 채 연진의 이야기를 들어주던 윤희의 섬세하게 주름진 얼굴이 지금도 가장 먼저 떠오른다는 것을, 그러나 연진은 지난 2년 동안 아무에게도 말하지 않았다.

최진영 / 그것

눈을 뜨니 방이 환했다. 어떻게 잠들었는지 기억나지 않았다. 혼자 와인을 많이 마셨다. 쓰러져 잠들었겠지. 눈을 비비며 기억해내려고 애썼다. 그래, 어젯밤 술에 취해 머리카락을 잘랐지. 나를 해치고 싶은 마음이 커져서 나의 무엇이라도 잘라내고 싶었다. 하지만 아픈 건 싫고, 스스로 낸 상처를 스스로 처치하기도 싫었다. 거울에 비친 나를 빤히 보면서 없앨 수 있는 것을 찾아보다가 머리카락 정도면 괜찮겠지 싶었다. 술이 깨면 분명 후회하겠지만, 병원보다는 미용실에 가는 게 나을 테니까. 머리카락을 한 손으로 말아쥐고 가위로 싹둑 잘라냈다. 한뼘 넘는 머리카락 뭉치를 쓰레기통에 버리고 거울을 봤는데, 의외로 괜찮았다. 엉망진창이 될 줄 알았는데 보기 좋은 모양새여서 당황스러웠다. 머리카락을 자르기 전에 많이 울었는데, 뜻밖의 상황에 울음도 멈췄다.

술에 취한 터라 괜찮아 보였던 건 아닐까. 거울을 보려고 몸을 일으키다가 발치에 있는 낯선 것을 봤다.

뭐지, 저건.

혼잣말이었는데, 그것이 대답하듯 꿈틀거렸다.

그것은 누운 숫자 8처럼 보였다. 그러니까 ∞ 이런 모양. 길이는 내 팔뚝만 했다. 먼지처럼 잿빛인데 아침 햇살을 받은 부분은 희었다. 가만 보고 있자니 숨을 쉬는 것처럼 일정한 간격으로 들썩였다. 그것이 들썩인다는 것을 알아채자마자 심장이 빠르게 뛰었다. 무서워서 꼼짝 못하다가 천장과 벽지와 형광등과 책장과 사이드테이블과 테이블 위 작은 조명을 천천히 둘러봤다. 책장에 꽂힌 책등과 작은 소품도 하나하나 응시했다. 익숙한 물건들이 전부 제자리에 있었다. 물건들은 당연히 혼자 움직이지 않았고 숨을 쉬지도 않았다. 최대한 그것을 외면하며 방을 샅샅이 훑어보다가 큰 결심을 하고 발치로 눈을 돌렸다. 그것은 여전히 같은 자리에서 들썩이고 있었다.

거실로 나와 물을 마시고 오줌을 누고 화장실 거울에 비친 얼굴을 멍하니 바라보다가 찬물로 세수를 하고 방을 들여다봤다. 그것 가까이 다가갔다. 가만히 바라보고 있자니 계속 바라보게 됐다. 이전에 본 적이 있나, 어디에서 봤을까, 생각하면서 들썩임에 집중했다. 머릿속이 비워지자 무서움도 서서히 사라졌다.

만져도 되는 건가.

혼잣말이었는데, 그것이 대답하듯 꿈틀거렸다.

벌떡 일어나 거실로 나왔다. 휴대전화의 인터넷 창을 열고 밤사이 업데이트된 뉴스와 실시간 검색어를 하나하나 살펴봤다. 누운 8을 닮은 이상한 생물에 관한 뉴스는 없었다. 119에 신고해야 하나. 이런 일로 구조대를 불러도 되는 건가. 뭐라고 말하지. 집에 이상한 게 있어요. 동물도 식물도 아닌 것 같은데 숨을 쉬어요. 아니, 숨을 쉬는 건지 모르겠는데 들썩거립니다. 이렇게 말하면 구조대가 출동할까? 나를 구해줄까? 이건 위기 상황인가? 저것은 위험한가? 누구에게라도 말하고 싶어서 휴대전화 통화목록을 살펴봤다. 최근 목록에 엄마가 있었다. 그 밑으로는 스팸 전화번호뿐이었다. 아무에게도 전화하지 못하고 문설주에 기대서서 그것을 한참 바라보다가 집에 이상한 게 있다고 무원에게 문자를 보냈다. 십여분 지나 답장이 왔다.

　뭔데 그게.

　모르겠다니까.

　청소 좀 하고 살아.

　무생물은 아닌 것 같아.

　무슨 말이야.

　조금씩 들썩거려.

　살아 있는 거라고?

　모르겠어. 움직이면 살아 있는 건가?

　무원의 답장을 기다리면서 그것을 바라봤다. 만져봐야겠다는 생각이 들어 가까이 다가갔지만 엄두가 나지 않았다. 책장에서 책 한권을 뽑아와 책 귀퉁이로 그것을 찔러보려고 했다. 책이 닿기도 전에 그것은 움찔거렸고, 소리를 냈다. 삑이나 끽 같은 소리가 아니었다. 의미가 담긴 소리였고, 알아들을 수 있을 것만 같았다.

아.

그런 소리였다. 책으로 그것을 건드렸다.

아파.

책을 내던지고 방을 뛰쳐나왔다. 거실을 서성이면서 내가 헛소리를 들은 건 아닐까 생각하고 또 생각했다. 정말 아프다고 말한 건지 다시 확인해보자 결심하고 방에 들어섰다가 돌아서길 반복했다. 무서움과 혼란에 빠져 허둥거리는데, 다시 소리가 들려왔다.

앉고 싶습니다.

그것이 또박또박 말했다. 공손하고 침착한 말투였다. 안고 싶다니. 안아달라는 건가? 아는 말인데도 아는 말 같지 않았다. 그것이 긴 숨소리를 냈다. 설마 한숨을 쉰 건가? 그것이 꿈틀거리기 시작했다. 그것을 몸이라고 말해도 된다면, 좌우로 몸을 뒤틀면서 조금씩 움직였다. 여차하면 때리려고 책을 집어들었다.

딱딱한 것으로 찌르면 싫습니다. 저를 좀 도와주시면 좋겠고요.

그것의 소리는 내 목소리와 비슷했다.

뭐지. 이거 뭐지.

혼잣말이었는데, 그것이 대답했다.

당신이 토하지 않았습니까.

맞아, 그랬지. 어젯밤 머리카락을 자르고 와인을 더 마시다가 서너번에 걸쳐 붉은 와인을 왕창 토했다. 구역질이 멈추지 않아 변기 앞에 무릎을 꿇고 오래 앉아 있다가 지쳐버렸다. 겨우 방에 들어와 누웠는데, 다시 토할 것 같은 느낌에 몸을 일으켜 매트리스 바깥에 대고 헛구역질을 했다. 토사물은 없었는데. 아니, 토사물이 있었다 해도 그렇지. 이런 걸 토해냈다는 게 말이 돼? 그것을 찬찬히 훑어봤다. 얼굴도 눈도 입도 표정도 없는, 먼지 뭉치 같은 잿빛 덩어리. 그런데도 입이 있는 것처럼 말소리가 들려오고 눈이 있는 것처럼 시선이 느껴졌다.

내가 너를.

그것에게 질문을 한다는 게, 그것과 대화를 한다는 게 미친 짓 같아서 말을 하다 말고 내 뺨을 철썩 때렸다. 그것은 조금 놀란 것 같았다. 술이 덜 깼거나 꿈이거나 그런 거겠지. 시간이 지나면 괜찮아질 거야. 거울을 보고 또 봤다. 머리카락이 짧아진 것 말고 나는 변함없었다. 다친 곳도 아픈 곳도 사라진 부분도 없었다. 설거지를 하고 화장실을 청소했다. 과외가 있는 날이어서 가방을 챙겨 집을 나섰다. 나서기까지, 방문을 열어보고 싶은 충동을 간신히 참았다.

빗면의 수직항력 문제를 설명하다가 그것을 떠올렸고, 그것에도 질량이 있을까 생각했다. 질량이 있다면 존재한다는 것인데, 그것은 정말이었나? 내가 진짜 그것을 보았고 말을 들었나? 설명하다 말고 침묵에 빠진 내게 재경이 말을 걸었다.

쌤.

어, 미안.

술 냄새 나요.

어, 진짜 미안.

이해가 안돼요.

어떤 게.

이 부분요.

이건 중력 때문에 생기는 게 아니니까 무조건 아래위로만 작용한다고 생각하면 안돼. 수직항력은 맞닿아 있어 생기는 힘이야. 맞닿아서 버티는 힘.

근데 그런 게 왜 생겨요?

뭐가?

힘요.

그거는…… 존재하니까.

존재하면 다 힘이 생겨요?

힘이라는 건 그냥 있는 게 아니고 상호작용으로 확인할 수 있는 거잖아. 네가 아무것도 하지 않을 때 힘은 0이지. 근데 네가 나를 밀면 크기와 방향에 따라 네 힘이 나한테 작용하는 거고. 상호작용할 때 의미가 생기는 거야. 완벽하게 혼자면 아무 의미 없지.

다 그냥 있으면 좋겠어요. 서로 작용하지 말고.

뭐 안 좋은 일 있어?

좋은 일이 없어요. 정말 최악이야.

좋은 일도 안 좋은 일도 없으면 그냥 0이지. 0이 왜 최악이야.

최악 맞죠, 쌤.

왜.

아무 의미가 없잖아요.

벌써부터 그러지 마. 그런 말은 나중에 늙어서 해. 문제 풀자.

쌤, 에너지보존법칙 있잖아요.

응.

그것도 최악이야. 최악 중에 최악.

왜?

변하고 변하고 또 변해봤자 없어지지도 더 생기지도 않고 영원히 일정하다는 거 정말 끔찍하지 않아요?

우주가 그래.

우주가 끔찍해요?

우주는 그냥 법칙이야. 우주 입장에서는 무생물이 보편이고 생명체가 끔찍할 수도 있어. 너처럼 생각하고 왜냐고 묻고 끔찍해하는 존재는 진짜 되게 끔찍한 거지.

내가 끔찍하다고요?

우주 입장에서는 그럴 수도 있다고.

우주도 입장이란 게 있어요?

말하자면 그렇다는 거지.

그거는 누가 만들었어요?

뭐를?

에너지보존법칙요.

율리우스 마이어. 발견하고도 오랫동안 인정 못 받았어. 수식으로 풀어내지 않아서.

근데 어떻게 교과서에 나와요?

제임스 줄이 정확하게 측정하고 확립시켰으니까. 줄 알지? 에너지 계산할 때 나오잖아.

인간 최악이야. 그런 거나 밝혀내고 계산하고.

그냥 과학이 싫다고 그래.

아, 진짜 싫어. 진짜 지겨워. 코싸인 쎄타 죽어버려.

그래, 그냥 그렇게 말해. 문제 풀자.

이런 걸 대체 왜 배우는지 모르겠어. 마찰이랑 공기저항을 무시한다는 게 말이 돼요? 지구에서 그런 경우가 어디 있다고 그런 걸 굳이 가정해서 문제를 풀지? 평생 써먹지도 않을 걸 외우고 계산하고 그러는 건 낭비 아닌가? 십대 인생에는 낭비가 너무 많아.

재경아.

네, 쌤.

봐. 너 여기서 문제 이해하고 공식 대입해서 계산하면 답 나오지. 박스 무게가 수식으로 나오잖아. 그렇게 문제 하나 풀면 다음 문제로 넘어가지. 다음 문제 이해하고 계산하면 또 명확한 답이 나오지.

근데요.

인생에는 이런 게 없어. 이렇게 명료하고 깔끔한 게. 내 힘으로 정답을 낼 수 있는 그런 게.

그러니까 낭비죠. 답이 나오면 뭐해요. 써먹을 데가 없잖아요.

시험을 치면 점수가 나오고 등급이 나뉘잖아. 그걸로 대학 가잖아.

헐. 오지게 저렴한 대답.

너무 그러지 마. 인간들 다 과학으로 먹고사는 건데.

아닌데요. 나는 아닌데요. 나는 절대 과학 쌤 안할 건데요.

그래, 절대 하지 마. 문제 풀자.

정류장 의자에 앉아 집으로 가는 버스를 열대 넘게 보냈다. 그것이 갑자기 나타났다는 이유만으로 세상에서 가장 편한 곳이 가장 무서운 곳으로 변해버렸다. 누구든 불러서 집에 같이 들어가고 싶었지만 그럴만한 사람은 떠오르지 않았고, 아니, 떠오르는 사람이라곤 무원뿐이었다. 하지만 우리는 헤어진 지 6개월도 넘었고, 6개월이나 지났지만 완벽하게 헤어진 건지 지금도 헤어지는 중인지 잘 모르겠고, 아무튼 아침에 문자를 보냈을 때 무원은 내 연락을 달가워하지 않는 것 같았다. 무원과 집으로 가서 그것을 본다면 또 싸울 것이다. 우리는 같이 있으면 싸운다. 아주 평범한 대화를 주고받다가도 마음을 다친다. 조심해도 다치고 조심하지 않으면 심각하게 다친다. 이젠 정말 그만 만나자 말해놓고도 반년 넘게 연락을 끊지 못했다. 이별에도 의식이 필요한 걸까? 예전으로 돌아가고 싶지도 않고 헤어지려고 애쓰고 싶지도 않다. 우리의 관계에 관해서는 아무것도 하고 싶지 않다.

결국 버스를 타지 않고 두시간 가까이 걸었다. 딱히 필요한 것도 없으면서 마트에 들러 오래 서성였고, 또 술을 사버렸다. 집으로 돌아와 방문 앞에서 한참을 망설였다. 아침에 그것을 봤고 소리를 들었지. 선명한 기억이지만 헛것이라면 좋겠다. 그것을 다시 확인하느니 약간 미친 사람이 되는 게 나을지도 모른다. 시간이 지났으니까 사라지지 않았을까? 사라졌다면 어디로? 집 어딘가에 숨어버린 거라면 더 곤란하지 않나? 설거지도 청소도 나 아니면 할 사람이 없듯 집에 외계인이나 유령이 나타나도 내가 직접 해결해야 한다. 미룰 수는 있지만 대신 해결해줄 사람은 없다. 그래, 그렇지. 나쁜

이다.

문을 열고 불을 켰다.

그것은 여전히 팔뚝 길이의 숫자 8 같았는데, 이번에는 누운 8이 아니라 접힌 8과 같았다. 그러니까 ⊖ 이런 모양. 잿빛이었던 것 같은데, 이제는 탁한 보라색에 가까워 보였다. 자연광과 형광등 차이일까? 아침에는 무섭고 혼란스러웠는데, 이번에는 낭패감이 훨씬 컸다. 정말 있구나. 아직도 있구나. 꿈이 아니었구나. 문고리를 잡고 선 채로 해야 할 일을 순서대로 정리해봤다. 고무장갑을 낀다. 그것을 집어든다. 그것이 꿈틀거려도 내팽개치지 않고 꽉 잡는다. 그것을 들고 밖으로 나간다. 길가에 버린다. 그런데, 말하고 움직이면 살아 있는 거 아닌가? 살아 있는 걸 막 버려도 되나? 저게 엄청 위험한 것이어서 다른 사람에게 해를 끼치면 어떡하지? 내가 유기한 게 밝혀져서 수사라도 받게 되면 어쩌지? 별별 상상을 펼치며 그것에게 천천히 다가갔다. 아무리 살펴봐도 눈을 찾을 수 없었는데도, 눈을 뜨고 나를 바라본다는 느낌이 들었다. 그것의 감정이 느껴졌다.

섭섭합니다.

그것이 말했다. 그래, 내가 느낀 감정이 바로 그랬다.

제가 앉고 싶다고 부탁드렸는데요.

……안아달라고?

되묻고 말았다.

아뇨. 앉고 싶다고요. 에스 아이 티.

아……

나도 모르게 무릎을 치고 말았다.

앉을 수도 있어?

앉아 있지 않습니까.

아……

나도 모르게 경탄하고 말았다.

미안해. 무서워서 그랬어.

나도 모르게 사과까지 하고.

괜찮습니다. 용서합니다. 나는 무섭지 않습니다.

너는 무섭지 않다고?

네. 무서워하지 않아도 됩니다.

아, 너를 무서워하지 말라고?

네. 같은 걸 자꾸 물어보네요.

잘못 알아들었어.

아무튼 그럴 필요 없습니다. 나는 딱딱한 걸로 당신을 찌르지도 않을 거고요.

……미안해.

괜찮습니다. 용서합니다. 형광등은 너무 밝습니다. 익숙하지 않아요. 작은 조명을 켜주면 안될까요.

그것이 원하는 대로 해준 뒤 그것 앞에 앉았다. 그러고 한참을 바라봤다. 그것도 나를 가만히 바라보는 게 느껴졌다.

숨을 쉬는 거지.

그것에게 물었다.

아마도요.

그렇다면 우리 박동 주기가 같은 것 같은데.

그럴 수밖에요.

내가 너를 토했다고 했지.

네.

네가 뭔지 물어봐도 돼?

당신은 나를 부른 적 없어요.

맞아. 나는 너를 부르지 않았어. 네가 튀어나왔지.

이름요.

이름?

나를 호명하지 않았어요.

당연하지. 나는 너를 모르니까.

서운함이 느껴졌다.

아무튼 심장이나 위장은 아닙니다.

그렇겠지. 심장이나 위장 없이 살 순 없으니까. 네가 내장이라면 난 이미 죽었을 거야.

커다란 서운함이 느껴졌다.

내가 없어도 당신은 죽어요.

넌 네가 뭔지도 모른다면서.

그렇지만 내가 없으면 당신은 죽어요.

넌 지금 내 안에 없잖아. 그런데도 난 죽지 않았어.

여기 있지 않습니까.

그럼 너와 내가 분리 가능하다는 거네.

상심이 느껴졌다.

아무튼 나는 여기 있어요. 이게 분리인지는 모르겠습니다.

내가 지금 살아 있는 건 맞지?

그건 당신이 확인할 일이고요.

넌 나를 알아?

압니다.

내가 누군데?

나는 당신밖에 모릅니다. 늘 당신뿐이죠.

그것의 결연함에 느닷없이 감동받았다. 순간 그것이 옅어졌다. 흩어지듯 희미해졌다. 나도 모르게 손을 뻗었다. 만져지지 않았다. 놀라서 뒤로 물러났다. 그러다 그것이 서서히 짙어졌다. 짙어지면서 빠르게 들썩였다.

뭐야, 너. 정체가 뭐야.

눕고 싶습니다.

너 뭐냐고.

도와주면 좋겠어요.

내가? 어떻게?

누울 수 있게요.

어떻게 하란 말이야.

생각해보세요.

다시 손을 뻗었다. 만져지지 않았다. 생각해봤다. 그것이 누울 수 있는 방법을. 누워 있는 그것을 상상했다. 그래도 그것은 눕지 못했다. 두개로 보이는 원이 거의 하나로 겹쳐 보일 정도로 그것은 점점 찌그러졌다. 죽는 건가. 혹시 죽어버리는 건가. 그것이 죽을까봐 무서웠다.

새벽이 깊도록 그것의 들썩임과 숨소리에 집중했다.

눈을 떴을 때는 아침이었다. 그것은 누운 8의 모양으로 돌아가 조금씩 들썩이고 있었다. 나는 안도했다.

라면을 끓여 면발을 한 젓가락 씹어 삼키며 그것을 멍하니 보고 있는데 문자 메시지 알림이 울렸다. 연구실 개인물품을 정리해달라는 연락이었다. 연구실에 있을 내 물건들을 떠올리니 쓸쓸해졌다. 나는 조직에 적응하지 못했다. 대학원은 학부와는 완전히 달랐다. 거긴 정말 조직적으로 움직였다.

대학원에서 그런 걸 배웠다. 사람과 사람, 아니, 교수와 선배와 동기 사이에 작용하는 힘. 정지된 것을 움직이고, 움직이는 것의 방향을 틀어버리는 힘의 크기. 애썼지만, 나는 나가떨어졌다. 중심에서 멀리 떨어져 있어 아주 작은 힘만으로도 밀려났다. 이제는 직장을 구해야 한다. 또다른 조직에 들어가야 한다는 말이다. 어떤 조직에든 선배와 동기와 최교수 같은 중심이 있을 것이다. 힘의 상호작용이 있을 것이다. 묵묵히 나의 일을 해내는 것만으로는 해결할 수 없는 문제가 매일 튀어나올 것이다. 타인은 모두 변수이고, 때로는 나도 변수다. 가장 치명적인 변수가 되어 나를 궁지에 몰아넣는다. 이를테면 지난번 회의에서, 나는 왜 그랬을까?

내 발표를 듣던 최교수는 내가 진행해온 주제를 은기 선배에게 넘기라고 했다. 여러모로 나보다는 은기가 훨씬 잘할 수 있는 주제이기도 하거니와, 이제는 은기 졸업시켜야 되지 않겠느냐고. 모두

동조하는 분위기였다. 이전에도 빈번하게 있었던 일이고, 전에 없던 일이라 해도 교수가 하라면 해야 하니까. 그 자리에서 정말 이상했던 건 최교수가 아니고, 침묵으로 동조하던 선배나 동기들이 아니고, 바로 나였다. 논문 주제를 넘기라면 넘기고, 파트타임 논문을 대신 쓰라면 쓰고, 프로젝트 서너개의 허드렛일은 다 맡아하면서 언제나 하라는 대로 해왔던 내가, 대학원 생리를 모르지도 않았고 부당한 요구도 그러려니 받아들이던 내가 이렇게 말해버린 것이다. 그럼 교수님 지금 하는 그 연구 유진 선배한테 넘기세요. 교수님보다는 유진 선배가 훨씬 잘할 수 있는 주제이고 사실 지난번에 비슷한 주제로 교수님 논문 냈을 때 그 논문 유진 선배가 거의 다 썼잖아요. 여기 사람들도 막히는 거 있으면 유진 선배한테 묻지, 교수님한테 안 묻는 거 교수님만 모릅니다. 그만큼 부려먹었으면 놔줄 때도 됐잖아요. 이제는 유진 선배도 교수 돼야죠.

모두 얼어붙었고 회의는 중단되었다. 최교수는 똥물을 뒤집어쓴 사람처럼 몸서리를 치며 강의실을 나갔다. 순간의 경직이 지나자마자 가장 분노한 사람은 유진 선배였다. 선배는 내게 폭언을 퍼부었다. 내가 얼마나 쓸모없는 부적응자인지, 앞으로 내 인생이 어떻게 꼬일지 저주에 가까운 예언을 늘어놓았다. 그러고는 당장 최교수를 찾아가라고 했다. 우리가 친분이 없다는 사실과 자기와 관련된 모든 말은 오로지 나 혼자만의 망상이라는 것을 밝히라고 했다. 나는 유진 선배가 하라는 대로 했다. 하라는 것만 했다. 나의 뇌는 계속 잘못했다고, 용서해달라고 말하라 지시했는데 도무지 입이 떨어지지 않았다. 최교수는 앞으로 내가 어떤 논문을 쓰든 자기 밑에서는 절대 통과하지 못할 것이라고 말했다. 내가 가장 이해할 수 없는 사람은 바로 나였다. 어째서 그런 말을 해버렸지? 최교수에게 대들 때 정의감이나 의협심은 없었다. 말이 멈춰지지 않아 당황했고, 말을 멈출 수 없어 참담했다. 말을 거둘 수 없어 절망했다. 버티고 싶었다. 혼자가 되긴 싫었다. 나의 자리에서 나의 일을 하고 싶었다.

너는 살아 있잖아.

퉁퉁 불은 면발을 젓가락으로 휘저으며 그것에게 말했다.

숨도 쉬고 말도 하고 눕거나 앉기도 하잖아. 그럼 너도 뭔가를 먹어야 하지 않아?

지금도 먹고 있습니다.

뭘? 빛을? 산소를?

그것이 중얼거리기 시작했다, 마치 기도하듯이, 유진 선배와 최교수에게 들었던 폭언을.

나는 잠에서 막 깨어난 아이처럼 엉엉 울었다.

무원에게 전화가 걸려왔다. 대학 동기 공회에게 내 소문을 들었다고 했다.

내가 아는 너는 그런 애가 아닌데. 사람들 앞에서 대놓고 교수를 조롱할 그런 애가 아니야.

그 순간 나도 이해할 수 없었던 그날의 내 행동이 정의되는 것 같았다.

공회 말로는 지금 학교 분위기가 좀 그렇대. 이참에 최교수 관련 건 다 터뜨리자는 사람들이 몇 있나봐. 근데 최교수 날아가면 그 밑에 애들 죄다 미아 되는 거잖아.

무원의 말을 들으며 그것을 빤히 쳐다봤다. 그것은 가만히 앉아 있었다.

근데 공회 말 들으면서도 나는 믿기지가 않아서. 너, 진짜 그랬어? 석사 완전히 포기한 거야? 시간이 아깝지도 않아? 수료라도 해야 취업에 도움이 되지. 지금 빈손으로 나오면 진짜 아무것도……

원아.

응.

전에 내가 그랬잖아. 집에 이상한 게 있다고. 그거는 안 궁금해?

뭐가 있는데?

뭔지 모르겠어. 근데 지금도 내 앞에 그게 있어.

말장난하지 말고. 네가 정말 최교수한테 그랬다면 말이야. 틀린 말은 아니지만 그래도 좀 다르게 말했어야지. 억울하고 분한 마음이야 알지. 최교수 밑에서 안 그럴 애가 어디 있겠어. 그래도 네가 생각이 있는 애라면 그러면 안됐던 거지. 내일 최교수 찾아가. 찾아가서 빌어. 그래야 학교 분위기도 정리되고 너도 사는 거야.

아무도 바라지 않을 텐데.

뭘?

내가 최교수한테 빌고 다시 돌아가는 거.

그건 네 생각이지.

나한테 온 연락은 딱 하나야. 짐 가져가라는 문자. 그것 말고는 아무한테도 연락 없어. 그냥 조용히 사라지길 바라는 거지.

너한테는 조심스러워서 그러는 거지. 공회가 나한테 연락했다니까.

그러니까, 공회는 왜 너한테 연락을 하지? 내 번호를 모르는 것도 아닌데.

내가 공회랑 친하잖아.

그럼 공회한테 들었겠네.

뭘.

나 왕따라는 거.

야, 말을 왜 그렇게 하냐. 네가 그렇게 생각한다는 거 알면 애들이 얼마나 황당해하겠냐. 네가 곁을 안 주니까 그런 거지, 애들이 너를 따돌린 건 아니잖아.

거기서는 다 왕따야. 같이 술 마실 때야 친하겠지. 근데 정신 멀쩡한 순간에는 서로서로 왕따라니까.

그건 네가 생각하기 나름인 거야. 그렇게 부정적으로만 생각하지 말고 네가 먼저 마음을 열고……

왜 다 내 탓이야?

뭐?

최교수한테도 말을 그렇게 하면 안 됐고, 내가 소외감을 느낀다는데 애들이 황당해할 거부터 생각하고, 내 생각이 부정적인 거고, 너는 다 내 잘못이라는 거잖아.

걱정돼서 하는 말을 또 그렇게 고깝게 듣냐.

네가 날 걱정한다고?

그럼 내가 왜 전화를 해. 헤어진 마당에.

우리는 헤어진 것도 아니고 너는 걱정하는 것도 아니야.

야. 사람 마음 좀 곡해하지 마.

좀 솔직해지자. 너는 내가 잘못하는 게 싫은 거잖아. 그게 걱정하는 마음이랑 같은 건가? 난 아닌 것 같은데.

한참 더 말을 쏟아내면서 그것을 봤다. 겨울밤처럼 검어진 그것은 빠르게 몸을 들썩이며 몸을 사렸다. 내 앞에 있는 그것이 나의 화를 다 받아내고 있는 것만 같았다. 그것을 만지고 싶어 손을 뻗었다. 그것은 움찔거리며 내 손길을 피했다.

밖에 나가지 않고 그것만을 골똘히 바라보며 며칠을 보냈다. 씻지도 먹지도 않다가 배가 너무 고프면 생라면을 부숴 먹었다. 대학원 사람들의 SNS 계정을 하루 종일 들여다보기도 했다. 얼마 전까지 그들과 비슷한 일상을 보냈다는 게 믿기지 않았다. 내가 사람들과 어울리지 못하는 성격이란 건 알고 있었다. 사람들이 그런 나를 불편해한다는 것까지는 몰랐다. 나 하나 잘못되어도 이 세계에는 아무런 손실도 없다. 나의 손실은 나만의 손실. 이 시기가 지나면 다시 뭔가를 잘해보려고 하겠지. 하지만 이전만큼 최선을 다하지는 못할 것 같다.

쌤 오늘 과외 내일 해도 돼요? 원래 내일 영어 과왼데 영어 쌤이 오늘 하면 안되느냐고 물어서요.

재경에게 문자가 왔다. 과외 가는 날이라는 것도 깜빡 잊고 있었다. 그래, 내일 보자고 짧게 답장했다.

근데 쌤도 무슨 일 있어요?

재경이 문자로 물었다.

아니. 왜.

문자에서 느껴지는 기운이 좀 그런데요.

답장을 보고 피식 웃었다. 웃고 나니 밥을 먹은 것처럼 살짝 기운이 났다. 재경에게 문자가 한통 더 왔다.

쌤은 나 포기하면 안돼요. 낼 만나요 쌤.

바람을 쐬고 싶습니다.

외투를 입는 나를 보며 그것이 말했다. 그것은 좀더 투명한 회색에 가까워졌다.

창문을 열어줄까?

말하면서, 그것도 추위나 더위를 느낄까 생각했다.

나가고 싶어요.

가까이 다가가 그것을 자세히 들여다봤다. 얘는 앉는 것도 그렇고 눕는 것도 그렇고, 나는 어떻게 해줄 수도 없고 그저 들을 수밖에 없는 일을, 결국 자기가 해내야 할 일을 왜 자꾸 나한테 말해서 나를 안타깝게 하는 걸까. 문득 그것도 시간의 영향을 받을까, 궁금해졌다.

너도 나이를 먹어?

무슨 말인지.

그것의 당황이 느껴졌다.

너에게도 시간이 있어?

당신에게도 시간은 없어요.

무슨 소리야. 내겐 시간이 있어.

과거와 현재와 미래가 똑같다면 시간은 없습니다.

나는 똑같지 않아. 매일매일 변해.

당신의 어떤 부분은 늘 같습니다. 당신의 그것에는 시간이 없어요.

생각이 복잡해졌다. 집에서 나와서도 내내 그것의 말을 생각했다. 버스를 타면서 아차 싶었다. 바깥바람을 쐬고 싶다고, 나와 같이 나오고 싶다고 했는데. 눈앞에 없는 그것의 대단한 서운함이 느껴졌다.

연구실로 가는 길에 은기 선배와 동기 두명을 봤다. 그들은 서로 얘기하느라 나를 보지 못한 것 같았다. 돌아설까, 숨을까, 망설이다가 이제 다 그만둘 건데 무슨 상관인가 싶어서 그들을 향해 걸었다. 동기들과 눈이 마주쳤다. 이어 은기 선배와도 눈이 마주쳤다. 나는 거의 반사적으로 고개를 숙였다. 은기 선배는 나를 스윽 훑어보면서 지나쳤고 동기들은 잠시 머뭇거리다가 은기 선배를 쫓아갔다. 기분이 아주 더러웠다. 은기 선배의 눈빛 때문이 아니라, 내가 고개를 숙였기 때문에. 어째서 그랬지? 그 눈빛에 어째서 겁을 먹었지? 몸에 밴 습관에 치가 떨렸다. 심장이 빠르게 뛰었다. 화장실로 들어가 변기 뚜껑을 내리고 앉았다. 울고 싶은데 눈물은 나오지 않고 이상한 웃음이 실실 흘러나왔다. 눈앞에 그것은 없는데, 그것은 눈앞에 있는 것 같았다. 보이지 않았지만 느껴졌다.

너도 봤지.

그것에게 말을 걸었다.

그 눈빛을 너도 봤지.

다행입니다.

다행이라고?

이제 버티지 않아도 되는 겁니다.

뭘를?

당신 것을 가져가고도 당신을 경멸하는 그 사람을 보세요. 이상합니다.

나도 이상해. 내가 제일 이상해.

힘을 계속 쓴다면 다음은 추락뿐이에요.

맞아. 내겐 추락뿐이야.

당신은 아닙니다.

아니라고?

당신은 이제 추락할 수 없고 걸어가면 됩니다.

왜? 떨어질 만큼 떨어져서? 이미 바닥이어서?

수직이던 세계가 수평으로 누웠습니다.

누워 있는 그것을 상상해보았다.

너는 지금 어디야?

추운 곳입니다.

가까이 있어?

가장 가까이 있어요.

나를 보고 있어?

내겐 당신뿐이죠.

연구실에서 동기와 선배 몇명을 더 마주쳤다. 짐을 챙기는 내게 선배 한명이 다가와 조언 같은 비난을 했다. 아니 걱정 같은 질책인가. 뭐라고 대꾸할 수도 없이 말이 빨랐다. 말의 흐름에서 고무줄 같은 탄력이 느껴졌다. 선배는…… 아주 신이 나 있었다. 그런 것 같았다. 연구실을 나오는데 세주가 따라 나왔다. 의외였다. 세주는 다른 학교에서 학사를 마쳤다. 몇몇 동기들은 학벌세탁 운운하면서 세주를 멀리했다. 그러니까 세주는 나만큼 따로 떨어져서, 중심에서 먼 자기 자리에서, 가만히 자기 일을 해치우는 존재였다. 최교수 머릿속에는 세주가 없을 것이다. 내 머릿속에도 세주는 없었다. 세주 머릿속에는 내가 있었을까? 함께 복도를 걷고 계단을 내려와 건물 출입문까지 오는 동안 우리는 아무 말도 하지 않았다. 유리문 밖으로 함박눈이 내리고 있었다. 커피 한잔 마실래. 세주가 물었다. 우리는 로비에 있는 까페에서 산 커피를 들고 통유리 앞에 나란히 섰다. 바깥을 바라보며 커피를 마셨다. 세주는 말이 없고, 나도 말이 없고, 눈은 펑펑 내렸다. 문득 세주에게 그것에 대해 말하고 싶다는 충동이 일었다.

과거와 현재와 미래가 똑같으면 시간은 없는 걸까.

그것에 대해 말하는 대신 그것의 말을 전했다.

그건…… 죽은 상태 아닌가.

세주가 대답했다.

하긴, 저기가 그렇지. 거시적으로 늘 똑같지.

세주가 고갯짓으로 위층을 가리키며 덧붙였다.

나도 조만간 그만두려고. 다들 어딜 가나 똑같다고 말하는데…… 어딜 가나 똑같다면 굳이 여기 있을 필요도 없겠지.

세주는 나와 잠시 눈을 맞추더니 결심했다는 듯 말했다.

최교수랑 한판 뜨고 나갈 거야. 너처럼 파이팅 넘치게 그럴 수는 없겠지만.

나처럼은 말고 조용히, 교수 추천서라도 한장 받아서 나오라고, 나는 진지하게 대꾸했다. 커피 한잔을 다 마시는 동안 눈이 조금 쌓였다. 세주가 바깥으로 나가더니 눈을 뭉치기 시작했다. 나도 세주를 따라 눈을 뭉쳤다. 두개의 눈덩이를 아래위로 쌓으니 팔뚝만 한 눈사람이 되었다. 그것을 생각하지 않을 수 없었다.

이상하지 않아?

세주가 눈사람을 바라보며 말했다.

눈은 알겠는데, 이게 어떻게 사람이지?

우리는 눈사람 말고 사람이란 말이 붙는 것이 또 있을까 잠시 이야기를 나누었다. 과외 시간이 가까워져 그만 가봐야겠다고 말하자 세주는 학교 정리되면 연락하겠다고 했다. 같이 앞길을 모색해보자며. 세주에게 연락이 오더라도 오지 않더라도 좋을 거라고, 학교를 나서며 생각했다.

재경이 나를 보자마자 말했다.

쌤, 대학원생이 연구실에서 우주를 만들 수도 있대요! 오늘 서점 갔다가 책에서 봤어요!

그거 그냥 하는 말이야. 못 만들어.

왜요?

만들면 안돼.

왜요?

인류가 멸망하는 건 당연하고 우주의 운명도 위태로울 수 있으니까.

쌤은 우주를 자꾸 살아 있는 것처럼 말하네요. 입장이 어쩌고 운명이 저쩌고.

살아 있다고 볼 수도 있지. 쉼 없이 움직이니까.

움직이면 살아 있는 거예요? 생명이 있어야지.

그거는 되게 인간적인 관점이고. 책 펴.

쌤도 대학원생이니까 우주 하나 만들면 안돼요? 만들어서 쌤 이름을 붙이는 거지. 와, 생각만 해도 오지네, 진짜.

나는 이제 대학원생 아니야.

왜요?

학교 관뒀어.

와, 좋겠다!

너는 참…… 맑다. 초정리 광천수처럼 맑아.

그게 뭔데요?

앞날이 기대되는 사람이란 뜻이야. 책 펴, 얼른.

쌤, 우주 만들려면 어떻게 해야 돼요?

못 만든다니까.

쌤은 왜 그렇게 부정적이에요. 우리 우주도 누군가가 만들었을 거잖아요. 저절로 생기진 않았을 거잖아요.

그거는…… 되게 어려운 질문이다. 일단 오늘의 문제부터 풀자.

난 나중에 우주 만들 거야. 꿈을 꾸려면 크게 꾸랬어. 어떻게 만들지? 네이버 지식인에 그런 것도 나오나?

좋아, 우주를 만들려면.

재경을 바라보며 진지하게 말했다.

일단 대학원생이 되어야지.

헐……

그러니까 책 펴. 문제를 풀자.

근데 쌤 여기 보면요.

재경이 휴대전화를 보면서 말했다.

우주는 이 세상에 존재하는 전부라는데요. 우주는 전부인데 우주를 또 만든다면 그건 뭐가 되는 거예요? 전부가 둘이 될 수도 있나?

다중우주에는 다양한 이론이 있는데, 그건 지금 우리가 풀 문제랑은 상관이 없어.

어떻게 상관이 없어요. 우주는 전부라는데. 전부 상관이 있지.

재경아, 우주를 굳이 또 만들 필요가 없는 게, 이 우주에서 우주를 또 만들어봤자 똑같은 우주가 나올 거거든.

재경이 놀란 표정으로 날 쳐다봤다.

왜요? 어떻게 그래요?

구성물질과 조건과 에너지가 똑같잖아. 빅뱅이 일어나는 순간 모든 것이 정확하게 똑같이 반복되는 거야.

재경이 피식 웃으며 대수롭지 않다는 듯 대꾸했다.

아니죠, 쌤. 똑같더라도 똑같지 않죠. 처음부터 다시 시작하는 건데 어떻게 똑같아요. 어제와 오늘이 똑같더라도 어제는 어제이고 오늘은 오늘이지. 여기 내 문제집의 1이랑 쌤 문제집의 1이 똑같더라도 똑같은 건 아니지.

그것도 되게…… 어려운 질문이다.

다른 거죠, 쌤. 이전과 아무리 똑같더라도 내가 만든 우주는 다른 거예요.

버스를 타고 집으로 가는 길에 무원에게 전화가 왔다. 받을까 말까 고민하는 사이 진동이 멈췄다. 이별에도 의식이 필요하다면, 헤어지자는 말만으로 의식이 충족되지 않는다면, 우리 사이에 다른 조건이 필요하다면…… 무원에게 하고 싶은 말을 마음속에서 하나하나 캐내었다. 원망이나 질책이 아닌, 내가 바라는 나에 대해서. 내가 바라는 나는 무원과 함께일 때는 성립되지 않았다. 버스에서 내리며 통화 버튼을 눌렀다. 신호 대기음을 들으며 그것을 느꼈다. 그것은 눈앞에 없지만, 그것은 존재했다. 그것은 나와 같은 방향을 바라보고 있었다.

공선옥 孔善玉

1963년 전남 곡성 출생. 1991년『창작과비평』으로 등단. 소설집『피어라 수선화』『내 생의 알리바이』『멋진 한세상』『명랑한 밤길』『나는 죽지 않겠다』, 장편소설『오지리에 두고 온 서른살』『시절들』『수수밭으로 오세요』『붉은 포대기』『내가 가장 예뻤을 때』『영란』『꽃 같은 시절』『그 노래는 어디서 왔을까』등이 있음. 신동엽문학상 오늘의젊은예술가상 올해의예술상 백신애문학상 만해문학상 등 수상.

김금희 金錦姬

1979년 부산 출생. 2009년 한국일보 신춘문예로 등단. 소설집『센티멘털도 하루 이틀』『너무 한낮의 연애』, 장편소설『경애의 마음』『나의 사랑, 매기』, 짧은소설집 『나는 그것에 대해 아주 오랫동안 생각해』등이 있음. 신동엽문학상 젊은작가상 현대문학상 등 수상.

김미월 金美月

1977년 강원도 강릉 출생. 2004년 세계일보 신춘문예로 등단. 소설집『서울 동굴 가이드』『아무도 펼쳐보지 않는 책』, 장편소설『여덟번째 방』등이 있음. 신동엽문학상 오늘의젊은예술가상 등 수상.

김정아 金正雅

1966년생. 소설집『가시』등이 있음. 신동엽문학상 등 수상.

김종광 金鍾光

1971년 충남 보령 출생. 1998년 문학동네신인상으로 등단. 소설집『경찰서여, 안녕』『모내기 블루스』『낙서문학사』『처음의 아해들』『놀러 가자고요』, 장편소설『야살쟁이록』『율려낙원국』『군대 이야기』『첫경험』『왕자 이우』『똥개행진곡』『별의별』『조선통신사』등이 있음. 신동엽문학상 등 수상.

김하기

1958년 경남 울산 출생. 1989년『창작과비평』을 통해 작품활동 시작. 소설집『완전한 만남』『은행나무 사랑』『복사꽃 그 자리』『달집』, 장편소설『항로 없는 비행』『천년의 빛』『길』『식민지 소년』『독도전쟁』등이 있음. 신동엽문학상 임수경통일문학상 부산작가상 부산소설문학상 봉생문화상 등 수상.

박민규 朴玟奎

1968년생. 2003년 문학동네작가상으로 등단. 소설집『카스테라』『더블』, 장편소설『지구영웅전설』『삼미 슈퍼스타즈의 마지막 팬클럽』『핑퐁』『죽은 왕녀를 위한 파반느』등이 있음. 신동엽문학상 한겨레문학상 이효석문학상 황순원문학상 이상문학상 오영수문학상 등 수상.

오수연 吳受姸

1964년 서울 출생. 1994년『현대문학』으로 등단. 소설집『빈집』『부엌』『황금지붕』, 장편소설『돌의 말』등이 있음. 신동엽문학상 한국일보문학상 등 수상.

조해진 趙海珍

1976년 서울 출생. 2004년『문예중앙』으로 등단. 소설집『천사들의 도시』『목요일에 만나요』『빛의 호위』, 장편소설『한없이 멋진 꿈에』『아무도 보지 못한 숲』『로기완을 만났다』『여름을 지나가다』등이 있음. 신동엽문학상 이효석문학상 김용익소설상 백신애문학상 등 수상.

최진영 崔眞英

1981년생. 2006년『실천문학』으로 등단. 소설집『팽이』, 장편소설『당신 옆을 스쳐간 그 소녀의 이름은』『끝나지 않는 노래』『구의 증명』『해가 지는 곳으로』등이 있음. 신동엽문학상 한겨레문학상 등 수상.

제1회(1982)　이문구

제2회(1983)　하종오 송기원

제3회(1984)　김명수 김종철

제4회(1985)　양성우 김성동

제5회(1986)　이동순 현기영

제6회(1987)　박태순 김사인

제7회(1988)　윤정모

제8회(1990)　도종환

제9회(1991)　김남주 방현석

제10회(1992)　곽재구 김하기

제11회(1993)　고재종

제12회(1994)　박영근

제13회(1995)　공선옥

제14회(1996)　윤재철

제15회(1997)　유용주

제16회(1998)　이원규

제17회(1999)　박정요

제18회(2000)　전성태

제19회(2001)　김종광

제20회(2002)　최종천

제21회(2003)　천운영

제22회(2004)　손택수(시집『호랑이 발자국』, 창작과비평사 2003)

제23회(2005)　박민규(소설집『카스테라』, 문학동네 2005)

제24회(2006)　박후기(시집『종이는 나무의 유전자를 갖고 있다』, 실천문학사 2006)

제25회(2007)　박성우(시집『가뜬한 잠』, 창비 2007)

제26회(2008)　오수연(소설집『황금 지붕』, 실천문학사 2007)

제27회(2009)　김애란(소설집『침이 고인다』, 문학과지성사 2007)

제28회(2010)　안현미(시집『이별의 재구성』, 창비 2009)

제29회(2011)　송경동(시집『사소한 물음들에 답함』, 창비 2009)

　　　　　　　김미월(장편소설『여덟번째 방』, 민음사 2010)

제30회(2012)　김중일(시집『아무튼 씨 미안해요』, 창비 2012)

　　　　　　　황정은(소설집『파씨의 입문』, 창비 2012)

제31회(2013)　박준(시집『당신의 이름을 지어다가 며칠은 먹었다』, 문학동네 2012)

　　　　　　　조해진(장편소설『로기완을 만났다』, 창비 2011)

제32회(2014)　김성규(시집『천국은 언제쯤 망가진 자들을 수거해가나』, 창비 2013)

　　　　　　　최진영(소설집『팽이』, 창비 2013)

제33회(2015)　박소란(시집『심장에 가까운 말』, 창비 2015)

　　　　　　　김금희(소설집『센티멘털도 하루 이틀』, 창비 2014)

제34회(2016)　안희연(시집『너의 슬픔이 끼어들 때』, 창비 2015)

　　　　　　　금희(소설집『세상에 없는 나의 집』, 창비 2015)

제35회(2017)　임솔아(시집『괴괴한 날씨와 착한 사람들』, 문학과지성사 2017)

　　　　　　　김정아(소설집『가시』, 클 2017)

제36회(2018)　김현(시집『입술을 열면』, 창비 2018)

　　　　　　　김혜진(장편소설『딸에 대하여』, 민음사 2017)

* 문학상의 명칭 변경

　―신동엽창작기금: 1982~2003년(1~21회)

　―신동엽창작상: 2004~2011(22~29회)

　―신동엽문학상: 2012~2018(30~36회)

신동엽 50주기 기념 신동엽문학상 역대 수상자 신작소설집
너의 빛나는 그 눈이 말하는 것은

초판 1쇄 발행/2019년 4월 5일

지은이/공선옥 김금희 김미월 김정아 김종광 김하기 박민규 오수연 조해진 최진영
펴낸이/강일우
책임편집/박지영
조판/황숙화
펴낸곳/(주)창비
등록/1986년 8월 5일 제85호
주소/10881 경기도 파주시 회동길 184
전화/031-955-3333
팩시밀리/영업 031-955-3399 편집 031-955-3400
홈페이지/www.changbi.com
전자우편/lit@changbi.com

ⓒ 공선옥 김금희 김미월 김정아 김종광 김하기 박민규 오수연 조해진 최진영 2019
ISBN 978-89-364-7703-5 03810